ALEXANDRA SCHWARTING

Auf drei Beinen bis ins Glück

AF186639

Alexandra Schwarting

Auf drei Beinen bis ins Glück

Roman

Die Deutsche Nationalbibliothek verzeichnet diese Publikation in der Deutschen Nationalbibliografie; detaillierte bibliografische Daten sind im Internet über http://dnb.dnb.de abrufbar.

© 2018 Alexandra Schwarting
www.alexandraschwarting.de
2. Auflage Januar 2018

Lektorat u. Korrektorat: Julia Damerow
www.korrekturnichtnur.de
Covergestaltung: Nadine Duveneck
www.naddinanders.com
verwendete Bilder: Strand: ©Photostock ID 389759686
Paar: ©Photostock ID 72618496
Satz: Sabine Albrecht
www.benisa-werbung.de

Herstellung und Verlag:
BoD – Books on Demand, Norderstedt ©2017

ISBN: 978-3-7460-6217-4

»Liebe immer ein bisschen mehr,
als dich die Angst beherrscht.«

Kapitel 1
» Ole

Meine Kraft verschwand, doch mein Mut war noch nicht besiegt. Das Blut floss immer weiter, der Puls gehörte nicht mehr mir. Mit den Armen versuchte ich, mich zu befreien. Schreiend hoffte ich noch immer auf Hilfe. Unaufhaltsam drohte mir mein bevorstehendes Ende. Mein Blick verschwamm, Splitter jagten in meine Finger. Das Zittern in ihnen erlaubte mir keinen Halt mehr.

»Nein!«, brüllte ich voller Wut, doch ich hatte verloren. Alles, was mir nun noch blieb, war die Hoffnung, dass es schnell vorüberging.

Mit kaltem Schweiß überdeckt wachte ich auf und tastete nach der schmerzenden Stelle. Die Bilder, die mir noch vor wenigen Augenblicken durch mein Unterbewusstsein geisterten, waren so real, als wäre ich noch immer dort. Panisch schlug ich meine Decke zur Seite, suchte in der Dunkelheit etwas, was ich nie mehr finden würde. Ich griff ins Leere. Mit einem Mal wurde es mir wieder bewusst. Es war nur ein Traum. Obwohl es schon drei Jahre her war, tauchten sie immer noch regelmäßig auf. Enttäuscht von der Realität, gab ich meine Suche auf, knipste das Licht auf meinem Nachtschrank an und riskierte nun doch einen Blick. Doch alles, was ich fand, war mein zuckender Stumpf. Keine Wade, kein Fußgelenk, keine Zehen. Die Schmerzen, die ich mir noch immer einbildete, existierten nicht. Sie waren nur Phantome. Phantomschmerzen, die mich seit jenem Tag regelmäßig besuchten. Die mich spüren ließen, was mir für immer fehlen würde. Meine Wut schlug auf den Stumpf, ließ mich echte Schmerzen spüren, damit ich verstand, ich konnte noch etwas Echtes fühlen und nicht nur diese verdammten Geister meines Körpers.

Kapitel 2
» Claralina

»Diese Arbeit ist inakzeptabel, Inge.« Um einen neutralen Ton bemüht, versuchte ich, mein neues Zimmermädchen nicht allzu sehr zu kränken. Wer unter meiner Anleitung arbeiten wollte, musste genau wissen, was er tat. Diese arme Frau jedoch wusste es scheinbar nicht. Ihre grau melierten krausen Haare standen in alle Richtungen ab, lösten sich vereinzelt aus ihrem lockeren Dutt. Es kitzelte mich in den Fingerspitzen, selbst Hand anzulegen. Diese Unordnung auf ihrem Kopf machte mich ganz kirre. Mit ihren grauen Augen versuchte sie, meinen Blick zu verstehen. Es gelang ihr nicht. Das hätte nicht einmal ich geschafft.

»Sie sind bereits seit einer Woche in unserem Team«, erklärte ich ihr ruhig, während ich mit meiner Checkliste weiter durch den Raum ging, meine weißen Baumwollhandschuhe aus der Innentasche meines Blazers zog und sie mir überstreifte. Man konnte der kleinen Frau dabei zusehen, wie sie es mit der Angst zu tun bekam. Ich wollte es nie, doch es bestärkte mich.

»Sie sollten daher wissen, dass man nie, wirklich niemals den gelben mit dem blauen Lappen vertauschen darf. Nicht einmal in Gedanken. Sie sollten wissen, dass man keine Haare aus einem Siphon einfach in der Toilette hinunterspült. Und sie sollten ebenfalls wissen, dass ich besonders großen Wert darauf lege, dass es stets sauber *und* rein ist. Unter dem Bett, im Schrank und auch in den Ritzen der Lüftungsschächte.« Meine Vermutung bestätigte sich, als ich den Schrank des Zimmers öffnete. Informationsblätter des Hauses lagen nicht ordnungsgemäß zusammengefaltet auf der Regalfläche. Der Mini-Safe wies fettige Fingerabdrücke auf und als ich mich hinhockte, um den Boden des Schrankes zu testen, überlief mich ein kleiner Schauer. Sie war dünn, und doch war sie da. Eine Staubspur auf meiner Handschuhkuppe. Ich drehte mich um, hob meinen Zeigefinger an und trat dicht an Inge heran. Ich kannte sie nicht näher. Das wollte ich auch nicht. Sie schielte, als sie auf meinen Finger starrte. Ihre Augen weiteten sich vor Schreck.

»Sie können Feierabend machen, Inge. Ihre Papiere sind um sechzehn Uhr in der Personalabteilung abzuholen.« Ein gehauchtes »Nein« drang noch zu mir durch, als ich bereits den Raum verließ. Gut, dass ich sie nicht näher kannte. Sonst hätte sie mir leidgetan. Genau wie die anderen sieben Mädchen vor ihr.

In der Wäscherei landeten die Handschuhe augenblicklich in der Wäsche. Mit drei weiteren Paaren bestückte ich meine Innentasche, klemmte mir meine Listen erneut unter den Arm und ging in mein kleines Büro, drei Türen weiter. Als ich die Tür mit einem leichten Hüftschwung ins Schloss fallen ließ, betätigte ich als erstes den Desinfektionsspender an der Wand. Der scharfe Geruch kroch durch meine Nase, bis in die letzten Winkel meiner Lunge. Die Flüssigkeit brannte auf meinen gereizten Händen und doch wusste ich: Es ist alles sauber und rein.

An meinem Computer sitzend, schrieb ich unverzüglich eine Mail an die Personalabteilung und an die Buchhaltung. Keine dreißig Sekunden später klingelte mein Firmenhandy, das in meiner Gürteltasche lag.

»Housekeeping-Abteilung, hier spricht Claralina Vogt.« Meine Begrüßung war bei Weitem nicht so freundlich und ausschweifend, wie es normalerweise üblich war. Ich wusste ja, was mich jeden Moment erwarten würde.

»Claralina! Bist du von allen guten Geistern verlassen? Das ist nun schon die siebte Entlassung, die du diesen Monat vorgenommen hast. So viele Menschen können gar nicht lernen, ordentlich zu putzen, wie du sie wieder vergraulst!«, brüllte der stellvertretende Hoteldirektor in mein Ohr. Dumm, dass dieser Mann auch noch mein Verlobter war.

»Acht. Es waren acht Zimmermädchen. Nicht sieben. Diese Leute sind allesamt unfähig, Sebastian. Nach der vierten Dame habe ich tatsächlich aufgehört zu denken, sie seien alle nur Fake-Angestellte. Wonach – also nach welchen Kriterien – wird denn mittlerweile hier eingestellt? Dumpinglohn oder Qualität? Ich putze lieber alle vierzig Zimmer selbst, als dass ich meine Zeit weiterhin mit diesen Leuten verschwende.« Eingeschnappt setzte ich noch ein unüberhörbares »Pf!« hinterher.

»Lina, Schatz. Du musst doch allmählich einsehen, dass das nicht der wahre Grund ist, oder? Ich glaube, wir sollten uns gleich mal zusammensetzen. Frau Nicolai wird jedenfalls nicht gehen.« Am Ton von Sebastian wusste ich genau, dass er gerade zwischen seinen Rollen entscheiden musste. Unsere bröckelnde Beziehung hing schließlich nicht erst seit kurzem am seidenen Faden.

»Sebastian, komm mir jetzt nicht mit dieser Tour! Hinzu kommt, ich habe keine Zeit. Ich muss schließlich jetzt noch drei anderen Damen auf die Finger schauen. Und danach muss ich los. Du weißt doch, ich muss zu meiner Schwester.« Alleine bei dem Gedanken an diesen schrecklichen Ausflug wurde mir flau im Magen. Es war schon lange her, dass wir uns gesehen hatten. Aber leider konnte ich es ihr nicht abschlagen, egal, wie sehr ich es im tiefsten Inneren wollte. Dass Sebastian mich auch noch alleine in diese verkommene Provinz fahren ließ, nahm ich ihm sehr übel.

Dieses Wochenende fand ein großer Benefiz-Ball im neu eröffneten Bankettsaal des Hotels statt, in dem wir arbeiteten. Wie gerne wäre ich hiergeblieben. Mit einem Mal stand ich am Fenster und blickte hinaus in den kleinen Hinterhof unter mir. Die Kochlehrlinge machten sich gerade über die Pappkartons der Gemüselieferungen her und zertrampelten sie, ehe sie sie wieder aufhoben und in den Container warfen. Ich wendete meinen Blick wieder ab und starrte stattdessen auf meinen immer fortlaufenden elektrischen Bilderrahmen auf meinem Schreibtisch.

»Ich komme mit dieser Tour, weil ich mir nicht nur Sorgen als dein Verlobter mache, sondern weil ich auch vor unserem gemeinsamen Chef dafür geradestehen muss, was du derzeit hier veranstaltest. So geht es nicht mehr weiter. Du bist hiermit offiziell beurlaubt. Für die nächsten drei Monate. Entspanne dich bei deiner Schwester. Verlängere deinen Aufenthalt gerne bis nach ihrer Hochzeit. Aber ich werde nicht dabei sein. Nicht dieses Wochenende, nicht zu diesem Polterabend und auch nicht zur Feier. Ich brauche Abstand. Und du brauchst Abstand zu deiner Arbeit. Es tut mir leid. Wirklich!« Wie ein Automat drehte ich mich erneut um, wollte aus dem Fenster starren. Doch alles, was ich sah, waren die Flecken auf der Scheibe. Ich hörte nicht mehr hin, als Sebastian anfing zu fragen, ob ich noch am Handy wäre. Ich wollte es nicht mehr hören, ließ seine Stimme in mir verblassen.

Wenn dein eigener zukünftiger Ehemann nicht mehr auf deiner Seite stand, dann lief etwas verkehrt. Gewaltig verkehrt. Die Ursache wollte ich nicht bekämpfen, ich wollte mich auch nicht dazu äußern, was mit mir los war. Ich wollte nur noch diese verdammten Flecken von der Scheibe entfernen und beendete das Gespräch, indem ich das Gerät zu Boden sinken ließ. Aus der obersten Schublade des Schreibtisches holte ich meinen Spezialreiniger heraus und ein neues - noch eingeschweißtes - Reinigungstuch. Dann fing für mich der befriedigendste Teil meiner Arbeit an: Ich reinigte die Fensterscheiben meines Büros, bis der neue Lappen sich bereits aufzulösen begann und ich ihn anschließend in den Mülleimer werfen konnte.

Kapitel 3
» Ole

»Und wann kommt deine Schwester nun? Und warum noch mal? Ich kann dir nicht ganz folgen.« Ich schlang mein Brötchen herunter, während Sina – die Verlobte meines Bruders Hannes – mir meinen zweiten Becher voll Kaffee einschenkte. Hannes hatte sich genau die Richtige ausgesucht. Die beste Hausfrau, die weit und breit zu finden war. Und rein äußerlich hatte er auch gar nicht mal so einen schlechten Geschmack.

»Ole, das weißt du doch genau. Ihr seid unsere Trauzeugen. Claralina kommt heute Nachmittag mit dem Zug an. Ich muss noch zum Floristen. Er sagte mir, heute sei eine extra Lieferung angekommen. Da hat er mir sofort Mustergestecke angefertigt, die ich mir unbedingt ansehen soll. Davon will ich auf alle Fälle Fotos machen und später mit meiner Schwester besprechen, was sie davon hält. Kannst du sie dann bitte abholen?« Meine Schwägerin in spe bettelte mich förmlich an. Das sollte ich ausnutzen. So könnte ich ihr ein zweites Mal Schoko-Muffins für diese Woche entlocken.

»Was bekomm' ich denn dafür?«, wagte ich es daher nachzufragen. Ich wusste genau, dass sie mir gleich welche mit ihrem bestickten Geschirrtuch auf meinen Oberarm hauen würde.

»Aua!«, rief ich empört und rieb mir die Stelle, die nicht mal ansatzweise weh tat.

»Hör auf damit. Mach doch einfach mal das, worum ich dich bitte. Ich mache schließlich auch genug für dich, obwohl ich das schon lange nicht mehr muss.« Mit den Fäusten in die Taille gestemmt, versuchte sie, mich böse anzublicken. Es gelang ihr keine zwei Sekunden lang. Ich biss noch zwei weitere Male in mein Brötchen, klopfte mir die Krümel von den Händen und stemmte mich von der Tischplatte ab. Über meine Schulter hinweg rief ich ihr noch zu, während ich aus der Küche rollte: »Ohne mich hättest du nie meinen Bruder mit deinen Koch-künsten verhexen können. Wenn mir jemand was schuldet, dann du. Aber ich mach's. Nicht, dass ich nachher noch als undankbarer Krüppel bezeichnet werde.«

»Das würde ich niemals wagen!«, rief mir Sina empört hinterher. Ich konnte mein Lachen nicht zurückhalten. Aber bevor ich Sinas Schwester von irgendwo abholen konnte, musste ich erst noch zum Doc.

Kapitel 4
» Claralina

Sebastian schrieb mir in einer E-Mail, dass er vorübergehend im Appartement des Hotels wohnen würde, das sonst nur für besondere Gäste unseres Chefs zur Verfügung stand. Sollte er doch tun, was er für richtig hielt. Ursprünglich war geplant gewesen, dass ich nur dieses Wochenende zu Sina fahren würde. Die wichtigsten Details ihrer Hochzeit, die Ende April stattfand, sollten besprochen werden.

Warum musste sie mich nur fragen, ob ich ihre Trauzeugin werden würde? Sie wusste genau, dass ich nicht hätte Nein sagen können. Wir hatten es uns im Kindesalter versprochen. Nun hatte ich mir diese ehrenvolle Aufgabe an die Backe geholt und hatte schon jetzt keinen Nerv mehr, mich auf eine verwilderte Landhochzeit einzustellen. Ihren Zukünftigen hatte ich noch nie gesehen. Seit zwei Jahren waren sie nun ein Paar. Familienfeiern gab es bei uns nicht mehr und durch meinen Job in der Gastronomie hatte ich auch immer eine hervorragende Ausrede, warum ich Weihnachten nie Zeit hatte. Als sie mir irgendwann erzählte, dass ihre erste Familie, in der sie damals als Dorfhelferin engagiert worden war, wohl auch vorerst die letzte sein würde, hatte ich mir insgeheim ins Fäustchen gelacht. Ich dachte, dass sie endlich eingesehen hätte, dass das nichts für sie war. Leider hatte ich mich gewaltig geirrt. Sie verliebte sich damals in den ältesten Sohn der Familie, der einige Jahre älter war als sie. Und in zwei Monaten würden sie heiraten.

Der graue Februar durchzog die winterliche Landschaft mit Schlamm und Schmutz. Die Fensterscheiben des Schnellzuges ließen keinen klaren Ausblick auf die immer kahler werdende Landschaft zu. Mir blieb nichts anderes übrig, als die letzte Stunde still zu sitzen und so wenig wie möglich die Sitzflächen zu berühren und darüber nachzudenken, wer hier wohl schon alles saß.

Als ich schließlich den Bahnhof von Niebüll erreichte, war ich letztlich froh, angekommen zu sein. Ich hätte es nicht mehr länger ausgehalten, hier drinnen zu vergammeln. Meine beiden Trolleys schob ich dicht aneinander gepresst vor mir her, hob sie auf den Bahnsteig und zog mir rasch meinen langen Mantel über. Der Regen peitschte mir ins Gesicht, sobald ich die kleine Bahnhofshalle verließ.

Vergebens suchte ich die parkenden Autos ab und versuchte, meine Schwester ausfindig zu machen. Ich wollte gerade mein Smartphone aus der Manteltasche hervorholen, da wurde ich plötzlich angerempelt und fiel vornüber. Direkt über meine Trolleys – in eine Pfütze. Mein überraschter Aufschrei ließ den Rempler ein überdeutliches »Scheiße!« fluchen. Die schmutzige Nässe durchdrang meine Jeans und die Strumpfhose, die ich darunter trug. Ich rechnete mir schon aus, wie viele Keime in der Pfütze steckten, wie viele Menschen dort durchgelaufen waren und wie viele Kaugummis wohl an genau dieser Stelle ausgespuckt wurden. Doch da wurde ich mit einem Ruck von hinten gepackt. Zwei Arme umschlossen meinen Bauch, zwei Hände verschränkten sich vor mir ineinander und mit einem Stöhnen wurde ich wieder auf die Beine gestellt.

Ich erstarrte bei der Vorstellung, dass ich diesem Menschen noch nie zuvor begegnete, während er gerade dabei war, mir in den Nacken zu atmen.

»Sorry. War keine Absicht. Gehts wieder?« Die kratzige Stimme schickte mir einen Schauer über den Rücken. Auf einmal hatte ich das Bedürfnis, nicht wissen zu wollen, wer er war. Ich wollte ihn nicht anblicken. Nur seine Stimme hören. Einen solch rauen Ton hatte Sebastian nicht einmal, wenn er morgens verschlafen aufstand. Er war immer perfekt. Genau richtig für mich.

»Schon gut«, log ich daher. Ich fühlte mich besudelt und musste meinen inneren Zwang unterdrücken, laut aufzuschreien und mir die Klamotten vom Leib zu reißen. Und das kostete mich verdammt viel Disziplin.

»Na dann. Suchst du jemanden oder warum starrst du nur in diese Richtung? Kannst du mich nicht mal angucken, wenn ich mich schon bei dir entschuldige?«, drang es nun eine Spur patziger zu mir hervor. Schockiert über diese Dreistigkeit drehte ich mich entgegen meines eigenen Vorsatzes nun doch um und wollte dem Mann, der mich gerade erst zu Boden gestoßen hatte, gehörig eine Standpauke halten. Was für eine Frechheit! Schließlich hatte er uns erst in diese missliche Lage gebracht.

»Ob ich jemanden suche? Was geht dich das denn an? Du hast mich gerade in den Dreck gestoßen, wagst es, mich wieder hochzuheben und wirst dann auch noch frech? Ich glaube ich spinne! Schau mich doch an! Wie sehe ich denn aus? Weißt du eigentlich, wie teuer dieser Mantel war? Meine Koffer werden bestimmt total zerkratzt sein, wenn ich den Schlamm von ihnen entfernt habe!« Ich hätte mich noch Stunden weiter darüber aufregen können, doch mir wurde es zu kalt und zu nass. Erst da, als ich verstummte, habe ich ihn wirklich wahrgenommen. Wie er sein Gesicht schief hielt, sich sein Grinsen verkneifen musste, und ich mich tatsächlich fragte, ob ich jemals einen Menschen gesehen hatte, der eine solch lange Narbe in seinem Gesicht trug. Unter dem rechten Auge des Unbekannten begann sie und endete erst auf der anderen Hälfte seines Gesichtes am Nasenflügel. Angst überkam mich, ich wusste nicht, warum. Es machte mir Angst, nur zu erahnen, wie viel Blut einst über sein Gesicht gelaufen und was der Grund dafür war. Zugegeben, ich wusste wo die Angst herkam. Aber diese Bilder verbannte ich schnellstmöglich aus meinem Inneren. Sie hatten keine Erlaubnis, ständig aufzutauchen. Die Miene des Unbekannten verdüsterte sich. Er presste seine Lippen fest zusammen und seine Augen verdunkelten sich. Von Braun zu Schwarz. Die Stimmung an diesem tristen Nachmittag konnte nicht unheimlicher sein und ich wünschte mir einfach nur noch, dass meine Schwester endlich auftauchte.

»Sieht hässlich aus, ich weiß. Du kannst den Mund wieder zumachen und aufhören, mich anzustarren wie Frankensteins Monster«, entgegnete er meinem Schock. Trotz der Kälte konnte ich nicht verbergen, wie peinlich berührt ich in diesem Moment war. Ich hatte ihn angestarrt. Das hatte ich nicht gewollt.

»Verzeihung. Ich muss jetzt gehen. Meine Schwester holt mich ab.« Warum ich ihm das erzählte und dabei auch noch das Bedürfnis verspürte, mich weitere Male bei ihm zu entschuldigen, war mir nicht klar. Einen letzten Blick riskierte ich dann doch noch in die Augen, die mich an Vollmilchschokolade erinnerten. Er schien sich wieder beruhigt zu haben und musterte mich neugierig.

Ein Ringpiercing am linken Ohr fiel mir auf. Es passte zu ihm. Er erschien mir so rebellisch.

»Bist du Claralina?«, wollte er plötzlich von mir wissen und ich erschrak, als er mich bei meinem Namen nannte.

»Ja. Warum? Ist etwas mit meiner Schwester passiert?«, platze es augenblicklich aus mir hervor. Erneut versuchte ich, sie in meiner Umgebung ausfindig zu machen, aber ich sah sie noch immer nicht.

»Nein, nicht wirklich. Ich bin Ole. Hannes' Bruder. Sie hat mich gebeten, dich abzuholen, da ihr noch ein Termin beim Floristen dazwischengekommen ist. Soll ich deine Koffer nehmen?« Ole streckte mir seine Hand entgegen, doch ich zögerte. Seine Mundwinkel zuckten leicht und kleine Grübchen auf seiner Wange ließen einen weichen Kontrast zu der Brutalität seiner Narbe entstehen. Heute war ein Tag zum mutig sein, beschloss ich stumm und ergriff seine Hand. Einen kurzen Moment lang standen wir da und gaben uns die Hand, doch dann überkam es mich und ich entzog sie ihm, drehte mich wieder um und wischte unauffällig meine Hand am Mantel ab. Einen der Trolleys schob ich ihm entgegen, den anderen brauchte ich selbst, damit ich etwas zum Festhalten hatte.

»Wohnt meine Schwester weit von hier?«, versuchte ich aus dem Bruder meines Schwagers in spe herauszubekommen.

»Kommt drauf an, was für dich weit bedeutet? Hier in Nordfriesland haben wir wahrscheinlich eine andere Vorstellung davon als ein Stadtmensch.« Er lachte, blickte auf mich herab und zwinkerte mir zu.

»Mir geht es nur darum, wie lange es dauert, bis ich aus meiner nassen Kleidung komme. Ich will schließlich nicht mit Schniefnase bei den Vorbereitungen helfen müssen«, erklärte ich ihm und wunderte mich, dass Ole humpelte.

»Hast du dir eben wehgetan?« Vielleicht war ich ja zu schroff zu ihm gewesen und hatte nicht darauf geachtet, dass er sich vielleicht an meinem Gepäck verletzt hat. Er stockte einen kurzen Moment und betrachtete mich von Neuem.

»Nein. Das habe ich schon länger.« Eines der Grübchen trat hervor und ich musste lächeln. Wie untypisch für mich.

An seinem Auto angekommen, öffnete sich von alleine die Kofferraumklappe. Ein schicker roter Audi RS4 ließ mich kurzzeitig sprachlos werden.

»Nicht schlecht«, staunte ich und überließ es Ole, meine Koffer zu verstauen. Er grinste mich an und begann, mir die Beifahrertür zu öffnen.

»Auf dem Land gibt es sogar Gentlemen«, versuchte er mir einzubläuen und ich ließ mich auf den Ledersitz sinken. Zum Glück war es wenigstens hier warm und ich konnte mich aufwärmen.

»Ist dein Bruder denn auch nicht da?«, wunderte ich mich, als wir nach einer halben Stunde Fahrtzeit in Rodenäs ankamen.

»Nee. Der ist noch unterwegs. Er hat uns einen neuen Trecker gekauft. Er ist gestern Abend schon gefahren, um hoffentlich heute nach Feierabend wieder da zu sein.« Warum war man einen ganzen Tag unterwegs, wenn man sich einen Trecker kaufte?

»Aha. Kannst du mir bitte als erstes das Bad und mein Zimmer zeigen? Ich möchte mich wirklich nicht erkälten«, lenkte ich ab und versuchte, nicht in eine der Schlammpfützen vor dem Haus zu treten, von denen es hier mehrere Dutzend gab.

»Klar. Komm rein. Sina ist bestimmt auch bald wieder da. Sie wird dir dann den Rest zeigen. Ich muss gleich weg.« Ole humpelte an mir vorbei und ich fragte mich erneut, was es wohl mit seinem Bein auf sich hatte. Meine Schwester und ich haben nie großartig über den Bruder ihres Zukünftigen gesprochen. Unsere Beziehung war früher viel intensiver. Doch wir hatten uns verändert. Unsere Interessen und das Leben hatten uns zu anderen Menschen werden lassen.

Im Inneren des reetgedeckten Friesenhauses strömte der Geruch von süßem Gebäck durch die Luft. Ein Ofen in der Ecke der Diele ließ ein schwaches Feuer erahnen und in der Küche genauso.

Nachdem ich mich duschen konnte, meinen zukünftigen Kleiderschrank genau inspiziert und meinen Koffer ausgeräumt hatte, blieb mir ein wenig Zeit, mich weiter umzusehen. Von Sina war noch immer nichts zu sehen und Ole hatte sich bereits verabschiedet, noch bevor ich im Badezimmer verschwand. Mein Gästezimmer war überaus gemütlich eingerichtet. Sina hätte daraus ein Vorzeigezimmer für eine kleine Pension machen können. Auch hier stand wieder ein kleiner Ofen in der Ecke, direkt neben einem Sessel, auf dem eine vermutlich selbst gehäkelte oder selbst gestrickte Decke lag. Aber was verstand ich schon davon? Ich kannte mich mit den großen Sachen aus. Ich wusste, in welchen Kategorien gewisse Extras notwendig waren, um die Hotelgäste sich heimisch fühlen zu lassen. In einem Landhotel oder einer kleinen Pension waren diese kleinen Extras sicherlich von Vorteil, in einem Tagungshotel total überflüssig. Da lag der Fokus einfach auf anderen Dingen.

Doch dieser Landhausstil gefiel mir auf Anhieb. Er ließ die grauenhafte Stimmung des Wetters an den Fensterscheiben abprallen, während die Blümchentapete einen Hauch von Frühling erweckte.

»Clara?«, drang es zu mir hindurch und ich öffnete nur widerwillig meine Augen. Ein Muttermal direkt unter dem linken Auge meines Gegenübers zeigte mir, dass sie endlich da war.

»Sina!«, lächelte ich meine Schwester an und streckte mich in diesem verdammt gemütlichen Sessel. Der ganze schreckliche Tag, inklusive der drei Stunden Zugfahrt, hatte mich mehr Energie gekostet, als ich dachte. Meine Schwester schloss mich in die Arme und drückte mich beinahe kaputt. Wir stimmten in ein Lachen ein und in diesem Moment wurde mir klar, wie sehr ich sie tatsächlich vermisste. Zu lange haben wir uns nicht mehr gesehen.

»Ich habe dich so vermisst, kleine Schwester«, bestätigte sie mir meine Gedanken. Sie zog mich hoch, hinaus in die Küche und begann, eine Platte mit tiefdunklen Muffins auf den Tisch zu stellen. Im Anschluss setzte sie einen Teekessel auf den Gasherd und ließ die Flamme entfachen. Und ich kam endlich an. Bereit, die nächsten drei Monate Auszeit für mich zu nutzen, um herauszufinden, was ich wirklich wollte, was ich noch konnte und wer ich mittlerweile war. Nun musste ich nur noch hoffen, dass meine Schwester nichts dagegen hatte, dass ich länger blieb.

»Es tut mir wirklich leid, dass du so lange auf mich warten musstest. Aber ich war so aufgeregt, dass ich mich einfach nicht an den Blumen sattsehen konnte. Und die ganze Deko! Ich muss mir unbedingt eine Notiz machen, dass ich mir neue Frühlingskränze fertigen muss. Ich glaube, die würden sich auch gut an den Kirchenbänken machen.« Meine Schwester blickte aus dem Küchenfenster und verharrte einen kurzen Moment in ihren Gedanken. Wie von einem Insekt gestochen, drehte sie sich wieder um und strahlte, dass ihre Augen den dunkelsten Wintertag vertreiben konnten.

»Es wird so wunderschön, Clara! Jetzt wo du da bist, kann nichts schiefgehen«, gestand sie mir mit erstickter Stimme, und der Glanz in ihren Augen wurde feucht. Als Sina sich neben mich auf die Küchenbank setzte, nahm ich sie in die Arme und sie murmelte irgendetwas von »so glücklich« und »endlich wieder zusammen«, dass auch meine Augen begannen, einen kleinen Staudamm zu bilden.

Nach einer ausgiebigen Berichterstattung über Sinas Leben mitten auf dem Land, dicht an der Grenze zu Dänemark, konnte ich es selbst nicht mehr länger aushalten.

»Nun erzähl schon! Wie sieht dein Kleid aus, wie sieht der Festsaal aus, in dem die Feier stattfindet und welche Farbe wird mein Kleid haben? Muss ich so einen Blumenkranz in den Haaren tragen?«, wollte ich nun endlich wissen. Schließlich war ich hier, um die Details mit meiner Schwester durchzugehen. Sina begann zu lachen. So sehr, dass sie sich den Bauch hielt, und urplötzlich erstarb ihr Lachen. Sie schluckte kräftig und begann, auf ihrer Unterlippe zu kauen. War das etwa Panik?

»Ich dachte, wir planen zusammen. Die letzten Monate waren hier wieder so turbulent, dass ich nur die Karten verschickt, die Räumlichkeiten des Charlottenhofs gemietet und dich gefragt habe, ob du meine Trauzeugin wirst. Ach ja, und Carsten, den ortsansässigen Floristen habe ich gesagt, dass ich Ideen brauche. Machst du jetzt etwa einen Rückzieher?« Sinas Stimme saß voller Angst, ich könnte ihr böse sein. Wie hätte ich es gekonnt? Ihre rehbraunen Augen, die dichten Wimpern, die wie Schmetterlingsflügel schlugen und ihr langes braunes Haar, das in so wunderschönen Wellen um ihre Schultern lag, ließen sie viel jünger als fünfundzwanzig erscheinen.

»Störe ich?«, fragte jemand verwundert und ich konnte spüren, wie sich meine Muskeln verspannten, als ich diese raue Stimme erkannte. Ole war zurück. Sina richtete sich auf, begann zu strahlen und hob den Teller mit den Muffins an.

»Setz dich doch zu uns, Ole!«, forderte sie ihn auf. Alles, was ich vor wenigen Augenblicken noch an Angst und schlechtem Gewissen in ihr sah, war verschwunden

»Wenn ich es jetzt wage, mich zu euch zu setzen, dann würde ich Gefahr laufen, mich zu Tode zu langweilen oder an einem Zuckerschock zugrunde zu gehen«, lachte der Neuankömmling herzlich auf und setzte seine Mütze ab. Ole trug einen dunklen Sweater, der voller Staub war. Als er sich durch seine kurzen Haare strich, konnte ich im Schein der gedämpften Flurlichter erkennen, wie feiner Dreck aus ihnen herausfiel. Eine Gänsehaut überkam mich. Ich wollte nicht auf den Fußboden starren und ihn absuchen, damit ich wusste, wo sich der Feind befand. Sina und Ole bekamen davon nichts mit. Meine Schwester tat empört und setzte den Teller wieder ab. Ich fühlte mich so unwohl von einem auf den anderen Moment und wollte nur noch auf mein Zimmer gehen.

»Sina, ich bin ziemlich erschöpft von dem langen Tag und würde gerne schlafen gehen«, nuschelte ich und sorgte dafür, ihr nicht in die Augen schauen zu müssen, indem ich einfach aufstand.

»Schlafen? Aber es ist doch noch früh!«, stellte sie überrascht fest und griff nach meiner Hand, als ich zu ihr heruntersah. Mit einem kleinen Ausweichmanöver schaffte ich es, mich von ihr zu lösen und Abstand zwischen uns zu bringen.

»Ja, ich weiß. Aber ich möchte noch kurz mit Sebastian telefonieren und dann zu Bett gehen. Morgen starten wir dann die Hochzeitsvorbereitungen, in Ordnung?« Dass ich vorhatte, Sebastian anzurufen, war nur ein Vorwand, aber ich wollte mich einfach verkriechen – wie so oft in letzter Zeit. Dieser Tag steckte mir in der Tat in den Knochen. Nun musste ich nur noch irgendwie an Ole und dem Staub vorbeikommen.

»Sebastian? Dein mysteriöser Verlobter?« Sina zog ihre Stirn kraus.

»Juhu! Eine Doppelhochzeit!«, jubelte Ole mit einem großen Schwung Sarkasmus auf.

»Er ist genauso mysteriös wie deiner. Schließlich habe ich Hannes bis jetzt auch noch nie gesehen.« Sina ließ ihre Schultern sinken, blickte dann jedoch zu mir auf.

»Tut mir leid, Claralina. Ich wollte dich nicht angreifen. Ich wünsche dir eine gute Nacht. Soll ich dich zum Frühstück wecken?« Ihre Stimme war wie Butter – zart und vollkommen. Ich nickte ihr zu und wendete mich zur Tür. Ole sah mich nachdenklich an, sein Blick wanderte an meinem Körper entlang. Vor ihm blieb ich stehen und sah von ihm zum Boden, darauf bedacht, unauffällig einen großen Schritt über die Türschwelle zu wagen. Er erkannte mein Zögern, wich beiseite und ich ging in mein Gästezimmer.

Ich lag stundenlang auf meinem Bett und scrollte durch die Fotoalben meines Smartphones.

Bilder von Sebastian und mir ließen mich nachdenklich werden. Seit wir uns bei einem Nachwuchswettbewerb für Auszubildende der Hotelfachbranche kennengelernt hatten, war viel geschehen. Drei Jahre sind seitdem vergangen. Es war kurz nachdem Sina ihre neue Ausbildung abgeschlossen hatte und nach Rodenäs ging. Sebastian und ich waren zu Beginn nichts weiter als Konkurrenten.

Wir beide wollten besser als der andere sein. Und mir war es gelungen. Mit einem Punkt mehr stand ich damals ganz oben auf dem Siegertreppchen. Und dann fing alles an. Wir begegneten uns bei den Abschlussprüfungen im Prüfungshotel erneut. Unsere zu reinigenden Zimmer lagen direkt nebeneinander. Nach den Prüfungen fingen wir beide an, im gleichen Hotel zu arbeiten. Ein Tagungshotel in Bremen. Kein Jahr später war ich bereits als Hausdame aufgestiegen und vor wenigen Monaten bekam er die stellvertretende Hoteldirektion anvertraut. Keine zwei Jahre nach Beendigung unserer Ausbildung waren wir oben. Wo wir hingehörten. Sein Heiratsantrag war voller Euphorie. Wir beide – Seite an Seite – wären das beste Team. Doch eine kalte Abreise stand dabei nie auf unserem Plan für die Zukunft.

Die Dunkelheit des Zimmers in dieser stürmischen Nacht ließ mich erschaudern. Wer hätte gedacht, dass unser Leben so schnell einem Scheiterhaufen glich? Hitze in meinen Gliedern breitete sich aus. Vielleicht gelang es mir hier – bei meiner Schwester – wieder neue Kraft zu tanken. Die letzten Monate haben an mir gezerrt, und zwangen mich, immer weiter zu machen. Ich bin zu einer Maschine geworden. Mehr als je zuvor. Mit etwas Glück sollte ich es doch schaffen, dass mich eine spontane Landhochzeit vom Geschehenen ablenkte und Sebastian und ich im Anschluss wieder zusammenfanden. Ich musste ihm beweisen, dass ich nicht verrückt war. Denn mittlerweile glaubte er das. Und wenn ich ganz still war, dann hörte ich das Verrückte in mir brodeln, allzeit bereit auszubrechen und mich zu vernichten.

Bereits um fünf Uhr in der Früh war ich wieder wach. Meine innere Uhr ließ es nicht anders zu. Trotz der

geöffneten Augen fühlte ich mich, als würde ich schlaf-
wandeln. Mein Zwang, meine Gedanken abzuschalten,
hetzte mich in mein bekanntes Ritual. Ich zog meine
Trainingshose an, streifte über mein Sportshirt eine
Strickjacke und verließ mit meiner Taschenlampe, die
mich in der dunklen Jahreszeit überallhin begleitete, das
Zimmer. Das Haus war ganz still, alles schlief und somit machte ich mich davon. Ging in die Eiseskälte eines
Winters, der nie enden wollte. Es war mir egal, dass ich
mich hier nicht auskannte. Ich brauchte einfach nur eine
lange gerade Strecke, die ich entlang rennen konnte, bis
zu dem Punkt, an dem ich umdrehen konnte und gehetzt
die Flucht ergriff. Dieses Nordfriesland schien zu meiner
eigenen Überraschung geradezu perfekt dafür zu sein.

Als ich nach über einer Stunde endlich wieder zurückkam, war ich von Schweiß überströmt. Meine Muskeln
brannten und ich genoss das Ziehen in meiner Lunge. Die
kalte Luft, gerade über dem Gefrierpunkt, ließ meinen
Körper taub werden und ich schaffte es endlich, im Haus
meine Schuhe auszuziehen und auf Socken das Badezimmer anzusteuern. Aber die Taubheit meiner Gedanken
ließ mich die falsche Tür öffnen. Ich stürmte hinein und
erstarrte im nächsten Moment. Das war nicht das Bad, in
das ich wollte. Es war ein großer Raum mit Holzbalken
an den Decken. Vor mir erschien ein langer Körper, der
sich an einem der Balken klammerte und sich hinaufzog.
Sein Rücken glänzte vor Schweiß im gedämpften Licht.
Seine Muskeln erstreckten sich über seine Arme, hinauf
zu den Schultern und den gesamten Rücken entlang.
Sein gequältes Stöhnen zuckte durch meinen Kopf und
erzeugte ein hektisches Blinzeln. Ich erkannte Ole und
wunderte mich, warum er so früh am Morgen Klimmzü-

ge am Ständerwerk des Friesenhauses vollzog. Mein Blick wanderte weiter zu seinen Hüften und der tiefsitzenden Boxershorts, weiter zu seinen Beinen und dann stockte mein Atem. Es fehlte eins. Sein linker Unterschenkel war nicht existent und das ließ mich erschrocken zurücktaumeln, bis ich gegen die Wand knallte. Das Licht erhellte sich und ich erschrak erneut.

Ich sah noch, wie er den Kopf zu mir drehte, und da erkannte ich wieder die lange Narbe in seinem Gesicht. Mir entfuhr ein spitzer Schrei, presste meine Hände vor meinen Mund und konnte mich nicht mehr bewegen. Wie gelähmt stand ich an der Wand. Ole verzog das Gesicht und ließ eine Hand vom Balken, zögerte einen Moment, fiel dann hinab. Geschickt landete er auf einem Bein, sank zusammen und stützte sich mit den Händen am Boden ab. Er zog sich am senkrechten Balken hinauf und griff nach zwei Krücken, die dort angelehnt standen.

Er strafte mich mit Verachtung in seinen Augen und ich wagte kaum zu atmen. Plötzlich überkam mich Übelkeit und ich rannte aus dem Zimmer. Dieses Mal fand ich die richtige Tür und wenige Augenblicke später übergab ich mich über der Toilette. Vor meinen Augen tauchten Bilder auf. Bilder mit getrocknetem Blut, und ein nicht realer Gestank brannten sich in mein Bewusstsein, dass mein Körper immer mehr danach verlangte, sich zu entleeren. Als ich mich wieder erhob und der Schleier vor meinen Augen versiegte, sah ich ihn erneut. Ole stand im Türrahmen. Das verletzte Bein hing einfach da und die verbeulte Haut um den Stumpf herum ließ erneute Übelkeit in mir aufkommen. Ich zwang mich, ihm in die Augen zu blicken. Ich wollte ihm nicht zeigen, wie sehr ich mich ekelte, was mein Kopf für Bilder auslöste und in mir heraufbeschwor. Seine Augen waren teilnahmslos, doch seine Lippen verzogen sich zu einem Lächeln. Dieses hübsche Grübchen erschien, doch seine Narbe zerstörte den Anblick zugleich.

»Hässlich, nicht wahr?«, fragte er mich allen Ernstes. Es war nur ein Flüstern, doch es klang so herausfordernd, dass ich meinen Blick abwendete. Im Spiegel an der Wand sah ich mein Gesicht. Ich hatte überall rote Flecken. Meine Haare waren noch immer nass vom schnellen Laufen und der Feuchtigkeit draußen. Oles verächtliches Schnauben ließ mich erzittern und einen Moment später schlug er die Tür zu und ich war alleine. Ich sank zu Boden, fernab von der Realität schlang ich die Arme um meine Beine und wiegte mich selbst hin und her. Auf einem Boden, den ich vorher nicht kontrolliert hatte, ob er auch wirklich sauber und rein war. Ich spürte, wie ich zu jenem Tag abdriftete, an dem ich mir eingestand, dass ich ein schwerwiegendes Problem hatte. Die Realität schaffte es erst, mich wieder erwachen zu lassen, als mich Sinas Stimme durchdrang. Es waren ihre Hände, die mein glühendes Gesicht umschlossen und ihre Worte versuchten mich zurückzuholen. Als ich meine Augen öffnete, stand die Sorge um mich in ihr Gesicht geschrieben.

»Was ist nur mit dir passiert?« Ihre Stimme war so traurig, dass meine Kehle zu brennen begann und ich rang um meine Fassung. Sie sollte mich nicht so sehen. Keiner sollte es. Vor Sebastian gelang es mir, es zu verbergen. Doch somit schaffte ich es, ihn von mir zu stoßen.

Ich sammelte all meine Kraft zusammen, die noch in meinem Inneren vorhanden war, und stieß mich vom Boden ab. Als ich vor ihr stand, fühlte ich mich so hilflos. Ich zuckte mit den Schultern.

»Ich mache dir einen Tee. Geh du duschen und dann frühstücken wir. In Ordnung? Und dann kannst du es

mir erzählen, ja?« Sina wollte über meine Wange streicheln, aber ich wich zurück. Sie ließ ihre Hand wieder
sinken und verließ den Raum. Als ich ihr hinterherblick-
te, sah ich wieder Ole. Dieses Mal stand er angezogen im
Türrahmen. Er war komplett angezogen, doch plötzlich
hatte er wieder zwei Beine. Hatte ich mir das alles nur
eingebildet? Er schüttelte den Kopf und verschwand.

Kapitel 5
» Ole

»Ich habe keinen Hunger«, behauptete ich, als ich mir in der Küche einen Kaffee eingoss. Sina stellte ihr selbst gebackenes Schwarzbrot auf den Tisch und musterte mich eingehend.

»Sie wusste es nicht, Ole. Ich habe es ihr nie gesagt. Wir haben in den letzten Jahren nicht viel Kontakt gehabt, verstehst du? Hör auf, sie schon jetzt zu hassen. Und hör endlich auf, dich selber zu hassen! Ich kenne dich, mein Freund. Diesen sturen Blick setzt du immer auf, wenn du an dir selbst zweifelst.« Sina pikste mit ihrem Zeigefinger auf meinen Brustkorb. Es war mir egal, dass sie sich wie meine Mutter aufführte. Ich konnte es hervorragend ausblenden, wenn ich wollte. Obwohl sie gerade mal ein Jahr älter war als ich, war sie mir in den letzten Jahren mehr eine Mutter als meine eigene. Sina hielt zu mir, während meine Mutter nicht mit meiner Verstümmelung zurechtkam. Hannes sein Glück, sonst wäre Sina nie in unser aller Leben getreten.

»Du nimmst auch immer alles und jeden in Schutz, was?«, lachte ich auf, um ihr zu zeigen, dass ich nicht nachtragend war. Beim Gedanken an Claralinas Gesichtsausdruck, als sie plötzlich in meinem Zimmer stand, überkam mich wider Willen erneuter Groll. Eingebildete Tussi.

»Guten Morgen«, nuschelte es im Türrahmen. Besagte Gafferin sah zu meinem Leidwesen mehr als scharf aus. Ihre Haare waren noch nass und lagen ihr über die eine Seite ihrer Schulter geflochten bis über ihre Brust. Ihr eng anliegender schwarzer Rollkragenpullover betonte ihre schlanke Taille. Die dunkle Röhrenjeans verfehlte nicht einen Millimeter ihrer Wirkung. Claralina blickte zu Boden, als sie auf der Küchenbank Platz nahm. Ihre Wangen waren rot und diese vollen Lippen ließen mich einen kurzen Moment meinen Ärger vergessen. Warum zur Hölle fand ich sie auf einmal scharf? Sie war ein eingebildetes Miststück, das mich buchstäblich zum Kotzen fand. Für sie war ich genauso abstoßend wie für alle anderen Frauen. Nur weil sie Sinas Schwester war, hieß es ja nicht, dass sie ein genauso gutherziger Mensch sein musste.

Sina goss ihr Tee ein und strich mütterlich - wie sie einfach war - über Claralinas Haare. Vom Flur konnte man die Haustür zuschlagen hören. Hannes trat wenige Momente später in die Küche und die Romantik in diesem Raum nahm sich fest vor, mich erwürgen zu wollen.

Mein Bruder sah wie immer nichts anderes als seine Zukünftige. Und Sina begann augenblicklich zu strahlen, als Hannes einen Arm um sie legte, sie an sich heranzog und auf die Stirn küsste. Ich verdrehte die Augen und warf einen Blick auf ihre Schwester. Sie saß kerzengerade und hielt ihre Hände auf dem Schoß. Ihr linkes Bein tippelte ungeduldig auf den Fliesen. Genauso, wie ich es immer tat. Als ich noch ein linkes Bein besaß. Sie war unruhig und sprang auf, als mein Bruder ihr die Hand entgegenstreckte. Sie blickte von seiner Hand in sein Gesicht und wieder zurück. Man sah ihren inneren Kampf, ob sie nun zugreifen sollte oder nicht. Genau wie bei mir am Bahnhof, als ich ihr die Hand anbot. Und dann griff sie zu.

»Du musst also meine zukünftige Schwägerin sein. Ich bin Hannes. Freut mich, dich endlich kennenzulernen!«, zwinkerte er ihr zu. Mit seinen fünfunddreißig Jahren benahm er sich manchmal immer noch wie achtzehn. Ihm war jede Frau verfallen, von der er es sich wünschte. Doch Sina war die Erste, die es schaffte, dass *er* jemandem wirklich verfiel.

»Claralina Vogt. Freut mich ebenfalls, dich kennenzulernen.« Sie presste die Worte hervor und ich merkte sofort, wie sie log. Ihre Worte waren steif und auswendig gelernt. Sie setzte sich schnell wieder hin und ich nahm einen Schluck von meinem Kaffee, der noch immer neben dem Herd auf mich wartete. Obwohl ich es nicht vorhatte, setzte ich mich schließlich doch an den Tisch. Gegenüber von unserem Gast - und frühstückte. Es blieb mir im Grunde nichts anderes übrig. Wenn Sina ihr Buttermilchschwarzbrot backte, konnte ich nicht zulassen, dass die anderen es aufaßen und ich nicht.

»Ole!«, rief Claralina mir plötzlich hinterher, als ich nach dem Frühstück das Haus verlassen wollte. Als ich mich umdrehte, stand sie dicht vor mir. Wie klein war die Frau eigentlich? Sie ging mir gerade mal bis zur Schulter. Ihre Augen huschten über mein Gesicht und ich erkannte die Unsicherheit - und Angst - die ich bereits in meinem Zimmer in ihr erkannte.

»Was? Willst du mich wieder anstarren?«, zischte ich. Ich hasste es wie die Pest.

»Ich ... ich ...«, stammelte sie und drehte ihren Kopf zur Seite. Irgendein Instinkt in mir schrie, ich solle ihr süßes Kinn zwischen die Finger nehmen und sie dazu zwingen, mir in die Augen zu schauen. Und dieser Instinkt wurde zu einem Verlangen, dem ich nachgab. Claralina keuchte erschrocken auf, als sich unsere Blicke trafen und sich mein Gesicht in ihren fast schwarzen Augen spiegelte. Meine Finger gaben ihr Kinn wieder frei, sobald ich ein leichtes Zittern an ihr spürte.

»Es tut mir leid, wie ich mich verhalten habe«, flüsterte sie. Dieses Mal war es ehrlich gemeint, was sie sagte. Ich nickte ihr zu und sie drehte sich zum Gehen um. Meine Augen hefteten sich auf ihren wohlgeformten, runden Hintern und ich erwischte mich bei der Vorstellung, wie er sich unter meinen Händen anfühlen würde. Schnell schüttelte ich den Gedanken wieder ab.

»Willst du mich begleiten?«, rief ich ihr hinterher, ehe sie wieder in der Küche verschwand. Sie schaute mich verwirrt an, konnte mir nicht ganz folgen.

»Was hast du denn vor?«, fragte sie zu meiner eigenen Überraschung und ich begann mich selbst zu fragen, wo ich eigentlich hinwollte.

»Ich könnte dir die Gegend ein wenig zeigen?« Ihr Lächeln traf mich ein bisschen mehr als erwartet.

»Ich hole schnell meinen Mantel. Ach Mist, der ist noch nicht wieder sauber.« Und daran war ich schließlich schuld.

»Im Auto ist es warm.« Ein super Argument, das mir eingefallen war. Zum Glück regnete oder schneite es heute Morgen nicht. Dann konnte sie mit keinem Gegenargument kommen, dass sie auf dem Weg zum Auto nass wurde. Und dann nickte sie erneut.

»Aber meine Mütze und einen Schal nehme ich trotzdem mit.« Schon war sie wieder verschwunden und ließ mich warten. Und wo sollte ich jetzt mit ihr hinfahren? Mein Bruder riss mich aus meinen Gedanken, als er plötzlich vor mir stand und sich seine Jacke anzog.

»Viel Spaß euch beiden«, grinste er mich an und wackelte mit seinen Augenbrauen. Genervt von seinen Sprüchen boxte ich ihm an die Schulter.

»Als ob die sich auf einen Krüppel einlassen würde!«, höhnte ich. Wer wollte das schon? Das zeigte mir die Vergangenheit schließlich mehr als deutlich.

»Du bist immer nur so schwach, wie du es zulässt. Wenn du dir nicht einmal selbst eine Chance gibst, warum sollten es dann die anderen?«, sinnierte er vor sich hin und verließ das Haus. Claralina tauchte wenige Sekunden später wieder auf. Eingepackt in einen dicken Schal und mit einer gestrickten Mütze, stand sie bereit. Sie hielt eine Tasche hoch und zuckte mit den Schultern.

»Ich habe meine Kamera eingepackt. Auch wenn ich nicht glaube, vom Auto aus gute Fotos machen zu können.« Frauen und ihre ständigen Fotos. Das konnte ja heiter werden.

Kapitel 6
» Claralina

Was auch immer es war, das mich geritten hatte, Ole zu begleiten, es wollte mir einfach nicht einleuchten. Ich hatte ein schreckliches Verhalten an den Tag gelegt und wollte mich doch einfach nur entschuldigen. Dass er meine Entschuldigung annahm, erleichterte mich. Und nun saß ich schon wieder in seinem Wagen und er fuhr mit mir durch die Gegend. Was das Ziel war, wusste ich noch immer nicht. Viel erkennen konnte man auch nicht, außer die weiten Landstraßen.

»Wo fahren wir denn nun eigentlich hin?« Ole schaute mich verwirrt an, als hätte er es mir schon längst verraten und ich nicht begriffen.

»Das wirst du gleich sehen«, rügte er mich und ich bereute es bereits, dass ich hier drinnen gefangen war. Nach mehrmaligem Abbiegen und dem Folgen schmaler Straßen standen wir nun vor einem Deich. Besser gesagt: vor einem großen Tor, vor einem Deich. Was wir hier sollten, verstand ich nicht. Ole schnallte sich ab, drückte auf einen Knopf an seinem Autositz und dann ging seine Rückenlehne weiter zurück, sodass er beinahe im Auto lag. Mit einem frechen Grinsen blickte er mich an und verschränkte die Arme hinter seinem Kopf.

»Was wird das denn jetzt?« Hier gab es nichts, was er mir zeigen konnte, außer einem Tor und einem Deich.

»Schließ die Augen, Claralina. Wenn es soweit ist, wirst du es hören.«

Zum Kuckuck mit diesem Kerl! Ich stieg gerade aus dem Auto, um mir frischen Wind durch die Lungen pusten zu lassen, da sauste er an mir vorbei. Ich erschrak so sehr, dass ich mich fest an das Auto presste - meine Hände an meine Seiten gedrückt - und zugleich war ich beeindruckt von dem, was sich mir präsentierte. Das war nicht nur ein Deich, das war der Hindenburgdamm. Und das, was an mir vorbeipreschte, nur wenige Meter vor mir, war der Zug, der gerade von Sylt wieder auf dem Festland eintrudelte. Der kalte Wind ließ mich erzittern, ohne Mantel war es einfach zu kalt.

Als ich mich wieder ins Auto setzte, blickte ich direkt in sein Gesicht. Ole hatte die Augen geschlossen, er sah überaus entspannt aus und an der Stelle, wo seine Narbe über seine Nase zog, zuckte die Haut ganz kurz.

»Du starrst mich schon wieder an«, schmunzelte er und drehte den Kopf zu mir. Wobei mir seine Stimme wie Schmirgelpapier erschien. Ich wollte ihm gerade etwas erwidern, da klingelte mein Smartphone in meiner Tasche. Die Unterbrechung kam mir mehr als gelegen, doch als ich es herausholte und der Name meines Verlobten erschien, fühlte ich mich noch unwohler. Aber warum?

»Hi«, krächzte ich und versuchte krampfhaft, auf den Deich vor mir zu starren.

»Hallo Lina.« Ich liebte es, wenn Sebastian mich so nannte und sofort hatte ich Hoffnung, dass es mit uns wieder bergauf gehen könnte. »Ich hoffe, du hast gut geschlafen. Wir müssen uns nochmal unterhalten, wegen dem, was gestern war.« Mein Spitzname war also nur ein Vorwand, damit ich das Kommende besser aufnehmen konnte.

»Danke, das habe ich. Und du? Können wir später darüber reden? Jetzt passt es gerade schlecht.« Mir fielen bereits tausend Ausreden ein, die ich augenblicklich hätte vorbringen können. Eine berufliche Diskussion mit meinem Verlobten zu starten – und das auch noch in Oles Anwesenheit – war schließlich nicht das, was ich mir heute Morgen wünschte. Mein Tagespensum an Konflikten war bereits gedeckt. Ole betätigte wieder einen Knopf und saß nun ganz interessiert neben mir.

»Nein. Das können wir nicht. Ich würde es gerne anders handhaben, aber mir bleibt nichts anderes übrig. Der Chef will, dass ich es mache. Jetzt.« Das war es. Aus, Ende und vorbei. Beurlaubt zu werden, war das Eine, doch ich wusste schon jetzt, dass dieser Urlaub im Anschluss in Arbeitslosigkeit enden würde.

»Bitte nicht, Sebastian«, flehte ich ihn kaum hörbar an. Denn eine berufliche Trennung wäre der Gnadenstoß für unsere Beziehung. Er konnte es leugnen, wenn er es wollte, ich jedoch spürte es.

»Du brauchst nach diesem Urlaub nicht ins Hotel zurückkehren. Deine Überstunden und deinen Resturlaub aus dem letzten Jahr kannst du jetzt verwenden. Du erhältst eine Abfindung, die dich außerdem ausreichend entschädigen sollte. Die Vorkommnisse und deine Uneinsichtigkeit haben dich leider ins Aus gespielt. Ich wünschte es wäre anders, aber du bist offiziell gekündigt. Deine Papiere gehen heute in die Post und werden an die Adresse deiner Schwester zugestellt. Bitte wehre dich nicht dagegen.« Nichts als seine Position schwamm in seiner Stimme. Mir wurde eiskalt. Dass ich je meinen Job verlieren konnte, war mir unbegreiflich.

»Und ... was bedeutet das für uns?«, traute ich mich nach Sekunden der Stille zu fragen. Meine Umgebung nahm ich nicht mehr wahr, vor meinem inneren Auge lief eine Dauerschleife von Erinnerungen an Sebastian und mich ab, seit wir uns kennengelernt hatten.

»Ach, Lina!« Sein Seufzen war mehr als ein Stich in meinem Herzen.

»Nenn mich nicht so, wenn du es nicht so meinst!« Doch bei diesem einen Schmerz sollte es nicht bleiben.

»Ich habe alles versucht, was in meiner Macht stand. Du hast dich gegen alles gewehrt. Du wolltest keine Therapie, du wolltest nicht einmal mit mir darüber reden. Die kalte Abreise hat dich total verändert. Und es hat uns verändert. Wenn du wiederkommst, gehört die Wohnung dir. Falls du die noch willst. Ich sehe für uns keine Zukunft mehr. Ich hatte gehofft, dass es wieder besser wird, aber das wurde es nicht. Und ... ich glaube auch nicht, dass ich dich noch liebe. Wir sind noch keine fünfundzwanzig und du bist total steif geworden. Dein Feuer, was mich damals so sehr an dir faszinierte, ist komplett erloschen.«

»Leb wohl, Sebastian«, keuchte ich, ehe er mir noch weiter das Herz aus dem Leib riss. Meine Sicht verschwamm endgültig.

»Leb wohl, Lina.« Nach einem kurzen Knacken in der Leitung war alles vorbei. Ich war von jetzt auf gleich ein Niemand. Und ich war alleine. Alleine mit meiner Angst, mit meinen Erinnerungen und nun auch mit meinem Schmerz. Jemand griff nach meinem Kinn und zog es langsam zur Seite. Ganz alleine war ich nun doch nicht, aber konnte ich mir sicher sein, dass ich diese Gesellschaft wirklich wollte? Ole legte seinen Kopf schief und studierte mein Gesicht, während ich versuchte, seinem Blick zu entkommen.

»Lass mich los. Bitte.« Mein Versuch war kläglich und ich scheiterte erneut. Doch dann ließ er mich tatsächlich frei – nur um mich im nächsten Moment zu umarmen. Ich wollte es nicht. Ich wollte nicht von einem fremden Kerl in den Arm genommen werden, vor allem nicht von einem Mann, von dem ich am Morgen noch dachte, ihm fehlte ein Bein. So weit war es schon mit meinen Zwängen und Ängsten, dass ich mir einbildete, dem zukünftigen Schwager meiner Schwester würden Gliedmaßen fehlen.

Aber er ließ mich nicht los. Er hielt mich fest, drückte mich an sich, der Duft seines Parfums kroch in meine Nase und sorgte dafür, dass ich mich einen Funken entspannte. Es roch so gut, so weich und so verlockend. Der Damm brach und augenblicklich traten die ersten Tränen hervor. So sehr und bitterlich zu weinen, wie ich es mir in den letzten Monaten nicht erlaubte, überraschte mich selbst. Ich wollte stark sein. Ich wollte zeigen, dass es mir nichts ausmachte, was geschehen war. Aber dem war nicht so. Es verfolgte mich in meinem gesamten Dasein. Meine Arbeit wurde davon bestimmt und trieb mich in den Wahnsinn. Ich sah Flecken an Stellen, die klinisch rein und sauber waren. Ich verbrauchte Unmengen an Desinfektionsmittel und fühlte mich unwohl, wenn ich nicht den bestialischen Geruch der Keimtötung in meiner Nase spürte. Alles zwang mich, vom Geschehenen zu lösen, aber es trieb mich immer weiter in die Erinnerung.

»Möchtest du darüber reden, Claralina?« Oles raue Stimme ließ mich einen Moment zusammenzucken. Er war nicht der Mann, der mich gerade halten sollte. Den Mann, der mich einst halten wollte, hatte ich vertrieben, weil ich es bis jetzt nie zuließ, darüber zu reden, wie es tief in mir aussah. Was war ich nur für ein Mensch, dass ich über ein halbes Jahr jede Therapie verweigerte, jede Annäherung anderer abwies, und nun meinen Gefühlen freien Lauf ließ? Ich war scheinbar ein Mensch, den man ersetzen konnte, was das Gespräch vor wenigen Minuten schließlich zeigte.

»Kannst du mich bitte zurückbringen? Ich möchte alleine sein. Dich kenne ich eigentlich gar nicht. Warum sollte ich dir also erzählen, weshalb mein Verlobter mich gerade verlassen hat und zu guter Letzt auch noch vor wenigen Minuten meine Kündigung abgeschickt hat?«, erwiderte ich an seine Brust und stemmte mich von ihm ab. Ich sah überaus grässlich aus, das spürte ich. Aber dieser verflixte Typ begann erneut, mich zu mustern. Ich fühlte mich wie ausgesetzt. Mitten in der Pampa, direkt vor einem Deich, der irgendwo in der Nordsee endete. In einem Auto, alleine mit Ole an diesem verregneten Februarvormittag, an dem ich am liebsten aus dem Wagen gesprungen und davon gestürmt wäre. Aber ich hatte ja vorerst keinen Mantel mehr! Und dann begann er auch schon wieder zu grinsen und es gruben sich diese verdammten Grübchen in seine Wangen. Warum quälte Ole mich nur so sehr?

»Ich habe nicht nach dem Warum gefragt. Aber zumindest hast du mir erzählt, was geschehen ist. Das ist doch schon ein Anfang, oder nicht?« Es sollte aufmunternd klingen, aber es brachte nicht viel. »Na gut. Fahren wir zurück. Was soll ich deiner Schwester sagen? Ich kann sie ablenken und du schleichst dich rein. Oder ... ich brülle dich beim Aussteigen einfach an. Dann bin ich der Arsch, der dich zum Weinen gebracht hat. Das kann ich gut, musst du wissen. Also natürlich würde ich nicht in echt gemein zu dir sein. Nur so, dass Sina denkt, dass sonst alles in Ordnung ist. Du erzählst ihr einfach ... ähm

... Ach, Claralina, ich weiß nicht, was du ihr sagen sollst. Ich weiß nicht, was *ich* sagen soll.« Ole beendete seinen Monolog und warf mir einen verzweifelten Blick zu. Er schaffte es tatsächlich, mir ein kleines Schmunzeln zu entlocken.

»Würdest du bei mir bleiben, wenn ich es meiner Schwester erzähle?«, fragte ich ihn intuitiv. Er erweckte den Eindruck, als könne man sich auf ihn verlassen, wenn es darauf ankam. Und so wie ich meine Schwester kannte, würde sie mich bemuttern. Von vorne bis hinten, wenn ich erst mit der Wahrheit herausrückte.

»Du meinst, ich soll bleiben, wenn du ihr erzählst, dass dein Verlobter dich gerade gekündigt und mit dir Schluss gemacht hat?« Unbehagen spiegelte sich in seinen dunklen Augen, er wechselte den Blick von mir zurück auf die Straße. Ich schaute durch das Seitenfenster und mein Blick verschwamm erneut.

»Ja und nein. Wenn ich ihr sage, dass ich eine Leiche gefunden habe und allmählich den Verstand verliere«, wisperte ich und erschrak augenblicklich, als Ole mit einer Vollbremsung auf der nassen Straße zum Stehen kam.

»Du hast was?«, rief er aus und ich war über mich selbst erstaunt, dass diese Worte meinen Mund verlassen hatten.

Kapitel 7
» Ole

Claralina sprach nicht mehr mit mir, bis wir unseren Hof erreichten. Ich konnte es mir natürlich eingebildet haben, was sie sagte, aber ich war mir sicher, dass ich es richtig verstanden hatte.

Sie hatte eine Leiche gefunden? Wann, wo und warum? Ich fuhr meinen Wagen in die Scheune und als der Motor erstarb, saßen wir noch einen kurzen Moment ganz still im Auto. Doch dann schüttelte ich meinen Kopf und war mir fast sicher, dass ich mich verhört haben musste. Ich öffnete die Tür und stieg aus. Mein Oberschenkel krampfte und die Prothese drückte schon wieder. Ich war froh, das Ding gleich endlich ablegen zu können.

Claralina stieg noch immer nicht aus und somit ging ich zu ihr und öffnete ihre Tür. Gestern hatte ich noch was von Gentleman erzählt, dann musste ich es heute wohl auch wieder sein. Sie blickte mich aus ihren warmen braunen Augen an und ihre verdammten Lippen waren vom Weinen ganz geschwollen. Verdammter Mist. Warum musste Sinas Schwester auch nur so heiß sein? Was war das für ein Kerl, der ihr den Laufpass gab?

»Bist du bereit?« Klasse Frage, Ole! Wann sollte man bitte für ein solch erdrückendes Gespräch bereit sein? Es gelang mir nicht, sie aufzuheitern. Als ich nach ihrer

Hand griff, zuckte sie einen kurzen Augenblick zusammen. Das war dann die nächste doofe Idee von mir. Zu meinem Glück nickte sie schließlich kaum merklich, schnallte sich endlich ab und stieg aus. Natürlich ohne nach meiner angebotenen Hand zu greifen. Wir gingen schweigend - Seite an Seite - am neuen Oldtimer, den Hannes geholt hatte vorbei zur kleinen Holzschiebetür. Ich zog sie beiseite und ich spürte den fragenden Blick meiner Begleitung. Hinter der Schiebetür steckte ich meinen Schlüssel in die nächste Tür und schloss auf. Ich stupste die Tür auf und vollzog eine einladende Handbewegung.

»Immer herein in die gute Stube. Heute Morgen bist du ja schon drin gewesen. Aber dies hier ist mein eigener Eingang«, erklärte ich ihr und nachdem sie eintrat und sich um ihre eigene Achse drehte, blieb sie stehen.

»Warum sind hier überall Holzbalken?« Sie nahm ihre Mütze und Schal ab, klammerte sich daran fest.

»Das war früher ein Teil der Scheune. Wir haben ihn umgebaut und Wohnraum geschaffen«, antwortete ich ihr wahrheitsgemäß. »Ähm ... ich zieh mich kurz aus, wenn es dir nichts ausmacht.« Ihre Verwirrung war ihr ins Gesicht geschrieben, als ich meinen einen Schuh auszog und meine Gürtelschnalle öffnete. Um ihr nicht gleich wieder die volle Pracht meines Stumpfes zu präsentieren, ging ich zu meinem Kleiderschrank in der Ecke des Raumes, wo auch mein Rollstuhl stand.

»Was machst du da?«, erschrak sie und ich runzelte die Stirn. Sie hätte ja ein bisschen Verständnis zeigen können, schließlich war ich eben auch nett zu ihr, als es ihr nicht gut ging.

»Habe ich doch gesagt. Ist es so schlimm für dich? Jetzt, wo du es weißt, hatte ich gehofft, dass du nicht mehr so panisch reagierst wie heute Morgen.« Claralina wurde kreidebleich. Sie trat auf mich zu, kam mir immer näher und nun fühlte ich mich wie an den Pranger gestellt.

»Ich dachte, ich hatte es mir nur eingebildet«, verließ es ihre Lippen. Sie starrte mich schon wieder an und das wollte ich nicht. Gerade, als ich mich von ihr abwenden wollte, griff sie nach meiner Hand.

»Darf ich?« Ihre Mütze und der Schal fielen zu Boden. Doch ich verstand nicht, was sie wollte.

»Mich auszuziehen?«, überspielte ich daher meine Unwissenheit und versuchte, selbstbewusst zu wirken. Doch das war ich leider nicht immer, wie ich es gerne wollte. Schließlich war ich nicht mehr der Ole, der früher das Leben in vollen Zügen genoss. Als sie nickte, wartete sie auf keine Antwort mehr und öffnete die Knopfreihe meiner Jeans. Wenn mir das Ganze nicht so peinlich gewesen wäre, hätte ich ihr gleich ganz andere Sachen erklären müssen. Es war lange her, dass mir jemand die Hose öffnete. Sie hielt sich an meinem Hosenbund fest und ich legte meine Hände auf ihre. Sie waren kalt, aber sie zuckte nicht einmal zurück. Unsere Blicke trafen sich und ich traute mich kaum zu atmen.

»Bist du bereit?«, wollte ich wissen und ignorierte ihr Kopfschütteln. Die Jeans fiel auf den Boden und nun stand ich zum zweiten Mal an diesem Tag in Boxershorts vor ihr. Jetzt jedoch mit Prothese. Ich griff zur Seite und zog den Rolli zu mir, weil ich dieses Ding endlich abschnallen musste. Als ich dann vor ihr saß und die Hose endlich von meinen Beinen befreite, starrte sie mich noch immer an.

»Willst du es noch immer sehen?« Verdammt! Warum fragte ich sie so einen Scheiß? Wer will denn schon einen

Stumpf als Nahaufnahme betrachten? Und dann auch noch so eine Frau?

»Ja«, wisperte sie und bei dem Rauschen in meinen Ohren hatte ich es fast überhört. Also begann ich, die Ledermanschette aufzuschnüren, ließ die Fassung aufspringen und zog ihn heraus. Claralina zog scharf die Luft ein, dabei hatte sie bis jetzt nur die verschönerte Fassung mit Silikonstrumpf gesehen.

»Den Rest erspare ich dir. Gibst du mir die Trainingshose da?«, lenkte ich sie ab und zeigte auf den Wäschehaufen neben meinem Schrank. Sie blinzelte, als wäre sie gerade aus einer Trance erwacht.

»Willst du mit deiner Schwester in der Küche sprechen? Wenn du ihr lieber in deinem Zimmer berichten möchtest, was du mir gerade erzählt hast, muss ich meine Krücken mitnehmen. Deine Tür ist zu schmal.« Mit einem Schlag war es nicht mehr komisch, vor ihr darüber zu sprechen. Jetzt, wo sie es bewusst gesehen hatte. Claralina jedoch setzte sich auf meine Couch und begutachtete den Raum, der sich in Schlaf- und Wohnbereich aufteilte. Schon wenige Augenblicke später stand sie wieder auf und ging zu einem Regal, das ich vor Jahren aus Eichenbohlen gewerkelt hatte. Sie nahm einen Bilderrahmen in die Hand und studierte aufmerksam, was sie dort sah. Mich. Mit zwei gesunden Beinen auf meiner damaligen Crossmaschine bei einer Off-Road-Tour.

»Wie ist das nur passiert?« Ihre Worte waren kaum mehr zu hören und doch war es die Frage, die mich für den Rest meines Lebens begleitete.

»Lenk nicht ab. Setz dich hin, dann hole ich Sina. Je eher du es hinter dich bringst, desto eher bist du davon befreit. Glaub mir.« Ich konnte nicht anders, als mich von ihr zu entfernen. Andernfalls wäre ich der Nächste, der anfangen würde zu starren. Diese Frau war so verdammt schön, dass ich sie bereits nach einem Tag stundenlang beobachten könnte. Aber für sie würde ich womöglich – wenn überhaupt – nur ein Kumpel sein. Und das auch nur für die Zeit, die sie hier war. Danach war ich bereits vergessen, das war mir schon jetzt bewusst. Sie nickte mir zu und setzte sich wieder hin. Ich rollte zum Flur, denn auch ich wollte endlich wissen, was es mit diesem mysteriösen Leichenfund auf sich hatte.

Ich traute meinen Ohren nicht, als Claralina begann, Sina und mir zu berichten, warum sie nun arbeitslos wurde. Was sie verändert hatte, dass ihr Chef und ihr Verlobter die Entscheidung trafen, sich von ihr zu lösen.

»Es war ein ganz normales Check-out. Dachten wir jedenfalls. Das Zimmer war für eine gesamte Woche gebucht worden. Beim Einchecken sagte der Gast jedoch, dass er seine Privatsphäre schätze und daher auf die tägliche Reinigung verzichte. Er wollte auch keine neuen Handtücher in dem Zeitraum erhalten, da er seine eigenen von daheim hatte.« Claralina unterbrach sich, nippte an ihrem Tee und Sina und ich saßen links und rechts von ihr auf der Couch. Der erneut einsetzende Regen knallte an die Fensterscheiben und unterstrich ihre düstere Erzählung. »Der Gast war auf einem Seminar in unserem Hotel, das die ganze Woche über stattfand. Ein ganz normaler Teilnehmer. Als das Zimmer frei wurde, standen wir unter Zeitdruck, weil die nächsten Check-ins anstanden und wir ausgebucht waren. Normalerweise bin ich in meiner Position dafür zuständig, die Zimmermädchen einzuteilen, zu kontrollieren und für den reibungslosen Ablauf auf der Etage zu sorgen. An jenem Juli-Morgen half ich beim Zimmerreinigen selbst mit.

Und da ein Hotelzimmer, das die ganze Woche über nicht zwischengereinigt wurde, mehr Aufwand bedeutete, übernahm ich es selbst. Als ich es betrat, schüttelte es mich bereits, weil es in dem Zimmer stank. Ich wusste nicht, was es war, es war einfach nur ekelig. Ich hasste die Rezeption in diesem Moment dafür, dass man den Gästen solche Wünsche erfüllte.« Sie strich sich über ihre Arme, als sei ihr kalt gewesen.

»Ich dumme Kuh habe mich vor dem Geruch so sehr geekelt, dass ich Fehler machte. Ich riss als Allererstes die Balkontür auf und schloss die Zimmertür, damit der Gestank nicht auch noch auf den Flur drang. Im Anschluss fing ich erst einmal mit dem Badezimmer an. In der Hoffnung, dass es dort besser auszuhalten war. Auch das war ein Fehler. Denn ich hielt eine vorgeschriebene Reihenfolge der Zimmerreinigung nicht ein.« Claralina erzählte von den vielen langen Haaren in der Dusche, von dem Kot im Duschsiphon und dem bräunlich verfärbten Waschbecken. Sie ließ das Zimmer sofort von der Rezeption für diesen Tag sperren, weil sie sicher war, dass es bis vierzehn Uhr nicht fertig wurde. Man hörte ihr an, wie wütend sie noch heute auf ihr eigenes Verhalten war.

»Das Bad war zwar gereinigt, aber die Flecken schimmerten trotzdem durch. Sebastian maßregelte mich am Telefon, dass es nicht ginge, das Zimmer zu sperren, sonst drohte eine Überbuchung. Also putzte ich weiter. Die Betten zog ich ab und wunderte mich, dass kein Bettschoner auf der Matratze war. Der fehlte einfach. Und die Bettlaken waren auch nicht die vom Hotel. Diese Kleinigkeiten regten mich so sehr auf, dass ich alles fertig hatte, bis auf das Prüfen der Dekorationstruhe in der Ecke neben dem Balkon. Es gab Gäste, die dachten, es wäre eine gute Alternative für die Müllentsorgung.« Ihre

Stimme bebte und sie holte tief Luft. Es fühlte sich so natürlich an, so selbstverständlich, als ich ihr mit meiner Hand den Unterarm streichelte. Und sie ließ es zu, selbst wenn sie im ersten Moment zusammenzuckte.

»Ich öffnete sie und alles, was ich noch von diesem Moment weiß, ist, dass ich wenige Augenblicke später ohnmächtig wurde. In der Truhe war die Leiche einer nackten Frau. Der Geruch brannte sich über Wochen in mir fest. Als ich ohnmächtig wurde knallte ich mit dem Kopf an die Kante des Hotelbettes und hatte eine Platzwunde. Als ich aufwachte, lag ich auf der Trage vom Rettungswagen, der im Innenhof des Hotels geparkt wurde. Meine weiße Kleidung war voll mit Blutspritzern und seitdem ist es um mich geschehen. Seit diesem Tag habe ich Zwänge, die ich nicht mehr ablegen kann, und regelmäßige Ängste. Und ... sie treiben mich in den Wahnsinn.«

»Oh mein Gott, Clara! Aber warum hast du mir nie etwas davon erzählt? Ich wäre doch für dich dagewesen!« Sina war fassungslos und mir fehlten die Worte. Sina nahm ihre Schwester in den Arm, die daraufhin zu weinen begann. Claralina hörte die nächsten zehn Minuten nicht auf zu bibbern und mehr als sonst fühlte ich mich nutzlos. Außer Taschentücher heranzuschaffen konnte ich nichts tun und das wurmte mich. Als die beiden eine halbe Stunde später den Raum verließen und Claralina sich in ihr Bett legen wollte, war ich alleine. Meine Gedanken kreisten aber immer wieder zum Erzählten. Ich musste mich irgendwie ablenken. Kurzerhand beschloss ich, mir meine Prothese wieder anzuziehen und ging in die angrenzende Scheune. Unser neuester Oldtimertrecker, der Hanomag R45, musste eh schleunigst repariert werden. Eine gute Möglichkeit, mich abzulenken.

»Ole? Wo hast du dich versteckt?«, ertönte es irgendwann am frühen Abend. Ich konnte Sina beobachten, wie sie sich in ihrem Wintermantel und ihren gefütterten Gummistiefeln im Eingang der Scheune umblickte. Sie hatte das Telefon in der Hand.

»Hier hinten. Bei der Hebebühne.« Ich wedelte als Zeichen mit meinem Imbusschlüssel durch die Luft.

»Matze ist dran. Und in einer halben Stunde gibts Abendbrot«, erklärte sie mir und gab mir das Gerät.

»Ey Bauer, was gibts?«, wollte ich von meinem Kumpel wissen.

»Junge, Junge! Du hast ja Nerven. Hast du dein Handy verloren oder warum gehst du nicht ran? Ich will wissen, was mit heute Abend ist. Kommst du nun zur Löschfete oder gammelst du wieder zu Hause rum?« Es war typisch für Matze Emmerich, dass er so ungeduldig war. Er war immer in Bewegung und hatte rund um die Uhr den Kalender voll. Dass er sich deshalb irgendwelche Feten durch die Lappen gingen ließ, sah er aber nicht ein.

»Hab' nicht drauf geschaut. Nee, ich hab' keinen Bock. Ich bin am Schrauben und das Getriebe vom R45 will sich nicht lösen. Willst du noch rumkommen und dir das ansehen?«, wich ich ihm aus. Im Grunde war es egal, ob ich zu der Fete unserer Freiwilligen Feuerwehr wollte oder nicht. Da ich noch immer als aktives Mitglied eingetragen war, hatte ich genauso Erscheinungspflicht wie die anderen. Aber ich wollte mich drücken, auch wenn es schwierig war, da mein Bruder der Ortsbrandmeister der Wehr war.

»Alter, keinen Bock gibts nicht, verstanden? Ich komm um 20:00 Uhr und guck mir das Ding an. Dann fahren wir dahin. Kann ich mein Auto bei dir stehen lassen? Sina fährt doch? Wag es ja nicht zu sagen, du bist Fahrer.

Das lasse ich heute nicht durchgehen. Mittlerweile wollen mir alle weismachen, dass sie alt und vernünftig geworden sind. Darek konnte ich auch nicht überzeugen, weil morgen seine Liebste kommt.«

»Du vergleichst mich ja wohl nicht mit Darek van der Bor, oder? Der ist zehn Jahre älter als ich. Meinetwegen, komm her. Ich frag Sinas Schwester, ob sie auch mitkommen will. Sie ist gestern angereist.«

»Sieht die gut aus?«

»Alter, halt die Füße still, klar? Wir sehen uns später.« Am anderen Ende dröhnte sein Lachen und ich schüttelte mit dem Kopf.

»Ich garantiere für nichts. Hau rein, bis später.«

Kapitel 8
» Claralina

Ich hatte keinen Hunger, dennoch bestand meine Schwester darauf, beim Abendessen anwesend zu sein. Hannes musste heute Abend zu einer Veranstaltung der Feuerwehr. Was ein Ortsbrandmeister war, wusste ich nicht, aber scheinbar war es wichtig. Und Sina wollte auch zu dieser Feier. Ihre Freundinnen seien auch da. Nachdem ich ihr und Ole erzählte, was im letzten Juli in unserem Hotel geschehen war, war ich total ausgelaugt vom vielen weinen und hatte mehrere Stunden geschlafen. Normalerweise wollten wir uns heute mit den Hochzeitsvorbereitungen beschäftigen, aber das hat Sina auf morgen verschoben. Das war auch besser so.

»Claralina, du solltest besser was essen, sonst verträgst du das Bier später nicht«, wendete sich Hannes an mich, während er ein Stück seiner Rinderroulade in die dunkle Soße tunkte. »Und außerdem kann es passieren, dass Ole dir sonst alles wegisst«, lachte er auf und grinste seinen kleinen Bruder an. Ole war verdammt ruhig und schaute mich kaum noch an. Aber andersherum war es nicht viel besser. Bis er mir seine Prothese zeigte und seinen Stumpf hinauszog, dachte ich wirklich, dass ich mir den Vorfall in den frühen Morgenstunden nur eingebildet hatte. Aber es war die Realität. Als ich von ihm wissen wollte, was der Grund dafür war, dass er das halbe Bein verlor, wollte er nicht darüber sprechen. Ich nahm es ihm irgendwie übel, schließlich hatte ich kurz darauf etwas von mir preisgegeben. Ich zwang mich, meine Gedanken auf meinen zukünftigen Schwager zu richten.

»Ich trinke doch kein Bier. Warum sollte ich abends alleine Alkohol trinken?«, stellte ich klar, denn ich wusste deutlich Besseres an einem einsamen Abend mit mir anzufangen, als alleine Bier zu trinken. Zum Beispiel schlafen. Oder mir einen neuen Job zu suchen.

»Du sollst ja auch nicht alleine Bier trinken. Du kommst doch heute Abend mit, nicht wahr?«

»Was? Nein! Da kenne ich doch gar keinen. Und ich will auch gar nicht mit.« Ich suchte Unterstützung seitens meiner Schwester. Vergebens. Sie lächelte mich verlegen an und reichte Ole eine weitere Roulade. Wo lässt der Kerl denn das ganze Essen nur?

»Ach Clara, komm doch bitte mit. Bei diesen Feiern herrscht eh immer Frauenmangel und die Männer fangen erst an zu tanzen, wenn ihnen der Gesprächsstoff ausgegangen ist. Was wahrscheinlich nie passiert. Also bitte. Wir beide müssen auch nicht lange bleiben. Versprochen.« Meine Schwester verstand es genau, den Dackelblick aufzusetzen. Im Grunde war ich froh, mir den Kummer von der Seele geredet zu haben, und meine Schwester und ich waren seit Jahren nicht mehr gemeinsam unterwegs.

»Komm schon«, meldete sich nun auch Ole zu Wort. Er zwinkerte mir zu, richtete seine Augen sogleich wieder auf seinen Teller. »Lass dich ein bisschen ablenken. Wenn es dir zu viel wird, fahren wir auch wieder. Versprochen.« Seine Stimme klang plötzlich nicht mehr so rau wie gewöhnlich. Es lag etwas Weiches darin. Dieses Versprechen klang wie eine Bitte und ich war mir nicht mehr sicher, wie meine Antwort nun lauten sollte.

»Habe ich eine andere Wahl?«, fragte ich vorsichtig nach.

»Nein«, lachten die drei gleichzeitig los und somit wurde über meine Abendplanung neu entschieden. Hoffentlich war das keine falsche Entscheidung, die ich gerade getroffen hatte.

»Sina, lass mich aber bitte nicht alleine, okay? Ich kenne hier doch niemanden, außer euch.« Die vielen Menschen in diesem Saal begutachteten mich alle wie eine Außerirdische. Sina machte eine Handbewegung, als sei alles nicht so dramatisch, wie ich dachte. Ole bekam, bevor wir losfuhren, noch Besuch von einem Kumpel. Dieser Matthias war zwar nett, aber er konnte einfach nicht den Mund halten. Er quasselte in einer Tour und schien mir komplett überdreht. Ich hoffte inständig, dass nicht alle in diesem kleinen Dorf einen solch hohen Redebedarf hatten. Und hoffentlich kamen sie mir mit gestiegenem Alkoholpegel nicht näher. Diese Situation bedrängte mich und ich suchte vergebens Halt an meiner Handtasche.

»Keine Sorge, Clara. Die Männer hier schnacken fast ausschließlich über die Landwirtschaft oder über die Feuerwehr. Wenn sie einen besonders guten Tag haben, eventuell noch über Fußball. Aber dieses Thema endet eh meistens in Streit. Wenn du da nicht mitreden kannst, bist du ziemlich schnell aus den Gesprächen entlassen. Natürlich wollen die meisten wissen, wer denn meine hübsche Begleitung ist.« Sina lächelte mich an und wollte mir Mut machen.

»Also, Claralina, was möchtest du trinken?«, fragte mich Ole, der zu meiner rechten auftauchte. Es entging

mir nicht, wie er unauffällig seinen Blick an mir hinabgleiten ließ. Sein Piercing blitzte im Licht der Scheinwerfer
auf, die in verschiedenen Farben durch den Saal streiften.

»Was trinkt man denn hier so?«

»Alles, was du willst«, lachte er auf und drehte sich
zu einer Kellnerin um, die gerade mit einem Tablett mit
Bier umherging. Er griff sich zwei Gläser und reichte mir
eins. Von meiner Schwester war nichts mehr zu sehen.
Verräterin.

»Das ist nett, aber ich kann nicht.« Es war mir unangenehm, doch ich konnte nicht aus diesem Glas trinken.

»Magst du kein Bier?« Man sah, dass ich ihn schon
jetzt überforderte, dabei wollte er sich nur Mühe geben.

»Nicht so gerne, aber ich trinke es. Nur ...«, ich warf
einen schnellen Blick über meine Schulter, ehe ich mit
gesenkter Stimme fortfuhr, »... ich kann dieses Bier nicht
trinken, weil du das Glas zu weit oben anfasst. Ich kann
einfach nicht. Tut mir leid.« Ich traute mich kaum, es
laut auszusprechen und doch war es besser so. Oles Gesichtsausdruck gefror für einen kleinen Moment ein,
zuckte danach mit den Schultern und stellte das eine Glas
auf einen Tisch neben sich ab.

»Dann lass uns zusammen an die Bar gehen und wir
finden etwas anderes für dich.« Er nahm es mir nicht
übel und zwinkerte mir schon wieder zu. Und ich musste
lachen. Sebastian verdrehte zuletzt nur noch die Augen,
geschweige denn, dass er mich ernst nahm.

Einige Stunden später war die Feier richtig im Gange. So
wie Sina es prophezeit hatte, brauchten die Männer einen
gewissen Pegel, bis sie mit ihren Frauen tanzten. Hannes
und Sina flogen förmlich über den Tanzboden und es
machte mich glücklich, meine Schwester derart strahlen

zu sehen. Das angeborene Taktgefühl unserer Familie konnte man nicht verleugnen. Ich erlaubte mir nicht, dem irritierenden Drang nachzugehen, mit den Fingern an meinem Oberschenkel, im Takt zu begleiten. Das gehörte hier nicht her. Es gehörte allgemein nicht mehr zu mir. Der Versuch, mich selbst abzulenken, scheiterte kläglich. Alle feierten ausgelassen, bestellten Getränke und gaben großzügiges Trinkgeld an der Bar. Alles zugunsten der örtlichen Feuerwehr. Doch je mehr die anderen sich unbekümmert einen netten Abend machten, desto mehr fühlte ich mich unwohl. Ole diskutierte viel mit diesem Matze über irgendein Getriebe von einem Hanomag-Oldtimer, das defekt war. Ich wollte sie nur ungerne unterbrechen, aber ich musste an die frische Luft. Eigentlich wollte ich nur noch ins Bett. Und ich konnte mir Besseres vorstellen, als seit zwei Stunden neben den beiden Männern zu stehen, weil ich mich nicht traute, mich weiter unter die Menge zu mischen. Ich wollte mich gerade an Ole wenden, da wurde er bereits von jemand anderem unterbrochen. Die junge Frau, die ihn in eine Umarmung zog, sah umwerfend aus. Langes blondes Haar, eine Figur zum Niederknien und eine Ausstrahlung, die jeden Mann zum Stottern bringen konnte. Ole jedoch sah gar nicht glücklich darüber aus, dass sie sich ihm so anbot und mit den Fingern über seinen Arm strich. Sie war klein, so wie ich, und reckte ihm ihre großen Brüste entgegen. Oh Gott, wie peinlich. Matze wendete sich von den beiden ab und kam an meine Seite.

»Du solltest schon mal zum Auto gehen. Ich lege meine Hand dafür ins Feuer, dass Ole gleich nach Hause will. Und er wird dich mitnehmen«, erklärte er mir. Dieses Mal wirkte er durchaus ernst, nicht so flapsig wie bis eben. Er nickte mit einer abfälligen Miene in die Richtung der beiden.

»Das ist Jessica. Seine Ex. Ole ist nicht gut auf sie zu sprechen und meidet sie«, berichtete er weiter, so, dass nur ich es hören konnte. Und dann passierte es. Oles Gesichtsausdruck wurde hart und wütend. Seine Narbe verzog sich bei diesem Gesichtsausdruck. Plötzlich fröstelte es mich. Er nahm die Hände dieser Jessica, drehte sich von ihr weg und gab etwas von sich, dass ich nicht verstehen konnte. Im nächsten Moment drehte er sich um, griff nach meiner Hand und zog mich mit sich. Es dauerte einen Moment, bis ich mich von dem kleinen Ausbruch erholt hatte und ging wortlos mit ihm durch die Menschentrauben hinaus auf den Parkplatz. Es hatte angefangen zu schneien, doch wir waren wenige Sekunden später an seinem Auto, mit dem Sina uns hergefahren hatte. Er drückte mir einen Schlüssel in die Hand und hielt mir die Fahrertür auf.

»Steig ein und fahr mich nach Hause«, befahl er und seine Stimme war nicht rau oder schroff, sie klang wütend und bebte in mir nach, sodass ich einen Funken Angst in mir verspürte. »Bitte«, setzte er nach. Dieses Mal eine Spur sanfter. Also tat ich, was man mir sagte und fuhr uns nach Hause. Sina würde bestimmt mit Hannes heimkommen und zur Not konnte ich sie ja abholen. Ich hatte ja nur Wasser getrunken.

Die kurze Autofahrt wurde von Schweigen begleitet, nur die Scheibenwischer gaben ihre regelmäßigen Kommentare zum Wetter ab. Und dann standen wir zum zweiten Mal an einem Tag in der Scheune mit seinem Auto und keiner sprach ein Wort. Doch dann rappelte Ole sich auf und stieg aus dem Auto. Ich folgte ihm, nicht sicher, was da eben passiert war. Wegen seiner Ex-Freundin musste er doch nun wirklich nicht von der Feier flüchten, auch wenn es mir insgeheim ganz gelegen kam. Aber wer weiß, wie *ich* mich verhalten hätte, wenn Sebastian auf einmal vor mir gestanden hätte. Da wollte ich wirklich nicht weiter drüber nachdenken.

Ole ließ mich durch die Schiebetür wieder in sein Zimmer eintreten. Ich wollte schnell zum Flur der Wohnung durchgehen, damit ich ihm aus dem Weg gehen konnte. Er machte den Eindruck, allein sein zu wollen. Und es war weit nach Mitternacht, ich hörte mein Bett laut nach mir rufen.

»Findest du mich abstoßend?«, erklang es plötzlich hinter mir. Ich stockte.

»Bitte was?« Ich war mir nicht sicher, ob ich mich eventuell verhört hatte. Ole kam auf mich zu und nahm erneut meine Hand. Das Licht war gedämpft, doch ich erkannte den Ausdruck auf seinem Gesicht. Kein freches Grinsen und keine Grübchen waren zu finden. Seine Narbe verängstigte mich mit einem Schlag und eine unheimliche Gänsehaut kroch über meine Haut.

Er führte meine Hand an sein Gesicht und er ließ mich mit meinen Fingerspitzen über die Narbe streichen. Ganz langsam. Ich wehrte mich dagegen und wollte sie zurückziehen, versagte aber unter seinem Griff.

»Bin ich wirklich so abstoßend?«, flüsterte er nun und sein warmer Atem strich meine Haut. Ich schüttelte den Kopf, denn es war die Wahrheit. Er war hübsch, auch mit Narbe. Er war durchtrainiert, hatte breite Schultern und ein freches Wesen. Nur warum erkannte er es nicht?

»Nein. Ich finde dich nicht abstoßend.« Augenblicklich verzogen sich seine Mundwinkel zu seinem spitzbübischen Lächeln und ein Grübchen drückte sich wieder in seine Wange. Meine Hand wurde frei gelassen, er drehte sich um und ging zu seinem Kleiderschrank und Rollstuhl. Er ließ mich einfach stehen mit der Frage in meinem Kopf, warum ich mir wünschte, dass er noch länger meine Hand hielt. Diesen Wunsch hatte ich bei Sebastian schon lange nicht mehr verspürt. Wir hatten uns seit Wochen, nein seit Monaten, voneinander entfernt, indem ich mich immer weiter zurückgezogen hatte. Doch da Ole keine Anstalten machte, diese Frage oder meine Antwort vertiefen zu wollen, verließ ich stumm den Raum und machte mich bettfertig. Ich brauchte eine heiße Dusche, um die Feier und die Menschen des heutigen Abends von mir abzuspülen. Es juckte mich unter meiner Haut.

Kapitel 9
» Ole

Nachts um Vier schlief ich noch immer nicht. Ich zappte durch das Fernsehprogramm und lag auf meinem Bett. Der verdammte Alkohol sorgte schon jetzt für einen schrecklichen Nachdurst. Dabei hatte ich gar nicht so viel getrunken. Ich griff neben mein Bett, wo ich für gewöhnlich immer eine Flasche Wasser stehen hatte. Fehlanzeige, da war nichts. Fuck! Also schnappte ich mir meine Krücken und machte mich auf den Weg in die Küche. Es brannte Licht. Wahrscheinlich hatte Hannes vergessen, es auszuschalten, als er und Sina nach Hause kamen. Als ich den Raum betrat, saß Claralina mit angezogenen Beinen auf der Küchenbank. Sie trug einen Bademantel. Einen aus diesem dünnen glänzenden Stoff. Und der war nicht besonders lang. Sie zuckte zusammen, als ich um die Ecke trat und setzte sich ordentlich hin. Ihre Haare lagen wieder auf der einen Seite ihrer Schulter und sie sah einfach natürlich hübsch aus. Nicht wie Jessica. Jessica wusste, dass sie eine heiße Blondine war, doch in ihrem Inneren war sie einfach nur hässlich. Und es dauerte verdammt lange, bis ich das erkannt hatte.

»Kannst du auch nicht schlafen?«, fragte sie mich schließlich, da ich nicht weiterging. Ihr Blick wanderte an meinem Körper entlang. Ich wusste, dass ich gut trainiert war. Trotz allem. Zugegeben, es tat meinem Ego ganz gut, als sie mir mit geröteten Wangen wieder in die Augen blickte. Ich schämte mich ausnahmsweise mal nicht, mit meinem nackten Stumpf vor einer Frau zu stehen. Sie war irgendwie besonders.

»Nein. Nicht wirklich. Ich wollte mir was zu trinken holen. Und was ist mit dir?«

Ich öffnete den Kühlschrank, nahm mir eine Flasche Milch heraus, lehnte mich an die Küchenzeile und nahm einige kräftige Schlucke. Ich verfluchte Matze dafür, dass er jeden Tag in diesen Genuss kommen konnte. Sina holte uns regelmäßig frische Milch von seinem Hof. Sie trank sie genauso gerne wie Hannes und ich.

»Ich hab' mir einen Tee gemacht.« Sie hob den Becher vor sich auf dem Küchentisch hoch und lächelte mich an. War sie etwa verlegen?

»Willst du noch fernsehen?«, rutschte es mir plötzlich heraus und ich fragte mich, wie ich nur auf eine solch billige Frage kommen konnte. Genauso gut hätte ich auch fragen können, ob sie sich meine Briefmarkensammlung genauer ansehen wollte. Es gab ja Typen, die damit Erfolg hatten. Aber wollte ich hiermit irgendeinen Erfolg erzielen? Zu meiner Überraschung zuckte sie erst mit den Schultern und stimmte dann zu. Sie erhob sich und blickte unsicher an sich herab.

»Stört dich das? Oder soll ich mir noch was anderes anziehen?«, wollte sie wissen. Ich konnte ihr schlecht sagen, dass ich nichts dagegen hätte, wenn ich auch erfuhr, was sie *unter* diesem Ding trug. Ich biss mir auf die Zunge und ersparte mir eine mögliche Backpfeife.

»Schon gut. Wenn es dich im Gegenzug auch nicht stört?« Ich spürte meinen Puls mehr als sonst und blickte an mir hinunter. In nichts als Boxershorts mit der Schwester meiner zukünftigen Schwägerin Fernsehen zu gucken, kam schließlich nicht allzu oft in meinem Leben vor.

»Nein.«

»Dann komm.«

In meinem Zimmer holte ich ihr eine Wolldecke vom Sofa und drückte sie ihr in die Hand. Ich stieg in mein Bett, rückte die Kissen ans Kopfende, setzte mich daran und bedeckte mich mit meiner Decke. Claralina stieg von einem Bein aufs andere und begutachtete die Wolldecke in ihrer Hand.

»Ich beiße nicht«, wollte ich sie aufmuntern und sie versuchte sich an einem Lächeln, ehe sie sich neben mich setzte und sich ebenfalls zudeckte.

Nach einer halben Stunde des Schweigens rutschte Claralina weiter runter und legte ihren Kopf auf das Kissen neben mir. Auch ich wurde müde, aber wie sollte ich bitte schlafen können, wenn ein brünetter Engel in meinem Bett lag? Die Versuchung lockte mich und somit legte ich meine Hand auf ihr Haar.

»Darf ich?«, fragte ich und konnte mich selbst dafür in den Arsch treten. Was dachte sie denn von mir? Trotzdem begann ich, über ihr Haar zu streicheln. Es war seidig weich und verströmte einen Zitrusduft.

»Mh«, war ihre einzige Antwort. Ich strich noch einige Momente weiter, dann legte ich mich selbst auch hin. Sie überrumpelte mich für einen Moment, als sie ihren Kopf an meine Schulter bettete und zu murmeln begann:

»Ich finde dich nicht abstoßend, Ole. Ich kenne dich nicht und doch mag ich dich«, faselte sie im Halbschlaf. Ich antwortete nicht. Stattdessen nahm ich sie wieder in den Arm und wir beide schliefen ein. Ich hoffte nur, dass sich das alles, wenn ich wieder aufwachte, nicht als ein schlechter Traum herausstellte.

Der nächste Morgen kam eindeutig zu schnell. Ich fühlte mich wie vom Laster überfahren, als ich geweckt wurde. Zu meiner Überraschung war es die schöne Frau, die in der Nacht in meinen Armen eingeschlafen war. Claralina lächelte mich an und ich brauchte einen Augenblick, bis ich meinen Drang, sie zu küssen, davon schieben konnte.

»Guten Morgen.« Ihre Stimme war belegt und ihre Haare verteilten sich über ihrem Gesicht. Ich griff nach einer Strähne und steckte sie ihr hinters Ohr. Meine Finger berührten ihren Hals und ich hätte sie am liebsten weiterwandern lassen.

»Guten Morgen.« Meiner war perfekt, oder fast perfekt. Ihre dunklen Augen beobachteten mich, sie hafteten auf meinen Lippen, das sah ich ihr an.

»Du starrst mich schon wieder an«, flüsterte ich, denn plötzlich war die Spannung zwischen uns zum Greifen nahe. Nun war sie es, die ihre Finger nach mir ausstreckte und an mein Gesicht setzte. Sie fuhren die gleiche Spur wie letzte Nacht, als wir nach Hause kamen. Sie begann unter meinem rechten Auge und strich zart über meine Nase auf die andere Seite. Dass sie mich genau beobachtete, war mir nun egal. Was auch immer mit uns geschah, es fühlte sich eigenartig gut an. Wir kannten uns nicht wirklich und trotzdem verband uns etwas. Der Abstand zwischen uns verringerte sich aufs Minimalste und ich hörte ihren schnellen Atem. Unsere Lippen berührten sich für den Bruchteil einer Sekunde, da zuckte sie zusammen. Ihre Augen waren aufgerissen und sie sprang mit einem Satz aus dem Bett und war verschwunden. Von wegen, sie fand mich nicht abstoßend.

Der Tag war seit Claralinas Flucht vor mir die reinste Katastrophe. Nichts wollte klappen. Als gegen Mittag Matze vorbeikam und sein Auto abholte, konnte er mein Problem mit dem Getriebe noch immer nicht lösen. Genau wie gestern Abend auch nicht. Bis zur Hochzeit waren es nur noch zwei Monate und bis dahin sollte das Ding laufen. Meiner nächtlichen Begleitung war ich nicht mehr über den Weg gelaufen. Sina kam vor einer guten Stunde in die Scheune und sagte, die beiden würden zum Charlottenhof fahren. Claralina sollte sich die Location angucken und dann wollten sie brainstormen, wie sie es nannte. Hauptsache, sie würde später nicht wollen, dass ich dazu kam.

Abends hatte ich dann die Schnauze voll vom Oldtimer und schmiss das Handwerk. Ich konnte mich so oder so nicht mehr konzentrieren. Ein gewisser brünetter Gast spukte in meinem Kopf umher.

»Willst du drüber reden?«, ertönte Hannes' Stimme hinter mir, als ich meinen Werkzeugwagen einsortierte, ehe ich reingehen wollte.

»Was meinst du?«, antwortete ich beiläufig, als ich verschiedene Nüsse in den Knarrenkasten steckte. Die Dinger konnten mir auch nicht weiterhelfen. Nicht ein Gewinde konnte ich losdrehen. Wer kam eigentlich auf diesen ganzen Mist mit dem Schrottding hier? Und was wollte Hannes jetzt schon wieder von mir? Seit dem Unfall übte sich mein großer Bruder regelmäßig als Hobbypsychologe. Nur weil ich zu keinem Seelenklempner laufen wollte, bedeutete es ja nicht, dass er sich ein neues Hobby zulegen sollte. Aber konnte es möglich sein, dass er etwas mitbekommen hatte?

»Du, besser gesagt ihr beide, wart gestern Nacht plötzlich weg und als ich es bemerkt habe, sah ich Jessica am

Tresen stehen. Habt ihr euch wieder gestritten?« Hannes reichte mir die Druckluftpistole, die ich vergebens an den Luftkompressor schraubte.

»Nein. Ich hatte einfach nur keinen Bock auf sie, okay? Ich lass mich doch nicht weiter verarschen. Die Bitch kann von mir aus mit dem Teufel vögeln, es würde mich nicht mehr interessieren!«

Mein großer Bruder lachte auf und schüttelte den Kopf.

»Was findest du so lustig, hm? Kann ja nicht jeder so einen Glücksgriff machen wie du. Du und Sina, ihr habt euch in einer Scheißzeit kennengelernt und ihr hattet Glück. Jessica hat mich in dieser Scheißzeit abserviert. Ich hatte halt Pech. Aber auf dieses Pech habe ich scheinbar ein Abo abgeschlossen.« Ich stieß den Werkzeugwagen um, ich verlor die Beherrschung. Dieser ganze Dreck wollte einfach nicht aufhören und es machte mich rasend. Hannes hob die Hände, als wollte er mich beschwichtigen.

»Bleib ruhig, Ole. Ich wollte dich nicht verletzen. Aber du ziehst dich heute komplett zurück. Darum wollte ich wissen, was Sache ist. Geh duschen und komm essen. Sina und Claralina machen gerade Lasagne.« Jetzt fing er auch noch an, mich belehren zu wollen. Ich ging an ihm vorbei und spürte den Druck an meinem Knie. Es begann zu brennen. Ich hatte die verdammte Prothese zu lange angehabt und das war nun die Quittung dafür.

Kapitel 10
» Claralina

Es tat gut, gemeinsam mit meiner Schwester den Nach-mittag zu verbringen. Sie war deutlich informativer als Ole gestern, als er mit mir durch die Gegend fuhr. Und schon wieder hatte ich mich dabei erwischt, wie ich an ihn dach-te. Was auch immer heute Nacht in mich gefahren war, mit ihm noch fernzusehen und bei ihm zu schlafen - es war nicht so verrückt wie der Versuch, ihn heute Morgen zu küssen. Meine Gedanken kreisten gestern Nacht immer-fort um seine Frage, ob ich ihn abstoßend fand. Sie kreis-ten so sehr, dass ich einfach nicht schlafen konnte. Doch als wir bei ihm im Bett saßen - oder besser gesagt lagen - fühlte ich mich geborgen. Es war mir nicht im Geringsten unangenehm, was er wohl denken mochte. Gestern verließ mich erst mein Verlobter und in der Nacht darauf schlief ich bei einem anderen Mann im Bett. Tja, und dann mein Kussversuch, oder das Debakel, das ich damit vollbrachte. Ich wollte ihn so sehr auf meinen Lippen spüren, dass ich nicht widerstehen konnte. Er wollte es genauso. Im Grun-de wusste ich es, seit wir uns das erste Mal begegnet waren.

Die Seeluft bekam mir nicht gut. Ich erkannte mich selbst kaum wieder.

»Clara, warum weinst du denn?«, riss mich meine Schwester aus meinen Gedanken. Aus Reflex wischte ich mir die Augen trocken, aber es wurde sofort schlimmer. Ich hasste Zwiebeln schälen und nun hatte ich mir den Saft, der an meinen Händen war, in die Augen gerieben.

»Oh Mist!« Ich konnte kaum noch etwas sehen, es brannte wie die Hölle und je mehr ich die Augen zukniff, desto mehr hatte ich das Gefühl, dass es nicht mehr enden würde. Eine eiserne Kralle schloss sich um meine Kehle. Ich bekam Panik. Ich taumelte rückwärts, stieß gegen etwas Hartes und knickte ein. Im nächsten Moment landete ich auf meinem Hintern. Es war nicht tief, als ich fiel, und es war auch nicht so hart, wie ich befürchtete. Ich musste auf jemandem drauf gelandet sein. Denn es war warm und roch gut. Es roch nach Ole. Wie schrecklich! Auch das noch.

»Sina, gib mir mal ein Glas Leitungswasser und einen sauberen Lappen!«, ertönte es dicht an meinem Ohr. Ich hatte recht. Er war es tatsächlich. »Schon gut, das wird gleich besser.« Seine Stimme kratzte an meinem Inneren. Das Höllengefühl verschwand für eine Sekunde und wich einer Gänsehaut. Im nächsten Moment berührte mich etwas Kaltes an meinen Augen und mir entwich ein Schrei. Die Gänsehaut war weg, genau wie das Brennen.

»Nicht anfassen!«

»Keine Angst, es ist nur ein Waschlappen. Er ist ganz sauber, er ist nur nass. Du brauchst dich nicht fürchten«, flüsterte er mir zu und ich tastete mit den Händen nach dem Gegenstand. Ich unterdrückte das Übel, das in mir aufzusteigen drohte.

»Wir machen es zusammen«, bot er an und umschloss mit seinen Fingern meine Hand und den Lappen. Mir blieb nichts anderes übrig, als die Luft anzuhalten und still zu sein. Und ihm zu vertrauen. Er hielt sein Versprechen. Ganz langsam wischte er von außen nach innen an meinen Augen entlang, nahm meine Hände und wischte auch diese ab. Es wurde allmählich besser und ich traute mich, meine Augen wieder zu öffnen. Ich konnte kaum etwas erkennen, es war alles verschwommen. Ich tastete nach dem Glas vor mir, das ich glaubte zu erkennen und nahm einige kräftige Schlucke.

»Halt dich fest«, wies Ole mich an und schon im nächsten Moment bewegten wir uns. Es war nur ein kurzes Stück, das wir rollten, doch seine Kraft und die Anspannung in seinem Körper sprangen zu mir über und nahmen mich ein.

»Geht es wieder?« Meine Schwester klang noch immer besorgt und ich hatte sie tatsächlich für einen kurzen Moment ausgeblendet. Mit einem Schlag fühlte ich mich unwohl, wie sie sah, dass ich auf Oles Schoß saß. Als er neben der Eckbank anhielt, sprang ich von seinem Schoß, stellte das Glas ab und verließ die Küche. Ich musste an die frische Luft. Auf dem Weg nach draußen schnappte ich mir meinen Mantel und die Mütze, zog meine Winterstiefel an und stürzte aus der Haustür.

Es war bereits dunkel, aber die Außenbeleuchtung des Friesenhauses ermöglichte mir einigermaßen Sicht. Der Schnee war bereits wieder Matsch und genauso fühlte ich mich auch. Ole brachte mich aus dem Konzept. Die kalte Luft half mir jedoch, wieder klar denken zu können. Meine Augen beendeten ihren Tränenfluss und meine Wangen begannen zu brennen. Ich wollte nur noch kurz die Einsamkeit genießen und dann machte ich mich wieder ins Innere.

Das Abendessen verlief ganz gut. Hannes erzählte mir von seiner Arbeit als Besamungstechniker bei einem Zuchtverband für Rinder. Ich empfand es aber überaus ekelerregend, mir vorstellen zu müssen, wie er mit seinem gesamten Arm in eine Kuh eindrang, um sie zu besamen. Und abends legte er genau diesen Arm um meine Schwester. Auch wenn er mir versicherte, dass er Handschuhe trug, die bis zu den Schultern reichten, verging mir der Appetit schlussendlich doch. Ole redete kaum. Er beobachtete mich aber ständig und ich mied seinen direkten Augenkontakt. Seine Blicke brannten auf meiner Haut. Sina plapperte munter vor sich her und berichtete ihrem Verlobten von unseren Besichtigungen.

Nach dem Abendessen räumten meine Schwester und ich die Küche auf und tranken einen Becher heißen Kinderpunsch. Wir liebten seit Kindertagen dieses zuckrige Getränk und genossen den Moment der Erinnerung. Seither hatte sich viel verändert.

Als ich irgendwann in meinem Bett lag, konnte ich schon wieder nicht schlafen. Sollte es jetzt jeden Abend so gehen? Dass ich nicht einschlafen konnte oder mochte? Ich war es schließlich nicht gewohnt, alleine zu schlafen. Normalerweise wäre ich jetzt längst wieder in Bremen. Meine Schwester wollte es nicht sagen, aber sie scheiterte bei dem Versuch, ihre Freude darüber zu verbergen, dass ich länger hierblieb.

Ich schlüpfte gerade noch in mein Schlafshirt und zog mir dicke Socken an, da klopfte es an der Tür. Sina war so aufgeregt wegen den Hochzeitsvorbereitungen, seitdem wir heute unterwegs waren, dass ihr sicherlich schon wieder etwas Neues eingefallen war.

»Komm rein«, antwortete ich ihr daher und cremte mir noch schnell die Hände ein. Meine Finger brannten durch die Reizung. Als ich mich umdrehte, stand Ole vor mir. In Trainingshose und T-Shirt auf Krücken. Es war nur die Nachttischlampe eingeschaltet. Dennoch war es hell genug, dass er mich zum wiederholten Male seine Blicke spüren ließ. Seine Augen waren fest auf mich gerichtet, während er die Tür leise zuzog und dann auf mich zukam.

»Ich wollte nur gucken, ob du schon wieder nicht schlafen kannst.« Ein Schauer erklomm meinen Körper. Von meinen Füßen hinauf bis in den Nacken. Er war mir ganz nah und ich spürte meinen Herzschlag unter dem Baumwollstoff auf meiner Haut.

»Und was ist mit dir?«, wollte ich lieber wissen, als ihm eine echte Antwort zu geben. Ole zuckte mit den Schultern und sein Kopf neigte sich ein wenig zur Seite. Er lächelte mich an und irgendwie hatte ich das Bedürfnis, ihn zu berühren. Ich wollte seine Grübchen berühren, die sich gerade in seine Wangen stanzten. Was geschah nur mit mir?

»Mich beschäftigt die ganze Zeit eine Frage, die in meinem Kopf herumgeistert«, erklärte er mir und seine Stimme vibrierte dabei. Ich konnte im Augenwinkel erkennen, wie er die eine Krücke an die andere lehnte und dann in meinen Nacken griff. Sein Daumen streichelte über meine Wange und dann über meine Lippen. Ich schloss die Augen, denn auch ich wollte endlich die Antwort wissen. Wie sich seine Lippen auf meinen anfühlten. Wie kleine Nadeln stachen sich die Emotionen in mir fest. Seine Lippen waren ein Genuss. Was auch immer mich diesen Mann im ersten Moment fürchten ließ, seine Berührungen waren das Gegenteil. Wie in einem Gebet bat er mich um Zuflucht. Genau wie ich. Die Teilchen der Angst verflüchtigten sich mit jeder seiner Berührungen. Der Druck in meinem Nacken wurde fester und schon berührten sich nicht nur unsere Münder, sondern auch der Rest unserer Körper. Ich schloss meine Arme um seine Taille und die angespannten Muskeln schickten eine Welle der Erregung durch meinen Körper. Seine Zunge bat um Einlass, den ich ihr gewährte. Dieser Moment sollte nicht enden. Ich wollte einfach nur dastehen und seine Berührungen genießen. Zart und bestimmt hielt er mich. Es war wie ein Schutzwall. Ich fühlte mich geborgen und begehrt. Mit einem Mal löste sich Ole von mir, ließ seine Hand fallen und humpelte einen Schritt zurück. Ich verstand die Welt nicht mehr, wie dieser Moment so schnell vergehen konnte.

»Schlaf gut«, lächelte er mich an, drehte sich um und ging aus meinem Zimmer. Verstand doch einer die Männer. Wie ein ausgesetzter Welpe wartete ich, dass das nur ein schlechter Scherz war und er jeden Moment zu mir zurückkam. Aber Ole kam nicht. Und somit ging ich zu Bett. Im Kopf die Antwort, die mich immer wieder meine Lippen nachzeichnen ließ. *Es fühlte sich verdammt gut an.*

Kapitel 11
» Ole

Claralinas Lippen zu spüren war der perfekte Abschluss für den gestrigen Abend. Es kostete mich meine gesamte Selbstbeherrschung, von ihr wieder loszulassen. Ich wollte nur einmal ihre Lippen kosten, um mich zu vergewissern, dass ich recht hatte. Es lag etwas zwischen uns, das uns anzog. Nur war es nun umso schwerer, diesem Drang nicht nachzugehen.

Beim Frühstück hatten Sina und Claralina beschlossen, nach Tønder zu fahren und sich Brautkleider anzuschauen. Für mich war es ideal, so konnte ich mich auf mein Problemkind in der Scheune konzentrieren. Wenn ich gewusst hätte, dass Claralina irgendwo auf dem Hof war, hätte ich nicht widerstehen können und hätte sie aufgesucht, um erneut ihre weiche Haut an mir zu spüren.

Als mein Handy klingelte, erkannte ich, dass es bereits nach Mittag war und wunderte mich, wo die Zeit geblieben war. Matze rief an und ich nahm ab:

»Bauer, was willst du?«, begrüßte ich ihn.

»Moin. Du hast doch diese Woche noch Urlaub oder?«

»Jap«, gab ich von mir und ging in mein Zimmer. Wenn mein Kumpel so fragte, sollte ich bei ihm aushelfen.

»Hier warten ein paar Maschinen, die gerne für die nächste Saison vorbereitet werden wollen. Ich dachte mir, wer könnte das besser als du? Nicht, dass du den Hanomag nachher mit deiner Krücke vermöbelst, wenn du anders nicht weiterkommst. Also, hast du Bock?« Es war der Wink mit dem Zaunpfahl, den ich brauchte, um endlich von diesem Ding hier wegzukommen. Und bei Matze wurde es nie langweilig. Ich stimmte zu und machte mich direkt auf den Weg zu ihm. Was ich jedoch unterschätzte, waren die vielen Stunden, die ich in der Prothese verbrachte.

Um 22:00 Uhr ging nichts mehr. Ich kam kaum noch die Treppe des Treckers hoch und runter, wenn ich eine der Maschinen umfahren wollte. Das Stehen auf dem Betonboden war Gift und durch die Kälte wurden meine Muskeln steif. Kein besonders gutes Omen. Als ich mich in mein Auto setzte, blieb mir nichts anderes übrig. Ich musste dieses Ding abmachen und Luft an meinen Stumpf lassen. Also zog ich sie umständlich im Auto aus, und bugsierte die Prothese auf den Beifahrersitz. Trotz der Grade um den Gefrierpunkt war mein Rücken nass. Ich fuhr nach Hause und parkte in der Scheune. Beim Aussteigen sah ich, dass ich meine Krücken nicht am Pfeiler neben meiner Parkbucht stehen hatte. Aber ich war zu schwach, um auf nur einem Bein bis zu meiner Tür zu gelangen. Die Prothese konnte und wollte ich für dieses kleine Stück nicht noch einmal anziehen. Als ich auf dem Festnetztelefon anrief, damit mir jemand meine verfluchten Stelzen brachte, ging Claralina ran. Klasse, jetzt musste sie miterleben, wie schwach ich war.

»Hi. Du musst mir helfen. Ich bin im Auto und brauche meine Krücken«, presste ich hervor. Ich spürte den Puls am Ende meiner Verkrüppelung und begann, die Stelle zu reiben.

»Ich bin sofort da!« Claralinas Panik war nicht zu überhören, auch wenn es eigentlich keinen Grund dafür gab. Ich war einfach zu blöd, meine Krücken so zu deponieren, dass ich im Notfall an sie rankam.

Wenige Momente später kam sie mit den besagten Dingern durch das Scheunentor gelaufen.

»Oh Gott, Ole! Was ist denn passiert?« Ihre Augen waren aufgerissen und ihre Haare verströmten wieder diesen verflixten Zitrusduft. Sie hatte nur ein dünnes Top und eine kurze Hose an. Sie lenkte mich dermaßen ab, dass ich für einen kurzen Augenblick den Grund vergaß, weshalb ich sie hierher zitierte. Mein Blick fiel auf ihr Dekolleté und auf die Stellen, die scheinbar nicht in einem BH steckten.

»Ole!«, ermahnte sie mich scharf und ich entschuldigte mich mit einem misslungenen Lächeln und griff nach den Krücken, die sie mir hinhielt.

»Danke. Jetzt gehts wieder«, log ich sie an und genoss meinen Ausblick von hier oben, sobald ich aus dem Auto stieg. Ihre Körpergröße hatte erhebliche Vorteile. Doch so sehr ich sie in ihrem Aufzug gerne weiter betrachtet hätte, ich musste erst etwas gegen die Schmerzen nehmen und duschen.

»Ja, das merke ich.« Sie schüttelte den Kopf und stapfte mit ihren Winterstiefeln gerade wieder aus der Scheune heraus.

»Warte mal!« Ich ging zu meiner Tür und schob die erste beiseite, um die zweite aufzuschließen. Claralina kam erneut auf mich zu und rieb ihre Arme. Das hätte ich auch gerne gemacht.

»Mir ist kalt. Was ist denn los?«, forderte sie und wich meinem Blick aus.

»Warum ist das andere Auto nicht da?«

»Sina und Hannes sind bei Freunden zum Kartenspielen. Ich wollte nicht mit, weil ich kein Skat, oder wie das heißt, kann.«

»Komm rein«, lud ich sie ein und sie ging an mir vorbei in mein Zimmer, dessen Licht ich dämpfte. Bewegungsmelder waren eine coole Erfindung, aber diese Frau betrachtete ich am liebsten im schummrigen Licht. Es passte noch besser zu ihrem derzeitigen Outfit. Sie entspannte sich augenblicklich und setzte sich auf meine Couch, während sie mich dabei beobachtete, wie ich meine Arbeitshose fallen ließ und mich in den Rollstuhl setzte. Ich zog mich bis auf die Boxer-shorts aus und legte frische Sachen auf meinen Schoß. Wir sahen uns einen Moment still an. Dieses Mal war sie es, die mich musterte. Es war zu erkennen, wie sie sich auf die Unterlippe biss und sie sich selbst darüber erschrak. Wie von einer Hummel gebissen stand sie auf.

»Kann ich dich alleine lassen?« Ihre Stimme zitterte, während sie die Arme vor ihren Brüsten verschränkte. Jesus, war ich froh, dass ein Stapel Klamotten auf meinem Schoß lag.

»Nein«, antwortete ich intuitiv und freute mich still über die Überraschung, die in ihr Gesicht geschrieben war.

»Nein?«

Ich schüttelte den Kopf und rollte auf sie zu. Sie wich einen Schritt zurück, ich stoppte.

»Bist du gleich noch da, wenn ich aus der Dusche komme?« In diesem Moment wollte ich sie wieder in meinem Bett an meiner Seite haben, aber erst musste ich den Schmutz von mir abwaschen, so würde sie mich nicht für eine Sekunde bei sich haben wollen. Das hatte ich bereits nach der kurzen Zeit verstanden, die wir uns nun kannten.

Sie sagte nichts, nickte nur mit dem Kopf und setzte sich zurück auf die Couch und wartete.

Ich rollte wieder ins Zimmer und fand Claralina in meinem Bett. Sitzend am Kopfende und mit meiner Decke zugedeckt. Sie hatte den Fernseher eingeschaltet und kaute auf ihren Fingernägeln. War sie nervös? Ich griff nach der Wasserflasche neben meinem Bett und holte eine Packung Tabletten aus dem Nachtschrank. Als ich das Schmerzmittel genommen hatte, stemmte ich mich ab und stieg ins Bett, stoppte aber in meiner Bewegung. Ich kniete vor ihr. Sie starrte mich mit geöffnetem Mund an. Was sie wohl dachte? Ich fasste meinen Mut zusammen und kam ihrem hübschen Gesicht immer näher. Ihre Haare schimmerten Kastanienfarben und ihre Augen waren dunkle große Knöpfe. Kurz vor ihren glänzenden Lippen zögerte ich und ließ mich auf meine Betthälfte fallen. Ich hörte noch, wie die angehaltene Luft aus ihren Lungen wich und machte es mir bequem. Es tat gut, endlich liegen zu können und meine Beine zu entspannen. Morgen hatte ich Muskelkater, das wusste ich schon jetzt.

»Möchtest du herkommen?« Ich drehte meinen Kopf zu Claralina und ich sah ihr Zögern für einen kurzen Augenblick. Dann nickte sie und legte sich an meine Schulter.

Wir sprachen kein Wort und trotzdem fühlte es sich gut an, nicht alleine zu sein. Ihr Atem streifte gleichmäßig meine Brust. Sie schien eingeschlafen zu sein, während ich ihren Kopf kraulte. Das Schmerzmittel erfüllte seinen Zweck und ich beschloss, den Fernseher und das Licht per Bedienung auszuschalten. Ich hob meinen Kopf ein Stückchen an und gab der schönen Frau in meinen Armen einen Kuss auf den Kopf und wollte schlafen. Morgen sollte ein schmerzhafter Tag werden. Zu meiner Verwunderung schlief Claralina doch noch nicht. Ich spürte, wie sie den Kopf anhob und eine Hand nach meinem Gesicht tastete. Sie war warm und weich. Die Berührung sendete Blitze in meinen Unterleib. Ihre Finger strichen über meine Wange, weiter zu meinem Nacken. Sie berührte mein Piercing für den Bruchteil einer Sekunde und strich durch meine kurzen Haare. Ihre jedoch lagen auf meiner Schulter und vereinzelte Strähnen kitzelten meine nackte Brust. Sie war mir nah, sehr nah sogar. Und dann passierte es endlich.

Claralina küsste mich und mir entwich ein Seufzen. Dieser Kuss kam von ihr und machte mich schon jetzt verrückt. Ihre Zunge stieß an meine Lippen und als sie sich berührten, verlor ich meine Zurückhaltung. Ich schlang meine Arme um sie und zog sie auf mich. Sie keuchte auf, sobald sie auf meinem Schoß saß und ich meine Hände in ihrer Mähne vergrub. Für mich war klar, es sollte nicht nur bei diesem Kuss bleiben. Ich musste mehr haben. Ich wollte von ihr begehrt werden. Von einer Frau, die mich vor meinem Unfall nicht kannte und nur das sah, was ich heute noch war und was ich nicht mehr hatte. Es war zu spüren, wie auch sie die Zurückhaltung verlor. Ihre Hände gingen auf Wanderschaft und sendeten immer weiter heranwachsende Wellen der Erregung durch meinen Körper. Ihr Becken bewegte sich auf meinem, dann drehte ich uns um, schenkte ihr meine Bewunderung. Wenn meine Geduld es zugelassen hätte, hätte ich sie die ganze Nacht mit meinen Küssen bedeckt, am gesamten Körper. Aber ich war nicht der Einzige, der nicht geduldig sein konnte. Claralina legte ihre Beine um mein Becken und drückte mich fest an sich. Sie stöhnte auf, sobald sie meine Erektion spürte, und ich ließ meine Gedanken endlich abschalten. Dies war die berauschendste Nacht seit einer Ewigkeit.

Kapitel 12
» Claralina

Was hatte ich nur getan? Wer war ich plötzlich, dass ich mich so verhielt? Seit Stunden glitten meine Gedanken zurück zur vergangenen Nacht. Wenn ich mich nicht besser anstrengte, würde Sina mich womöglich noch auf meine geistige Abwesenheit ansprechen. Aber wie sollte ich es schaffen, nicht an diesen Mann zu denken? Was ich einfach nicht verstand, war, dass es sich so ganz anders anfühlte als mit Sebastian. Jede einzelne Berührung, die Ole mir schenkte, setzte ein immer weiter heranwachsendes Feuer in mir frei. Vielleicht bildete ich mir das alles auch nur ein, denn es war lange her, dass Sebastian und ich miteinander geschlafen hatten.

»Clara, wo bist du nur mit deinen Gedanken?«, lachte meine Schwester und schob mir ein weiteres Stückchen Torte herüber. Sie sollte nicht sehen, wie sie mich ertappt hatte, deshalb hob ich meine Tasche vom Boden auf und stellte sie auf meinen Schoß. Mit meiner Kamera hielt ich den Anblick der Friesentorte fest, die darauf wartete, dass ich endlich einen Happen davon in meinen Mund schob. Viel lieber hätte ich es gehabt, jetzt von etwas oder jemand anderem zu kosten, aber diese wilden Gedanken schob ich flott beiseite. Was geschah nur mit mir?

»Clara?«, wiederholte Sina und da erst bemerkte ich, dass ich ihre Frage einfach übergangen hatte.

»Ähm ... bei der Dekoration. Da war ich mit meinen Gedanken. Ich dachte gerade, wie schade es doch ist, dass du gar keine Fotos bei deinem Floristen gemacht hast, als du neulich dort warst.« Schnell schob ich die Gabel in meinen Mund und ließ die süße Sünde auf meiner Zunge zergehen. Solche Köstlichkeiten hatte ich lange nicht mehr genossen. Wir saßen seit einer Stunde im Café des alten Zollhauses und nach und nach brachte uns die Inhaberin ihre selbst gebackenen Törtchen, Macarons, Cupcakes und opulenten Tortenstücke. Wir erhielten ein privates Tasting, denn das Café hatte heute eigentlich geschlossen. Umso mehr konnten wir uns diesem Moment komplett hingeben. Die Räumlichkeit hatte ihren ganz eigenen Charme. Angefangen bei der Porzellankannen-Sammlung auf den Fensterbänken. Die Gemälde regionaler Künstler hingen hier aus und dann diese Bücher! Die gesamte Rückwand des Raumes wurde von Borten durchzogen, gefüllt mit Büchern von A bis Z. Laut meiner Schwester konnte man seine Bücher hierherbringen und gegen andere eintauschen. Oder sich einfach welche ausleihen oder hier im Café sitzen und lesen. Mit einem schönen Stück Friesentorte und einem Tee auf dem Stövchen. Im Moment konnte ich mir kaum eine bessere Beschäftigung für einen rauen Winter an der See vorstellen. Was jedoch ein ungeahntes Interesse in mir weckte, war der Aushang an einer Tür, die in ein weiteres Stockwerk führte. Dort wurde auf die Möglichkeit hingewiesen, dass man die Räumlichkeiten des oberen Stockwerkes anmieten konnte. Als Yogaraum, Galerie oder Musikzimmer. Es reizte mich, aber ich verbot mir diesen Gedanken. Ich hatte nun schon viele Jahre dieses innere

Verlangen unterdrückt und nicht mehr nachgegeben. So war es eindeutig besser für mich. Ob Sina wohl noch oft an die Musik dachte? Vielleicht spielte sie hier ja sogar. Das war jedoch ein Thema, worüber ich nicht wagte, mit ihr zu sprechen. Schließlich war es der Grund, warum unsere Familie auseinanderbrach. Aber nun zurück zum Kuchen. Ich brauchte Nachschub. Ob das Pflaumenmus wohl ebenfalls hausgemacht war, das sich so geschmeidig mit der Sahnefüllung auf meiner Zunge anfühlte? Ich glaubte, ich hatte einen Zuckerschock. Vor allem hatten wir die Qual der Wahl und wir genossen es. Sina stupste mich plötzlich mit dem Fuß an und als ich daraufhin zusammenzuckte, schmunzelte sie.

»Ja, aber du weißt ja nun, welche Blumen es sind und welche Farben die Arrangements haben werden. Ich wollte dich noch etwas fragen.« Meine Schwester klang von jetzt auf gleich unsicher. Sie spielte mit ihrer Serviette zwischen den Fingern. Verdammt, sie ahnte bestimmt etwas, sonst könnte sie mir in die Augen blicken.

»Was liegt dir auf dem Herzen, Schwesterchen?« Ich versuchte neugierig zu klingen, hatte allerdings Probleme, dass mir die Stimme nicht versagte.

»Es war jetzt ja sehr kurzfristig, als du mich gefragt hast, ob du länger bleiben kannst, und ich habe nur noch heute frei. Schließlich arbeite ich seit einiger Zeit wieder. Der Maschinenring – der Verband, bei dem ich angestellt bin – schickt mich nach Nordstrand, wo ich eine Familie unterstützen soll.« Ich konnte ihr nicht folgen und wartete, dass sie weitersprach.

»Und Hannes ist ab morgen auf Lehrgang in Flensburg. Und darum wollte ich dich fragen, ob es dir etwas ausmacht, wenn du bis Samstag mit Ole alleine wärst? Ich habe eine Freundin auf Nordstrand und würde die Zeit über bei ihr schlafen, weil ich es nicht mag, im Winter so früh auf den Straßen unterwegs zu sein.« Sinas Unbehagen ging über zu einer leichten Röte auf ihren sonst so blassen Wangen und ich war mir nicht sicher, ob ich gleich laut aufschreien sollte – vor Aufregung. Bis Samstag alleine mit Ole? Ob ich etwas dagegen hatte?

»Ach, das stört mich nicht. Ich kann ihm ja aus dem Weg gehen, wenn er mich nervt, oder so.« Oder ich konnte auch einfach ganz schnell von ihm süchtig werden, wenn wir sturmfrei hatten. *Sturmfrei,* ich dachte ja bereits wie ein Teenie mit Schmetterlingen im Bauch. Solche Empfindungen hatte ich als Jugendliche nie. Ich brannte damals lediglich für ... Ich unterbrach meine eigenen Gedanken und versuchte, mich zu konzentrieren, während mein Magen zu kribbeln begann. Zum Glück war es Winter, da konnten keine Schmetterlinge flattern. Hoffte ich.

»Puh, dann bin ich ja beruhigt. Du musst wissen, es gibt Tage, an denen er nicht so zugänglich ist. Es ist immer davon abhängig, wie es seinem Bein geht. Im Winter geht es noch, aber im Sommer ist er sehr launisch.« Sinas Blick wanderte zum Fenster und einen Moment sah es aus, als sei sie den Tränen nahe gewesen. Aus Sorge um meine Schwester griff ich nach ihrer Hand.

»Sina, was ist denn los?« Sie schüttelte schnell den Kopf und wischte eine kleine Träne davon, die gerade über ihr Muttermal wanderte.

»Ach nichts, kleine Clara. Ich wünschte nur manchmal, dass er sich selbst so sehen könnte, wie Hannes und ich ihn sehen. Er ist so stark und hat so viel gekämpft. Als ich in diese Familie kam, stand ihm ein ganzer Operationsmarathon bevor. Damit sein Stumpf irgendwann in eine Prothese passte. Er sieht sich seit dem Unfall nur noch als Krüppel an. Dabei habe ich selten einen solch mutigen jungen Mann getroffen. Es hatte lange gedauert, bis er mich akzeptierte. Dass ich nun im Haushalt aushalf, weil seine Mutter nicht mehr dazu in der Lage war. Sie kann ihn kaum ansehen. Es ist so schrecklich traurig.« Sinas Stimme erstarb und als ich sie fragte, wie es zu dem Verlust des Beines kam und wo Oles und Hannes' Eltern überhaupt waren, verwehrte sie mir die Antwort. Sie wolle da jetzt nicht drüber reden, sondern mit mir Kuchen essen und einen glücklichen Nachmittag verbringen. Mich jedoch verfolgte dieses Gespräch noch lange. Stunde um Stunde kamen ihre Worte in meinen Kopf und strapazierten mein Gehirn.

Ole aß nicht mit uns zu Abend. Die wenigen Momente, die wir uns heute sahen, nutzte er zwar aus, um mir die eine oder andere unauffällige Berührung oder sogar einen Kuss zu schenken, aber wir waren keine fünf Minuten alleine. Er hatte heute nicht das Haus verlassen. Als ich ihn fragte, warum es ihm nicht gut ging, wich er mir aus. Als wir anderen Drei mit dem Essen fertig waren, kamen einige Kumpels von ihm und sie zockten bis Mitternacht an der Spielekonsole. Er schickte mir immer wieder kurze Nachrichten und flirtete mit mir, aber er ließ nichts davon verlauten, ob wir heute erneut gemeinsam die Nacht verbrachten. Ich fühlte mich mit einem Schlag traurig und verbrachte den Abend damit, meine Notizen für die anstehende Hochzeit zu sortieren.

Am nächsten Tag saß ich mit einer Schale Müsli am Küchentisch und vermisste meine Schwester plötzlich. Wir hatten uns nun schon so lange nicht mehr gesehen und doch war es schade, dass sie für die nächsten Tage nicht da sein konnte. Immer wieder las ich ihre Notiz am Kühlschrank. Sie war nicht an mich, sondern an Ole gerichtet.

Sei nett zu meiner kleinen Schwester. Wenn sie etwas braucht, hilf ihr. Sie ist ohne Auto, also musst du sie auch fahren. Essen ist in der Truhe. Du wirst nicht verhungern. Man las einen Hauch von Mütterlichkeit in ihrer Botschaft und ich fragte mich einmal mehr, was wohl mit seinen Eltern war. Als ich mich wieder zwang, mich auf mein Frühstück zu konzentrieren, registrierte ich eine Bewegung im Türrahmen. Ole stand da, beide Hände in den Hosentaschen vergraben. Er hatte seine Prothese an und sah aus, als wollte er gleich das Haus verlassen. Er hatte sich nicht rasiert und sein Gesicht sah durch den Bartschatten noch härter aus. Bis zu dem Moment, als er lächelte. Seine Grübchen bohrten etwas Weiches in seine Züge.

»Guten Morgen!« Seine Stimme, so rau wie Schmirgelpapier, hinterließ ein Echo in meinem Inneren. Er verschlug mir die Sprache, ohne jeglichen Grund und ließ mich nur meine linke Hand heben. Mit der anderen schob ich den Löffel wieder in den Mund. Leider ohne Müsli. Oles Lachen durchzog mich und ich registrierte die Hitze in meinem Gesicht und in meinem Bauch. Zum Glück ging er nicht weiter darauf ein, sondern kam auf mich zu. Unsere Blicke trafen sich erneut, als er nur noch einen Schritt entfernt von mir stand. Ich sah aus wie ein kleines dummes Schulkind, das vergessen hatte, wie man sprach. Dann beugte er sich zu mir hinab und strich mit seinen kalten Fingern eine Strähne hinter mein Ohr. Die eisige Berührung brachte ein neues Feuer in mir zum Entfachen und ich wusste nicht, wie das möglich war. Sebastian hatte das nie geschafft. Nicht mit so einfachen Berührungen. Seine Lippen trafen meine und die Sprachlosigkeit verschwand mit einem Schlag. Meinem Mund entfuhr ein kleines Stöhnen, das ich mit aller Macht versuchte zu unterdrücken. Es gelang mir nicht. Es war einer dieser Küsse, die einem die Gedanken vernebelten. Diese keusche Berührung verlangte nach so viel mehr und ich wusste, wir hatten alle Zeit der Welt. Oder nicht? Zumindest erst einmal bis Samstag. Ich griff nach seinem Nacken und zog ihn dichter zu mir herab. Unsere Zungen berührten einander und ein weiterer Stoß ging durch mein Inneres. Ole entfuhr ein Brummen und ich spürte, wie sich die Lust in mir ausbreitete. Er zog mich hoch, bis ich auf wackeligen Beinen vor ihm stand. Er schob mich an die Wand, sodass ich von ihm eingekesselt wurde. Ich spürte seine Erektion an meinem Bauch. Meine Finger fuhren seine Arme entlang, ehe sie sich wieder in seinem Nacken verschränkten. Es herrschte absolute Suchtgefahr in dem, was wir taten. Diese Reaktionen, die er in mir freisetzte, erinnerten mich an Freiheit. Und diese Freiheit spürte ich zuletzt vor Jahren. Aber die hatte ich mir selbst verboten. Als er seine Lippen wieder von mir löste, schenkte er mir einen letzten Kuss auf die Nasenspitze.

»Guten Morgen«, lächelte ich ihm entgegen. Seine Augen hatten wieder diesen warmen Ton von Vollmilchschokolade angenommen und ich musste mir eingestehen, dass ich jetzt sehr gerne eine große Portion Vollmilchschokolade à la Ole hätte.

»Ich hab' die Post reingeholt«, antwortete er mir mit einem Zwinkern und ließ von der Wand hinter mir ab. Schön, dass er die Post reingeholt hatte, aber das interessierte mich im Moment nicht. Ich wollte lieber wissen, was ich gegen dieses Kribbeln in meinem Bauch unternehmen sollte. Er ging zur Kaffeemaschine und in seiner Gesäßtasche sah ich eine zusammengerollte Zeitung und einen großen Umschlag. Ich trat hinter ihn und entzog ihm beides. Beim Betrachten des Umschlags verschwand jene Erregung. Hervor kam eine tiefe Ernüchterung.

Dieser Umschlag war an mich gerichtet. Von meinem Hotel. Das schriftliche Siegel meiner Kündigung. Ich ließ mich am Küchentisch wieder nieder und starrte diesen Umschlag einfach nur an. Ole zog den Stuhl neben mir zurück und setzte sich. Seine Hand wanderte auf mein Bein. Die Kraft, die er mir geben wollte, hielt mich.

»Möchtest du alleine sein?«

»Nein. Ich weiß ja, was dort drinsteht. Ich werde ihn jetzt nicht öffnen.« Ich schluckte den Beigeschmack eines Verlierers in mir hinunter und beschloss, mich nicht kleinkriegen zu lassen. Es gab auch noch andere Hotels in Bremen, in denen ich arbeiten konnte. Ich brauchte dieses Haus nicht. Ich brauchte auch Sebastian nicht. Zumindest wollte ich das alles nicht mehr.

»Was hast du heute vor?«, holte mich Ole direkt wieder aus meinem Nachdenken zurück. Ich zuckte mit den Schultern und ließ meinen Blick über meinen Pyjama wandern.

»Vielleicht sollte ich mir mal was anziehen. Und dann weiß ich es noch nicht. Vielleicht ein paar Onlineshops nach Kleidern durchforsten.« Meine nächsten Tage waren tatsächlich nicht sonderlich durchgeplant, da ich ja ohne Ole hier nicht wegkam.

»Begleitest du mich nach Niebüll? Hannes zwingt mich, mir endlich einen Anzug zu kaufen«, lachte Ole auf und ich hörte die Verlegenheit in seiner Stimme. Shoppen gehen klang gut. Und mit Ole würde es sicher interessant werden. Als ich mit Sina wegen einem Hochzeitskleid am verkaufsoffenen Sonntag in Tønder unterwegs war, hatte ich es völlig verdrängt, dass ich mich darum ja auch noch kümmern musste.

»Aber erst müssen wir ein Kleid für mich finden. Nicht,

dass es nachher gar nicht mit deinem Hemd und deiner Krawatte zusammenpasst«, grinste ich ihn an und freute mich auf unseren Ausflug. Es sollte mich ablenken, ehe ich mich diesem verpesteten Umschlag zuwenden musste.

»Abgemacht.«

Kapitel 13
» Ole

Wie kam ich bloß auf den Gedanken, shoppen gehen zu wollen? Und dann auch noch gemeinsam mit Claralina? Es war wahrscheinlich dieser verdammte Umschlag, der heute für sie mit der Post ankam. Ich wusste, was dort drin war, schließlich war es ja kein Geheimnis, dass ihr Arsch von Ex-Verlobter ihr die Kündigung zusenden wollte. Mir blieb nichts anderes übrig, als Claralina aufmuntern zu wollen und ich genoss es umso mehr, dass sie meinen Kuss heute Morgen erwiderte. Sie sah so unschuldig aus in ihrem geblümten Pyjama, auch wenn ich mittlerweile wusste, dass sie weit mehr war als ein unschuldiges Mädchen. Alleine bei dem Gedanken an unsere gemeinsame Nacht durchzog eine ungewohnte Wärme meine Lenden. Fuck, hatte ich das vermisst.

»So, dies ist nun mein letzter Versuch. Nach diesem Kleid gebe ich auf, wenn das auch nicht passt.« Claralina probierte nun schon seit zwei Stunden verschiedenste Kleider an. Sie hatte ihre genaue Vorstellung. Leider war bis jetzt noch nichts dabei, was ihr wirklich zusagte. Ich hingegen verstand ihr Problem nicht. Die meisten Kleider waren zwar zu lang, weil Claralina einfach klein war, aber sie sah in jedem verdammten Fummel heiß aus. Das wollte sie jedoch nicht hören und so saß ich hier wie bestellt und nicht abgeholt vor den Umkleiden des Kaufhauses und erhielt meine private Modenschau.

»Das hast du bereits vor fünf Kleidern auch gesagt«, lachte ich auf und erntete prompt einen grimmigen Blick. Wobei ein grimmiger Blick bei ihr noch immer zum Anbeißen aussah. Ihr langes Haar war zu einem strengen Knoten gebunden, durch das viele an- und ausziehen lösten sich bereits die ersten Strähnen. Mit einem Ruck schloss sie erneut den Vorhang der Kabine und leider blieb mir die reizende Aussicht auf Berg und Tal verborgen.

»So, und nun zu dir!« Claralina strahlte mich an, sobald sie wieder hervortrat. Sie kam allerdings in ihrer normalen Kleidung heraus und nicht wie gedacht im Kleid.

»Wie jetzt? War das Kleid auch nichts?«, stöhnte ich auf. Verstand einer die Frauen!

»Doch, doch. Aber ich habe beschlossen, du sollst es noch nicht sehen.« Ihr Zwinkern setzte mir von Neuem zu und ich musste mir einfach selbst eingestehen, dass diese Frau mich bald um den Verstand brachte. Aber ich sollte besser vorsichtig sein. Wer weiß, ob wir uns nach der anstehenden Hochzeit überhaupt wiedersahen. Ich quälte mich aus dieser tiefen Couch hoch und versuchte den Stoffknäuel in ihren Armen genauer zu begutachten. Es klappte nicht. Stattdessen reckte Claralina mir ihr Kinn entgegen. Ich sah es als Einladung und stahl ihr einen Kuss. Nur einen Flüchtigen und trotzdem war sie nicht darauf vorbereitet. Ihre rehbraunen Augen waren weit aufgerissen und mit einem Mal fragte ich mich, ob ich mich zu viel traute. Schließlich waren wir in der Öffentlichkeit und nicht alleine zu Hause. Genau so schnell wie meine Zweifel aufkamen, verschwanden sie wieder. Claralina lächelte mich nun an und schloss die Augen, ehe sie sich auf die Zehenspitzen stellte und mir einen weiteren Kuss schenkte. Wenn auch nur auf meine Wange. Direkt auf die Narbe. Ihre Berührung war erneutes Öl auf dem Feuer, das in mir zu kämpfen begann. Beinahe kam ich mir wie ein ganz normaler Mann vor, der mit einer scharfen Frau shoppen ging. Schließlich tat man das doch nur, damit man am Ende als Held dastand, weil man den ganzen Tag tapfer die Launen einer Frau aushielt. Im Anschluss wurde man für seine Heldentat belohnt. Darauf freute ich mich besonders. Fuck, ich war tatsächlich ein ganz normaler Mann. Diese Erkenntnis sorgte dafür, dass ich innerlich wieder einige Zentimeter aus meinem Loch herauskroch.

»Wollen wir?«, holte sie mich aus meinen Gedanken zurück und ich fasste mir ein Herz und griff nach ihrer Hand. Man muss auch mal etwas riskieren.

Zum Glück dauerte das Anprobieren bei mir nicht so lange wie bei meiner Vorgängerin. Innerhalb kürzester Zeit hatte ich einen Anzug, samt Krawatte und Hemd. Zugegeben, es war Claralina, die die Auswahl traf, und ich war damit einverstanden. Sie hatte einen guten Geschmack und ich wollte unsere Zeit auch noch nicht enden lassen. Wer wusste schon, was sie noch vorhatte? Ich lief ihr zumindest nicht wie ein Dackel hinterher, auch wenn ich tatsächlich nichts dagegen einzuwenden hätte, auf der Stelle auf ihren Schoß zu springen, wenn sie danach verlangte. Shit, ich war mega am Arsch.

»Gehen wir zusammen mittagessen oder möchtest du noch nach etwas anderem gucken?«, fragte ich sie, als wir mit unseren Tüten das Kaufhaus verließen.

»Essen klingt gut«, stimmte sie mir zu und schenkte mir erneut ein Lächeln. Ich zwang mich, nach vorne zu schauen, denn sonst wäre ich in ihrem Blick versunken und wahrscheinlich gegen eine Werbetafel gelaufen.

Bei Burger und Süßkartoffelpommes saßen wir im Ratskeller und stärkten uns. Claralina sah mich erst skeptisch an, als ich so frei war und für sie mitbestellte, doch nun bereute sie es offensichtlich nicht. Sie schloss ihre Augen, als ihr kleiner Mund in den mächtigen Bun biss und alleine bei ihrem Seufzen wusste ich, dass ich mehr als normal auf diese Frau reagierte. Zu Jessicas Zeiten hätte ich hier alleine mit einem Burger gesessen. Sie hätte einen Salat ohne Dressing genommen und sich sogar die Croutons abbestellt.

Als wir auf dem Rückweg nach Hause waren, begann es zu regnen. Im Radio wurde verkündet, dass der Rest des Tages nicht besser werden würde. Für mich bedeutete dies, dass ich also in der Scheune weiter an meinem Oldtimer schrauben konnte.

»Was stellst du den Rest des Tages noch an?« Claralina blickte mich an und zuckte mit den Schultern. Sie sah unschlüssig aus, als wenn sie nicht wüsste, was sie mit sich anfangen sollte. »Möchtest du mein Auto haben und dir Museen anschauen?«, schlug ich vor. Sie war bestimmt eine von jener Sorte, die nach Kultur suchte in unserer weiten Landschaft.

»Habt ihr denn welche?« Ich hörte den Hoffnungsschimmer in ihrer Stimme und ich klopfte mir innerlich auf die Schulter, dass mir dieser Einfall gekommen war.

»Klar. Wenn du ein paar Kilometer nach Dänemark reinfährst, gibt es in Tønder Museen und Galerien. Zu Hause haben wir eine Karte, wo alle draufstehen. Die kann ich dir gerne geben.«

»Das wäre toll«, sagte sie. Musterte mich jedoch noch immer.

»Was ist los?«, lachte ich auf. Allmählich fühlte ich mich wirklich beobachtet.

»Begleitest du mich?«, fragte sie mit leiser Stimme. Sie hinterließ einen kleinen Schauer auf meinem Rücken.

»Ich kann nicht. Ich muss am Getriebe weiterschrauben. Sonst wird das Ding nie fertig.«

»Was willst du denn mit dem alten Teil anstellen?« Claralina versuchte ihre Enttäuschung zu verbergen, ich konnte es aber noch immer aus ihr heraushören.

»Na, das wird Sinas und Hannes` Hochzeitsgefährt«, erklärte ich ihr wahrheitsgetreu, aber ihr fiel die Kinnlade herunter.

»*Das* Ding? Damit sollen die beiden von der Kirche zur Feier fahren? Ist das dein Ernst? Das ... das Teil ist doch mehr als hinüber!« Nun war es purer Schock auf ihrem hübschen Gesicht, der zu sehen war. Ich verfiel in ein Lachen, das ich nicht mehr stoppen konnte. Kurz bevor wir auf unseren Hof fuhren hatte ich mich wieder im Griff.

»Das ist ein echtes Schätzchen, klar? Wenn ich erst mal damit fertig bin, sieht der Hanomag wieder aus wie neu und die beiden haben es sich so gewünscht. Also hauptsächlich Hannes. Du kannst mir gerne behilflich sein.« Das Auto kam zum Stehen und Claralina sah mich noch einige Sekunden verdattert an, ehe ich mich nicht mehr zurückhalten konnte und nach ihrem Gesicht griff und an mich heranzog. Sie roch so gut nach Zitrus, dass mir beinahe schwindelig wurde. Unsere Lippen trafen aufeinander und dann war ihr Schock auch schon vergessen. Ihre Zunge traf keusch auf meine, und dann verlor sie auch den letzten Funken Zurückhaltung. Diese Frau war weitaus wilder, als sie zugeben wollte. Und ich hatte einfach Blut geleckt. Ich löste ihren Anschnallgurt, drückte an der Seite meines Sitzes auf den richtigen Knopf und schon senkte sich die Rückenlehne. Claralina zog ich auf mich rauf, ihr süßer Mund war noch immer an meinen geheftet und ich bejubelte mich selbst, nicht von ihr zurückgewiesen worden zu sein.

»Ole!«, quietschte sie auf, als sie auf meinem Schoß saß, ihre Hände an meiner Kopfstütze platziert. Ich schenkte ihr ein Grinsen, denn ihre überraschten Augen verschlugen mir die Sprache. Ohne den Blick von ihr zu nehmen, öffnete ich ihren Mantel, wickelte den Schal ab und begann, ihre Bluse zu öffnen. Sie erschauderte, als ich begann, ihr Dekolleté mit meinen Lippen entlangzufahren und ihre Brüste zu umfassen. Claralina schob mir ihr Becken entgegen, richtete sich ein Stück weiter auf und ihr heißer Atem streifte meinen Hals, während ich es genoss, ihre Brüste zu massieren und aus ihren spitzen besetzten Körbchen zu befreien. Gott, wenn ich mir diese Frau nur in Dessous vorstellte, war ich schon am Ende meiner Kräfte und steinhart. Mein Orthopäde schwor mir, meine Prothese sei aus den besten Materialien verarbeitet. Sie sei widerstandsfähig und ich hätte immer einen festen Grund unter meinen Füßen. Verdammte Scheiße, ich hatte das Gefühl, sie bestand im Moment nur noch aus Wackelpudding. Wenn ich jetzt aufstehen sollte, würde ich so dermaßen fallen, dass ich nicht mehr hochkommen würde. So sehr setzte mir Claralinas Körper zu.

Ihre Haut war erhitzt und doch überzog sie eine Gänsehaut. Ihre Brustwarzen waren zusammengezogen und ich kostete an ihnen wie an verbotenen Früchten. Genau das war Claralina eigentlich auch. Sie war die Schwester meiner zukünftigen Schwägerin. Mit dem, was ich tat, konnte ich mir jede Menge Ärger einhandeln. Doch das war mir egal. Ich wollte einfach nur diesen Moment ausreizen.

»Ich ... Ich kann nicht«, flüsterte Claralina jedoch plötzlich und ich erstarrte mitten in meiner Bewegung. Sie versteifte sich und legte mir ihre Hand an die Wange. Als ich meinen Blick hob, sah ich das Lodern in ihren Augen und zugleich Angst. Hatte ich es nun vermasselt?

Vorsichtig ließ ich meine Finger von ihren Brüsten hinauf an ihrem Hals, bis zu ihrem Gesicht wandern. Sie schloss die Augen und zog hörbar die Luft ein. Sie wollte es genau so sehr wie ich. Was war also das Problem?

»Nicht hier«, flüsterte sie, als hätte sie meine Gedanken erraten. Im nächsten Moment stieg sie auch schon von mir ab und setzte sich schwer atmend auf den Beifahrersitz zurück. Sie knöpfte ihre Bluse wieder zu und ihre vollen Brüste verschwanden unter dem Stoff. Claralinas Wangen waren gerötet, ihre Lippen feucht und in meinem Schritt schmerzte es vor Verlangen. Sie warf mir noch einen entschuldigenden Blick zu, dann öffnete sie die Tür und stieg aus. Von der Rückbank nahm sie die Tüten und ich musste mich einen Moment sammeln, ehe ich mich traute auszusteigen. Und zu spüren, was es bedeutete, auf einer wackeligen Prothese zu laufen. Was machte sie nur mit mir?

Kapitel 14
» Claralina

Als ich die Haustür aufschloss, ging ich möglichst schnell in mein Zimmer. Ich musste erst einmal tief durchatmen. Es war nie meine Art, mich einfach in einem Auto dermaßen einem Mann anzubieten. War das alles nur eine Kurzschlussreaktion? Auf die vergangenen Tage und auf das, was mich in diesem schrecklichen Umschlag erwartete, der noch immer auf dem Küchentisch lag? Ich wusste es nicht. Ich musste aber einfach zusehen, mich und meine Gedanken neu zu sortieren. Ich musste mir eine Aufgabe suchen und mich nicht ständig von einem inneren Antrieb leiten lassen, den ich sonst nicht von mir kannte.

»Habe ich was falsch gemacht?«, ertönte es auf einmal hinter mir. Seine Stimmbänder mussten aus Schmirgelpapier bestehen. Da war ich mir sicher. Ich drehte mich um, mein Herzschlag schnellte deutlich über der Norm. Ole hatte noch immer seine Jacke an und er sah genauso erhitzt aus, wie ich mich fühlte. Allein bei seinem verboten guten Aussehen zog sich bereits alles aufs Neue in mir zusammen. Es war diese Mischung aus unwiderstehlichem Lächeln und die Gefahr, die zugleich seine Narbe ausstrahlte. Ich wusste mir einfach nicht zu helfen. Und er hatte definitiv nichts falsch gemacht. Eher im Gegenteil. Seine Berührungen waren wie das Gebet eines Gläubigen und das Verlangen eines Süchtigen. Er suchte noch immer meinen Blick, das spürte ich genau, doch ich schaute lieber auf meine Füße. Als er auf mich zutrat, hörte ich förmlich, wie mein Herz sein Hüpfen weiter beschleunigte und immer mehr Hitze in meinen Schoß pumpte.

»Nein«, gestand ich ganz leise, als ich seine Füße vor meinen sah. Ich unterdrückte den Wunsch, ihm zu sagen, er soll seine Schuhe ausziehen, und wagte es nun doch, zu ihm aufzuschauen. Sein Lächeln war unsicher und ich spürte die Frage in seinen Augen. Was stimmte nur nicht mit mir? Ole begann, mein Gesicht in seine Hände zu nehmen, seine Daumen brannten sich in meine Haut und das trotz der Kälte, die noch immer an ihnen haftete. Allein diese Berührung, so vorsichtig sie auch war, entlockte mir ein Stöhnen und ließ mich meine Augen schließen. Wie von selbst reckte ich mich ihm entgegen, wartete sehnsüchtig darauf, dass sich unsere Lippen endlich wieder miteinander verbanden und sich wieder dieses köstliche Gefühl in mir ausbreitete. Und dann war es soweit. Wie ein Feuerschlag durchzog es mich, klappte einen Schalter in mir um und ließ mich aufatmen. Es war, als wenn mich jede einzelne Berührung von Ole zu einem anderen Menschen machte. So viel freier, als ich es jemals zu sein glaubte.

»Ich will dich spüren. Überall«, raunte er zwischen einem Kuss hindurch und ich begann, ihm seine Jacke abzustreifen. Unser Handeln wurde immer schneller, immer gieriger. Wir wollten immer mehr, als das, was gerade noch für uns als nötig erschien. Wir waren nun wie ein Feuerball, der ins Rollen geriet. Es dauerte nur wenige Augenblicke und ich stand nackt vor ihm. Sein Blick verschlang mich, heizte mich immer mehr an und doch erkannte ich ein Zögern in ihm. Seine mittlerweile nackte

Brust lud förmlich dazu ein, sich an ihn zu schmiegen, so durchtrainiert war sein Oberkörper. Seine Hose stand offen und da erkannte ich sein Problem. Seine Prothese. Ich ließ meine Hände an seinem Oberkörper entlang wandern, spürte sein Erzittern unter meinen Fingern und genoss die Wärme, die durch mich hindurchfloss. Seine Jeans, samt Shorts, ließ ich zur Hälfte hinabgleiten. Als sich unsere Blicke trafen, waren seine Fragen verschwunden und zurück blieb ein fast schwarzes Lodern in seinen Augen. Er zog mich an sich, seine Zunge drängte in meinen Mund und ich stöhnte bei der Berührung seiner Erektion auf. Ole drehte mich um und begann, eine heiße Spur mit seiner Zunge an meiner Kehle entlangzufahren. Seine eine Hand legte sich um meine rechte Brust, begann ihr höllisches Spiel zwischen Erregung und leichtem Schmerz an meiner zusammengezogenen Brustwarze. Die andere Hand wanderte über meinen Bauch bis zu meiner Mitte. Sein Schwanz drängte an meinen Hintern und ich konnte es mir nicht verkneifen. Ich rieb mich an ihm. Ole führte mich vorsichtig einige Schritte vorwärts, bis wir mein Bett erreichten. Ich stützte mich am hohen Brett des Fußendes und fieberte immer weiter dem Druck entgegen, die seine Finger in mir auslösten. Mit einem Mal spürte ich ihn in mir. Ein heiseres Keuchen verließ meine Lippen.

Was ich hier machte, war so verboten, so aufregend und so wohltuend. Oles Atem ging immer schneller, stieß nur langsam, dafür umso fester in mich. Er klammerte sich an meinen Brüsten fest, zwickte und massierte sie zugleich. Und ich suchte Halt an dem Brett unter meinen Fingern und ließ meinen Kopf zurück an seine Brust fallen.

»Gott, du bist so verdammt heiß. Du bringst mich um den Verstand!«, presste Ole an mein Ohr und brachte mich mit dem nächsten Stoß zum Wimmern. Ich drückte ihm meinen Hintern weiter entgegen, suchte noch mehr Druck, in der Hoffnung, dass ich endlich eine Lösung fand, mich fallen lassen zu können. Oles Hand legte sich um meine Klit und massierte sie, während seine Stöße immer fester wurden. Sie verlangten immer mehr, gaben mir noch ein Stückchen mehr, als ich verkraftete und schickten mich über eine Grenze, die sich anfühlte, als würde ich den letzten Grund unter meinem Boden verlieren. Unsere Körper pressten sich aneinander. Es existierte kein Raum mehr, für irgendetwas anderes als für uns – als er mich festhielt und ich mich fallen lassen konnte. Dann folgte er mir und ich spürte deutlich sein Zucken in mir, ehe sich seine Zähne in meinem Nacken vergruben. Dieser schmale Grat zwischen Schmerz und Erregung zwang mich, den Atem anzuhalten und ich hörte deutlich das Rauschen in meinen Ohren, ehe ich ein zweites Mal kam.

So musste sich Glücklichsein anfühlen.

Wir lagen seit Stunden auf meinem Bett. Eingemummelt in meine Decken und lauschten der Stille. Derzeit gab es niemand anderes als Ole und mich in diesem Haus und ich fühlte mich unendlich wohl und befreit. Immer wieder schenkte er mir kleine Küsse. Vom Scheitel bis zu meinen Brüsten und wieder an den Armen. Ich konnte spüren, wie er sich allmählich wohler fühlte in meiner Gegenwart, wenn er sich traute, seine Prothese abzulegen. Und doch vermied er es, mich mit seinem verletzten Bein zu berühren. Ich war über mich selbst erstaunt, dass mir seine Verletzung keine Angst mehr einjagte. Wahrscheinlich lag es daran, dass mir sein Schicksal zeigte, dass mich der Vorfall, der mich vor Monaten verstört hatte, nicht so sehr verfolgen sollte, wie sein Schicksal es mit ihm tat.

Und auf ein Neues drängte sich die Frage in mir auf, wie es wohl dazu kam.

»Ole?«, flüsterte ich an seine nackte Brust. Ich liebte sie, so glatt und wohlgeformt. Und dann der aufgeregte Herzschlag darunter.

»Hm?«, brummte er mit geschlossenen Augen. Seine Finger tanzten eine weitere Runde auf meinem Rücken. Ich musste mir ein Herz fassen und es einfach aussprechen. Ich wollte es wissen. Ich wollte wissen, wer oder was diesen hübschen Mann so sehr verändert hatte.

»Wie hast du dein Bein verloren?« Die Frage kroch endlich über meine Lippen und zerstörte die Glückseligkeit, die vor wenigen Minuten noch in der Luft schwirrte.

»Manche Geschichten sollte man anderen Leuten ersparen. Sowas Hässliches ist nichts für dich.« Entschieden drückte Ole mich von sich, lehnte sich über mich und zog eine neue Spur Küsse von meinem Bauchnabel hinauf über meine Brüste bis hin zu meinem linken Ohr. Mein Rücken bog sich durch, jene Gänsehaut der Erregung übernahm jeden Zentimeter meiner Haut.

»Ole!«, warnte ich ihn. Mir gefiel es ganz und gar nicht, dass er von diesem Thema ablenkte. Aber diese Lippen! Diese Zunge, die wie zufällig meine Haut berührte. Sie brachten mich erneut um den Verstand und schafften es, meine ursprüngliche Frage in den Hintergrund zu rücken.

»Ja, Claralina?«, flüsterte er an mein Ohr, knabberte am Ohrläppchen und ließ seine Hand an meinem Körper entlang gleiten. »Lass uns lieber etwas Schönerem widmen.« Mit diesem Vorschlag war ich mehr als einverstanden und zog ihn nun dicht auf mich. Aber ich würde ihn nicht mehr lange mit seinen Ausweichmanövern durchkommen lassen. Ich musste mich der Wahrheit –

der Vergangenheit – ebenfalls stellen. Ich hatte mich ihm geöffnet. Warum konnte er es nur nicht?

Ich fragte mich ernsthaft, wie Sebastian mit all seinem perfekten Dasein richtig für mich sein konnte. Ole war so perfekt unperfekt, dass ich bereits nach einem Wochenende Gefahr lief, ihm mein Herz zu schenken.

Kapitel 15
» Ole

Ich zelebrierte jede verdammte Sekunde, in der ich mit Claralina zusammen war. Ihre weiche Haut schmiegte sich perfekt an meine. Ihre Brüste lagen wunderbar in meinen Händen und jedes atemlose Geräusch, das ihr entwich, wenn ich fester in ihr zustieß, füllte mich mit neuer Energie.

Ich überging ihre Frage. Das tat ich bestimmt auch noch häufiger, denn ich wollte nicht ihr Mitleid erfahren. Ich wollte nur spüren, wie sie auf mich reagierte. Und ich auf sie.

Erst am Abend schafften wir es, uns endgültig aus ihrem Bett zu begeben. Wir beschlossen, uns Pizza zu bestellen und in der Zeit wollten wir gemeinsam duschen gehen. Es war das erste Mal seit meinem Unfall, dass ich mich gemeinsam mit einer Frau unter einer Dusche befand. Es war kaum anders zu erwarten. Es war urplötzlich wie das Normalste auf der Welt. Mit ihr.

Wir kamen gerade aus der Dusche, da klingelte es bereits. Heute war der Pizzadienst aber besonders schnell. Ich schaute Claralina entschuldigend an, denn nur mit einem Handtuch um die Hüften und mit Krücken wollte ich die Tür nicht unbedingt öffnen. Sie verstand mich sofort, band sich ihr Handtuch um die Haare und zog ihren Bademantel über, ehe sie das Bad verließ und die Haustür öffnete. Ich zog mir gerade meine Boxershorts hoch und meinen Hoodie über, da wurde die Badezimmertür wieder aufgerissen.

»Alter! Jetzt weiß ich auch, warum du seit Stunden nicht an dein Handy gehst, Mann!« Ich hatte beinahe das Gleichgewicht verloren, als ich Matze erblickte. Sein Vergnügen stand ihm förmlich auf sein Gesicht geschrieben. Claralina trat mit rotem Kopf hinter ihm hervor. Matze jedoch zwinkerte mir zu und wackelte amüsiert mit den Augenbrauen.

»Was willst du denn hier?«

»Hab' ich doch gerade gesagt. Du gehst seit Stunden nicht an dein Handy.« Es war für ihn normal, immer zur Stelle zu sein, wenn man ihn brauchte. Das wusste er auch von mir. Matze hatte ein halbes Jahr vor meinem Unfall seine Schwester verloren. Wir wussten beide, was Verlust bedeutete. Wenn auch auf unterschiedliche Weise.

»Darum brauchst du hier nicht sofort reinplatzen wie eine Dampfwalze.« Ich schnappte mir meine Krücken und trat auf ihn zu. Er gab mir einen Handschlag. Ich bedeutete ihm, Platz für Claralina zu machen. Sie trat wieder ins Bad und sah mich hilfesuchend an. Ob es ihr nun doch peinlich war? Ich gab ihr einen flüchtigen Kuss und einen Klaps auf den Hintern. Ich wollte wissen, wie weit ich gehen konnte. Sie keuchte kurz auf und eine weitere Welle mit Farbe überzog ihre Wangen.

»Ich kümmere mich eben um Matze«, zwinkerte ich ihr zu und sie nickte. Es war alles in Ordnung. Als ich die Badezimmertür schloss, atmete ich tief ein. Was für ein Tag.

»Ist das dein Ernst, Ole?«, flüsterte Matze ungläubig. Ich wusste nicht, was er meinte. Oder doch? Ich zuckte mit den Schultern und ging den Flur entlang zu meinem Zimmer. Als wir eintraten, schloss mein Kumpel sofort die Tür und ich begann, meinen Kleiderschrank nach einer Trainingshose zu durchforsten.

»Du vögelst nicht allen Ernstes Sinas Schwester! Sag, dass ich mir das gerade nur eingebildet habe, dass ihr euch das Badezimmer teilt und beide so ausgesehen habt, als wärt ihr frisch aus der Dusche gekommen!« Matze war völlig aufgebracht. Ich konnte mein Lachen nicht mehr zurückhalten.

»Was ist denn dein Problem? Gönnst du mir das etwa nicht, oder was?«

»Ole, du weißt genau, dass ich dir das gönne. Vor allem, dass sie nicht so eine oberflächliche Schlampe wie Jessica ist. Aber hast du dir das gut überlegt?« Mein Kumpel wurde plötzlich ernst. Es wurmte mich, dass er tatsächlich auf die Idee kam, Claralina auch nur ansatzweise mit Jessica zu vergleichen. Claralina war vieles. Wunderschön, natürlich, auf ihre eigene Art ein bisschen verrückt. Aber ganz sicher nicht oberflächlich. Sonst wäre zwischen uns bestimmt nichts gelaufen.

»Du solltest besser nie wieder ihren Namen mit Jessicas in einem Satz verwenden. Das ist eine Beleidigung, Mann. Und ob es gut geht oder nicht, lass mal meine Sorge sein. Wenn Sina sauer auf mich sein wird, dann komme ich damit schon klar. Ich könnte sogar auf ihre verdammten Muffins verzichten.« Denn Claralinas Geschmack auf meiner Zunge war besser als tausend Schokomuffins ihrer Schwester. Matze lachte und wollte gerade wieder von Neuem ansetzen, als es an der Tür klopfte. Claralina steckte ihren Kopf durch die Tür.

»Die Pizza ist da.« Das war mein Stichwort. Ich konnte ein halbes Schwein auf Toast verdrücken, so hungrig war ich.

»Komm, Matze, ich geb' ein Bier aus.«

»Ich will auch Pizza!«, klagte er sofort, anstelle dass er dankbar war, dass ich ihn nicht augenblicklich wieder vor die Tür setzte. Schließlich wusste er jetzt ja, dass bei mir alles in Ordnung war.

Claralina setzte sich auf ihren bekannten Platz auf die Eckbank am Kopf des Tisches. Matze und ich saßen links und rechts von ihr, an den langen Seiten des Tisches. Ihre Haare fielen in weichen Wellen über ihre Schultern und ich stellte mir sofort wieder vor, wie es war, meine Nase darin zu vergraben und ihren Duft in mir aufzusaugen.

»Wo sind die anderen Turteltauben denn?«, wollte Matze irgendwann zwischen zwei Schlucken Bier erfahren.

»Nicht da«, antwortete ich mit vollem Mund.

»Bis zum Wochenende«, schob Claralina leise hinterher. Matze verfiel in ein Lachen, dass sie zusammenzuckte. Wenn man Matze nicht näher kannte, war es schwer, auf Anhieb mit seiner Art klar zu kommen. Bei ihm gab es immer etwas zu lachen. Er zog das Leben lieber mit einem Scherz auf, als dass er sich erdrücken lassen wollte. Zumindest erklärte er es mir irgendwann im betrunkenen Kopf so in der Art.

»Alter, dann habt ihr ja richtig sturmfrei, was?«

Ich verdrehte die Augen. Leider war er noch nicht fertig. »Dann wird der Hanomag ja immer noch nicht fertig, wenn ihr die ganze Zeit nur aufeinander hockt.« Seine Zweideutigkeit trieb Claralina sofort wieder die Röte ins Gesicht. Der Hanomag jedoch war mir im Moment wirklich egal.

»Das bekommt Ole bestimmt schon alles hin«, antwortete sie ihm jedoch prompt und legte ihre Hand auf meinen Arm. Ihr Blick haftete sich auf mein Gesicht und es gefiel mir verdammt gut.

Die Nacht verbrachten Claralina und ich in meinem Bett und am nächsten Morgen ging sie bereits vor dem Hellwerden joggen. Ich beneidete sie darum. Doch für mich war dies nichts mehr. Stattdessen vollzog ich mein beinahe tägliches Ritual an den Holzbalken meines Zimmers. Fünfzig Klimmzüge für den Krüppel, wie ich es mir selbst immer zuredete.

Nach dem Frühstück wollte Claralina nach Tønder fahren, die Galerien besichtigen, von denen ich ihr erzählt hatte. Sie schnappte ihre Kamera und ihre Handtasche, zog sich ihren Mantel und ihre Stiefel an und verabschiedete sich mit einem Kuss von mir, den ich am liebsten nicht hätte enden lassen wollen.

Mein Vorhaben, in meiner letzten Urlaubswoche, die nun angebrochen war, den Hanomag weiter zu restaurieren, war kein Leichtes, es schien aber allmählich bergauf zu gehen.

Am Freitagmorgen lagen wir noch in meinem Bett, als Claralinas Handy klingelte. Sie hatte gerade wieder angefangen zu fragen, wie es geschah, dass ich mein Bein verloren hatte.

»Wer ruft dich denn bitte morgens um halb acht an?«, lenkte ich schnell ab und jubelte innerlich über die Störung. Ich konnte ihr nicht mehr viel länger aus dem Weg gehen. Doch Claralina zuckte mit den Schultern und griff nach ihrem Handy, das auf meinem Nachtschrank lag.

»Vogt?« Ihre Stimme klang angespannt, ihre Augenbrauen zogen sich zusammen und ihre braune Mähne legte sie sich sorgfältig über eine Schulterseite. Mit einem Schlag saß sie auf der Bettkante.

»Das ist ein schlechter Scherz. Das kann er nicht wirklich ernst meinen!« Als ich meine Hand auf ihren Rücken legte, streifte sie diese sofort mit ihrer freien Hand ab. Sie war aufgebracht – aber warum?

»Nein. Ich habe nichts geahnt«, sprach sie kaum noch hörbar. Was zur Hölle machte sie urplötzlich so traurig, wenn sie gerade noch aufgebracht war?

»Danke, dass du mir Bescheid gegeben hast. Nein, ich habe noch nichts Neues. Mach's gut, Linda.« Claralinas Hand sank auf die Matratze, ihre Schultern sackten ab. Ich wollte sie gerade in meine Arme ziehen, als sie aufstand. Ihr Blick war leer. Doch dann wendete sie sich ihrem Smartphone zu und tippte wild darauf herum. Als ich aufstand und mich mit einem Arm an der Wand stützte, wollte ich sie an mich heranziehen, doch sie wich zurück.

»Was ist denn los, Claralina?« Sie antwortete mir noch immer nicht, ihre Augen weiteten sich und ihre Lippen pressten sich fest aufeinander. Dann wendete sie sich mir endlich zu, hielt mir das Gerät entgegen und ich wusste nicht, was sie von mir wollte.

»Hier. Lies!« Sie klang verbittert, wütend und eine Spur traurig. Ich nahm es ihr ab und begann zu lesen.

Hochzeitstauben im Tagungshotel Wesertransfer.

Nach Angaben des Inhabers, Herrn Ruprecht Ziller, findet an diesem Wochenende eine ganz besondere Veranstaltung im neu eröffneten Bankettsaal statt. Die Hochzeitsfeier seiner einzigen Tochter und Erbin, Valerie Ziller. Sie heiratet nicht irgendjemanden, sondern den stellvertre-

tenden Hoteldirektor, Sebastian Oetken. Er sei nicht nur
eine exzellente Vertretung seiner selbst, so Ziller. Oetken
sei auch der perfekte Schwiegersohn in spe. Seine rasan-
te Karriere in Bremens Hotellerie sei nur ein weiterer
Sympathiepunkt gewesen. Das Wichtigste jedoch sei, dass
Zillers Tochter, die übrigens seit einem Jahr Küchenchefin
des Tagungshotels ist, glücklich sei. Und, dass vielleicht
schon bald ein neuer Hotelerbe geboren wird. Eine echte
Pralinenhochzeit, spontan und völlig unerwartet. Laut
Angaben von Ziller freue sich die gesamte Belegschaft mit
dem Pärchen, das anscheinend lange versucht hatte, ihre
Liebe für sich zu behalten, da die beiden beweisen wollten,
trotz einer Bindung professionell miteinander arbeiten zu
können. Nun warten wir auf die ersten Fotos des zu-
künftigen Gastronomen-Paars und wünschen alles Gute
für die Zukunft.

Zuerst verstand ich nur Bahnhof. Doch als ich den Namen Sebastian las, wusste ich genau, um wen oder was
es sich hier handelte. Claralina stand noch immer vor
mir. Die Arme fest um ihren Bauch geschlungen. Ich
schmiss das Gerät aufs Bett und zog sie in meine Arme.
Mit einem Schlag begann sie zu weinen. Ich wusste, wie
sie sich fühlte. Ich kannte es nur zu gut. Dieses Gefühl zu
wissen, dass man von jetzt auf gleich ausgetauscht wurde.
Es konnte einen vernichten. Ich war wütend und traurig
zugleich. Meine Wut auf diesen verdammten Ex wurde
immer größer. Und gleichzeitig wurde ich immer trauriger, denn ich wusste, dass Claralina zutiefst verletzt war.

»Er hat mich betrogen. Das war alles ein abgesproche-
nes Spiel, dass ich gekündigt wurde«, schluchzte sie irgendwann auf. Ich konnte nichts dazu sagen. Nach einer
gefühlten Ewigkeit schien sie beschlossen zu haben, dass

nun Schluss sei. Sie stemmte sich aus meinen Armen, wischte sich entschlossen die Tränen von ihrem geröteten Gesicht und setzte eine undurchdringbare Miene auf.

»Was bin ich eigentlich für eine doofe Kuh! Erst werde ich gekündigt und dieser Arsch verlässt mich. Dann schlafe ich einfach mit dir und rede mir ein, was ich für ein böser Mensch bin und dann heule ich wieder, weil dieser Mistkerl mich auch noch betrogen und schon lange hintergangen hat. Ich könnte mich ohrfeigen!«

Es war gar nicht möglich, ihr so schnell zu antworten, wie sie das Zimmer verließ. Ich ließ mich zurück auf mein Bett fallen und strich mir durch meine kurzen Haare. Was für ein Scheiß!

Kapitel 16
» Claralina

Kaum in meinem Zimmer angekommen, begann ich mir meine Sportkleidung überzuziehen. Mein wirres Haar hatte ich mir zu einem schlampigen Knoten gebunden. Ich setzte mir meine Mütze auf, denn es hatte in der Nacht gefroren, wie mir die kristallartigen Sträucher vor den Fenstern zeigten. Dies sollte eine lange Strecke werden. Ich musste mich abreagieren, meine Wut aus meinem Körper laufen lassen und versuchen zu vergessen, wie ich von Sebastian vorgeführt wurde. In meinem Smartphone öffnete ich einen Ordner, den ich schon lange nicht mehr geöffnet hatte. Die Kopfhörer steckte ich mir auf und ließ die Bluetooth-Verbindung starten. Als ich gerade die Hofauffahrt verließ, hörte ich noch, wie Ole nach mir rief. Er stand in der Haustür. Noch immer in Boxershorts. Diesen verrückten Anblick, so wunderschön und verstörend zugleich, blendete ich aus und begann, die Landstraße zu inspizieren. Ich entschied mich für links. Nach wenigen Klicks erklang die Musik in meinen Ohren und sendete mir eine Gänsehaut über meinen Körper – durch meine Knochen – wie es keine Eiseskälte eines Winters je geschafft hätte. Seit ich mit sechzehn Jahren meine Ausbildung zur Hotelfachfrau begonnen hatte, hatte ich es mir nicht mehr angehört.

Und doch hatte ich diesen Ordner von Handy zu Handy mit übertragen.

Meine Lungen krampften bereits nach den ersten zwei Kilometern. Mir war bewusst, dass ich nicht joggte, sondern rannte. Nichts tat so gut wie dieses verfluchte Brennen genau in diesem Moment. Die Klänge der Violine und des Pianos schmetterten wie ein zweiter Puls durch mein Inneres. Sie spornten mich immer weiter an zu rennen, zu rennen und abermals zu rennen. Bis ich den Grenzdeich am Rickelsbüller Koog zu Ende gerannt war. Ich stand im Dunst des Morgens, umgeben von den gefrorenen Vogelteichen, dem großen See, und dem Deich. Ich holte ein letztes Mal tief Luft, richtete mich wieder auf und biss mir fest auf die Lippen. Für den Bruchteil einer Sekunde hörte ich die schmetternde Stimme meiner Mutter durch die Seitenklänge rufen: »Du bist niemals gut genug! Nie, nie, nie! Du wirst nie dort oben ankommen! Du wirst nie die erste Geige spielen!« Und dann war es um mich geschehen.

Der Damm war gebrochen und ich sprintete los. Ich nahm drei Stufen zugleich, bereit auszurutschen und neuen Anlauf zu nehmen. Aber ich war weiß Gott nicht mehr bereit, mir einreden zu lassen, dass ich nicht gut genug war. Dass ich es nie ganz nach oben schaffen würde. Ich spielte nie für meine Eltern die erste Geige, scheinbar nie für Sebastian, doch von jetzt an spielte ich sie für mich. Für mich ganz alleine und dieser verdammte Deich sollte mein erstes Ziel sein.

Ich schaffte es, brach zusammen und begann zu lachen. Laut, frei und in dem Wissen, dass ich es geschafft hatte, ganz oben angekommen zu sein. Auch wenn ich genau wusste, dass dies nur ein gottverdammter Deich war, der das Festland vor der wilden See schützen sollte.

Aber ich hatte es geschafft. Ich war angekommen. Mein gesamter Körper zitterte – er bebte vor Erschöpfung. Meine Kleidung dampfte, so heiß war mir, meine Haare waren klitschnass unter meiner Mütze und noch immer tobte etwas in mir. Meine Lungen waren noch nicht wieder bereit, neu zu starten. Ich musste ruhen. Musste noch einen kurzen Moment verharren, hier vor der von Frost überzogenen Holzbank. Ich musste automatisch lächeln, als ich das verwitterte Holz betrachtete. Ein kleiner Gedanke breitete sich in meinem Kopf aus, wie es wohl wäre, meinen Finger darüber gleiten zu lassen. Diesen schüttelte ich zugleich wieder ab. Ich sollte es besser nicht übertreiben. Wer wusste schon, wie es mir danach erging.

Mein Blick schweifte ein letztes Mal über die Weite des Deiches, der Salzwiesen und der kleinen Vogelteiche. Dann trippelte ich die steile Treppe wieder hinunter und scrollte in meinem Ordner noch einige Dateien weiter. Das, was ich jetzt hören wollte, war damals das Ende meines Musikerdaseins. Das Stück, das ich zuletzt spielte, ehe ich beschlossen hatte, der Welt eines Orchesterleiters und seiner ersten Geige den Rücken zu kehren. Es war meine Generalprobe, ehe ich mich dafür entschied, den wichtigsten Auftritt in meinem damaligen Leben bewusst zu vermasseln.

Tschaikowskys Violinkonzert Op. 35 ertönte. So perfekt, wie ich es nur dieses einzige Mal spielte. Meine Beine setzten sich wieder in Bewegung. Jagten mich zurück – zurück zu Ole. Zu einem Neuanfang. Und mit jedem Schritt, den ich auf dem Asphalt abrollte, wurde ich mir sicherer, dass ich es schaffen konnte, wenn ich nur wollte. Scheiß auf Sebastian, scheiß auf den Perfektionismus meiner Eltern, deren Musik und die damit verbundene Karriere immer über Sina und mir gestanden hatten.

Jeden einzelnen Meter lief ich für mich, für meine Erkenntnis, dass ich schon immer die erste Geige spielte. In dem Moment, als ich mich damals gegen das Orchesterleben entschied, meinen eigenen Weg einschlug und den Kontakt zu meinen Eltern abbrach, war ich mehr, als ich je hätte sein können. Aber ich konnte es einfach nicht erkennen. Bis jetzt dachte ich ernsthaft, dass ich in meinem Beruf nur so gut und so erfolgreich war, weil ich es einfach konnte. Aber es war eine Flucht. Ich wollte mir beweisen, dass ich in meinem Bereich die Spitze erreichte, egal, wie steil der Berg war. Meine Disziplin, meine Verbissenheit war doch nichts weiter als der verdammte Wunsch, endlich anerkannt zu werden. Und nun diese Nachricht. Ab jetzt gab es einfach niemanden mehr, dem ich irgendetwas beweisen musste. Nur noch mir selbst.

Ich war frei und das würde ich mir von jemandem wie Sebastian nicht mehr nehmen lassen. Die Erniedrigung, von der ich heute Morgen am Telefon geglaubt hatte, getroffen worden zu sein, verpuffte mit jedem weiteren Ton meiner Musik. Sie war jetzt weniger als der Morgendunst, der allmählich von dannen zog. Meine Ausbildung war ein reiner Testlauf, die Generalprobe für meine Karriere, von der ich so sicher war, sie eingeschlagen zu haben. Sebastian war zuerst ein Konkurrent, dann mein Verbündeter und nun zum Schluss mein Verrat. Keine Leiche der Welt sollte es je wieder schaffen, mich derart aus der Spur zu bringen.

Als ich bei Ole wieder ankam, zitterten meine Hände, mein Puls sprang noch immer wie wild in meinem Inneren. Ich hatte gerade die Haustür geöffnet, da tauchte Ole bereits im Flur auf. Mein Atem stieß noch immer kleine Wölkchen aus, solange die kalte Luft ins Innere des Friesenhauses eindrang. Mein Gegenüber griff sich mit beiden Händen ins Haar und atmete schwer aus. Meine Musik verklang genau in dem Moment, als ich die Haustür hinter mir zustieß. Ich schob Mütze und Kopfhörer zurück. Ole kam auf mich zu und blieb erst stehen, sobald sich unsere Körper berührten. Wie selbstverständlich umschloss er meine eisigen Wangen mit seinen Händen und entlockte mir allein durch diese warme Berührung ein seliges Seufzen. Mit geschlossenen Augen fand ich seine Lippen. Wenn ich in den letzten Jahren immer dachte, Bremen sei meine Heimat, wusste ich nun, dass dies nicht stimmte. Die Leidenschaft in deinem Herzen bestimmte allein, wo du hingehörst. Ich liebte die Musik. Mein Leben lang. Bis zu dem Moment, als die Leidenschaft durch Druck und Zwang erlosch. Ich liebte die Momente, wenn ich ganz alleine im Musikzimmer meiner Eltern stand. Wenn ich wusste, sie kamen erst spätabends von einem ihrer Auftritte wieder. In diesen Augenblicken verschmolzen meine Violine und ich zu einer Einheit. Als wir uns trennten, verschmolz ich mit den Aufgaben meiner Arbeit. Ich dachte wirklich, dass ich in ihr und daraufhin in Sebastian meine neue Violine gefunden hatte. Doch letztendlich war er nichts, außer das Abbild des Drucks, dem ich einst versucht hatte zu entfliehen. Die Leidenschaft ging verloren und der Fund der kalten Abreise gab mir und unserer Beziehung den letzten Rest.

Jetzt hatte ich endlich meine Violine wiedergefunden. Oles Berührungen waren so berauschend wie der Augenblick, in dem ich meinen Bogen an die Saiten setzte und die zarte Vibration in meinem Herzen empfand, ehe die ersten Töne erklangen. Er musste erkennen, dass etwas mit mir geschehen war. Sein Griff ging in meinen Nacken, ließ meine Haare aus dem Haarband und vergrub die Hände darin.

»Oh, Claralina!«, stöhnte er in meinen Mund und das Konzert meines inneren Orchesters begann zu spielen. Wie in einem Rausch ließen wir einander spüren, was wir wahrscheinlich bereits seit unserem ersten Aufeinandertreffen spürten. Wir waren wie von neuem Leben erweckt. Genossen jeden Zentimeter des anderen und gaben uns etwas hin, von dem wir beide glaubten, es verloren zu haben – der Leidenschaft. Oles Hände glitten an meinem Körper entlang. Er öffnete den Reißverschluss meiner Strickjacke und riss sie mir von den Armen. Mit einem Ruck griff er an meine Taille, zog mich noch fester an sich heran und hob mich schließlich hoch. Er vergaß, dass er keine falsche Bewegung mit meinem zusätzlichen Gewicht machen durfte, ansonsten wäre er zu Boden gegangen. Aber er schaffte es. Er hielt mich. Mit meinen Beinen um seine Hüfte geschlungen, trug er mich in sein Zimmer und ließ mich auf seinem Bett wieder fallen. Vor Schreck keuchte ich auf und wurde mir erst wirklich darüber bewusst, wo wir waren. Das hielt uns aber beide nicht davon ab, uns unserer Kleider zu entledigen und den Blick fest auf den des anderen zu halten. Braun gegen braun. Oles Lippen glänzten, als er sich darüber leckte. Seine Hose fiel zu Boden, er stützte sich an der Wand ab und begann, mit einer Hand an der Ledermanschette zu fummeln. Sein leiser Fluch, der ihm über die Lippen kam, weil es nicht so funktionierte, wie er wollte, entlockte mir ein Lachen. Ich konnte es nicht zurückhalten und er riss die Augen auf. Was dachte er bloß von mir, aber im nächsten Moment kniete ich bereits vor ihm auf seinem Bett und löste sein Bein aus seinem Gefängnis. Während Ole nur noch still dastand und einfach nicht begriff, was ich tat, fühlte ich mich umso befreiter. Mit einem weiteren Lächeln schenkte ich ihm eine Spur zarter Küsse auf seinen linken Oberschenkel. Meine Finger glitten über seine angespannten Muskeln und ich liebte die Kraft, die in ihnen und in Ole steckte. Wahrscheinlich war es in diesem Moment unpassend und trotzdem musste ich an die Worte meiner Schwester denken, dass es sie traurig machte, da Ole sich selbst nicht so sah, wie sie und Hannes es jedoch taten. Dass er nicht erkannte, was er für ein starker Mann war, der kämpfen konnte wie ein Löwe. Und, wie ich mittlerweile auch wusste, der lieben konnte wie ein Gott. Ich hatte mich jedenfalls in ihn verliebt. So viel wusste ich in diesem Moment und mehr wollte ich auch nicht. Nur wissen, dass ich es konnte.

Mit beiden Händen zog ich Oles Stumpf aus der Prothese, nachdem ich die letzte Schnalle klacken hörte. Meine Augen waren fest auf seine gerichtet. Sie hielten ihm stand, egal, wie weit er sie aufriss und mir ungläubig zuschaute. Beinahe blind streifte ich ihm den Silikonstrumpf ab und ließ auch nun wieder meine Fingerspitzen über seine Haut gleiten. Über die nackte Wahrheit seines Seins. Die Narben und zugleich die überaus dünne Haut zuckten unter meinen Berührungen und Ole schüttelte kaum merklich den Kopf. Dann zog ich ihn zu mir, er ließ sich fallen und landete neben mir auf dem Bett. Er beobachtete mich, wie ich wieder aufstand, den Rest meiner Kleidung auszog und mich auf ihn setzte. Unglaube lag in seinen Augen und zugleich Bewunderung. Ich bewunderte ihn genauso. Seine Hände wanderten von meiner Taille hinauf zu meinen Brüsten, er ließ meine Zellen prickeln und zog mich zu sich herunter.

»Was um Himmels willen ist mit dir geschehen?«, hauchte Ole mir ins Ohr, sobald er begann, es zu liebkosen. Sein heißer Atem sorgte nur dafür, dass sich in meiner Mitte eine immer größer werdende Hitze ausbreitete.

»Muss wohl die raue Luft der See gewesen sein«, lachte ich leise an seine Brust und genoss jede einzelne Zelle, die von ihm beglückt wurde. Hier ging es nicht nur um Sex, der uns berauschte. Es war, als hätten wir neues Leben eingeatmet und als ob wir uns trauten, die ersten Schritte zu gehen.

Kapitel 17

» Ole

»Und du bist dir wirklich sicher, dass du es hören willst?«
Es passte mir noch immer nicht, Claralina zu erzählen, was
mit meinem Bein geschehen war. Aber irgendwie hatte ich
auch das Gefühl, dass sich etwas geändert hatte, nachdem
sie heute Morgen vom Laufen zurückkam. Sie strahlte, als
gäbe es kein Morgen mehr. Nicht nur ihr ohnehin schon
heißer Körper, sondern sie strahlte von innen heraus. Obwohl der Anruf sie so durcheinandergebracht hatte, hatte
irgendetwas anderes es geschafft, sie neu zu sortieren. Der
Sex war anders als die Male zuvor. Es war nicht einfach
nur ein krasses Gefühl, mich aufs Neue in ihrer weichen
Haut zu versenken. Es fühlte sich absolut richtig an. Zu
Anfang wusste ich nicht, wie ich mich fühlen sollte, als
sie begann, mein Bein aus der Prothese zu holen und über
meinen Stumpf zu streicheln. Eine Gänsehaut, die von
Elefanten hätte sein können, überzog meinen gesamten
Körper, ehe sie mich auf das Bett zog.

»Ja, Ole. Ich will es wissen. Ich will wissen, wer oder
was dich zu diesem Mann gemacht hat, der du jetzt bist.«
Claralina schenkte mir einen weiteren Kuss auf meine
Nasenspitze und ihre Haare verteilten sich auf meinem
Oberkörper. Natürlich nicht, ohne ihren bekannten Zit-
rusduft zu verströmen.

Wir lagen noch immer im Bett. Ich kann mich nicht mehr daran erinnern, wann ich zuletzt einen solch fantastischen Urlaub in den letzten Jahren genossen hatte.

»Siehst du die ganzen Holzbalken? Wie schön glatt sie sind?«, fragte ich sie, als ich endlich Mut gefasst hatte.

»Ole, lenk nicht ab. Ja, ich sehe es, aber das wird bestimmt nichts damit zu tun haben oder?« Sie zog ihre linke Augenbraue skeptisch in die Höhe.

»Lass mich langsam anfangen. Ich spreche schließlich sonst nicht darüber.«

Mein brünetter Engel nickte und ich fuhr fort:

»Das hier war bis zu meinem Unfall ebenfalls ein Teil der Scheune. Ich hatte ja erzählt, dass wir ihn umgebaut hatten, um Wohnraum zu schaffen. Über diesen Balken war einst ein Strohboden. Unsere Familie hatte schon vor zehn Jahren auf nebenberufliche Landwirtschaft umgestellt. Mutterkuhhaltung, ein paar Schafe und Hühner. Obwohl die letzteren nicht besonders gut für Vaters Lunge waren. Hannes ist zwar gelernter Landwirt, hat sich aber dagegen entschieden, diesen Betrieb im Vollerwerb zu bewirtschaften. Es waren zu hohe Investitionen nötig und das war zu riskant. Also begann er seine Stelle beim Zuchtverband. Ich bin gelernter Mechatroniker für Land- und Baumaschinen. Ich liebe es, an defekten Geräten und Maschinen zu schrauben, bis sie endlich wieder heile sind. Als Kind musste ich alles auseinanderbauen, nur um zu sehen, wie ein Teil zusammengesetzt war.« Bei der Erinnerung an Vaters kleine Werkbank musste ich schmunzeln. Mutter hatte oft genug geflucht, wenn ich voll Schmiere im Gesicht und an den Armen vom Spielen reinkam. Claralina ließ ihre Fingerspitzen über meine glatte Brust kreisen und die Wärme ließ auch in mir eine erneute Wärme aufsteigen.

»Als ich mit neunzehn meine Ausbildung fertig hatte, zog ich nach Niebüll. Mit meiner damaligen Freundin. Jessica. Du hast sie auf der Fete gesehen. In meiner Freizeit schraubte ich bei meinem Kumpel Matze, wenn seine Maschinen Bedarf hatten. Manchmal fuhr ich dort selbst die Maschinen in der Erntezeit. Oder fetzte mit meinem Quad durch die Gegend. Überwiegend aber mit meiner Motocrossmaschine. Hier in der Umgebung gibt es einige geile Strecken. Ich half hier zu Hause, wenn Not am Mann war. Es war alles perfekt.« Der Kloß in meinem Hals schnürte mir beinahe die Luft zu und ich ahnte, wie Claralinas Blicke sich gleich ändern würden.

»Meine Eltern hatten Heu gemacht. Diese kleinen schrecklichen Hochdruckballen. Von denen man gefühlte tausend Stück machen musste. Und wegen Vaters Luft half ich ihm und Hannes, diese Mistdinger hoch auf den Boden zu bekommen. Wir hatten ein extra Förderband, was die Arbeit erleichtern sollte. Das Gerät war aber gefühlt aus der Nachkriegszeit und hakte ab und an. Also ging ich nach oben, um nachzusehen, woran es diesmal lag. Das eine Stahlseil war komplett verdreckt und klemmte somit ständig. Auf dem Boden hatte ich keine wirklich gute Sicht und ich bemerkte nicht, dass sich der Schnürsenkel meines Schuhs gelöst hatte. Bei einer dummen Bewegung, als ich versuchte, das Stahlseil zu reinigen, geriet mein Schnürsenkel in eine Lasche und wurde mitgezogen, als ich den Mechanismus wieder einschaltete. Ich rief nach meinem Bruder. Nur dachte er, dass ich fertig sei, und stellte das Förderband eine Stufe schneller. Ich zog dagegen an, und der Schuh verengte sich immer mehr an meinem Fuß. Ich zog und zog, doch es brachte nichts. Ich rief um Hilfe, während Hannes dabei war, die nächsten Ballen auf das Förderband zu legen.

Durch den Gegendruck, den ich auf den Mechanismus des Stahlseils legte, ächzte und knackte es immer mehr. Ich hielt mich an dem Holzbalken fest, während es an meinem Fuß immer weiter zerrte.« Ich hasste es, wenn ich davon erzählen musste. Mein Blick wanderte zu dem Holzbalken, an dem ich mich versuchte festzuklammern. Es ist einer der Balken, an denen ich heute immer meine Klimmzüge machte.

»Was ist dann passiert?«, wisperte Claralina und ich zog sie ein Stückchen näher an mich heran, gab ihr einen Kuss und hielt mich an ihren Haaren fest. Ihr Atem schenkte mir wieder einen kleinen Schauer und ich begann erneut. Doch ich traute mich nicht, es laut auszusprechen. Ich flüsterte in ihr Haar hinein. In der Hoffnung, dass sie es nicht richtig verstand.

»Das poröse Stahlseil zerriss und flog durch die Luft. Es war wie einer dieser knallenden Peitschenhiebe in einem Westernfilm. Doch dieses Geräusch war der Vorbote, von der Kraft, die darin steckte. Durch den Widerstand, den ich ausgeübt hatte, ist es heiß geworden und diese Kombination schlug auf meine Wade nieder, während ich mich noch immer am Holzbalken klammerte. Es durchschnitt nicht die gesamte untere Beinhälfte. Es steckte fest, doch das Band lief noch immer, da das zweite Stahlseil noch in Takt war. Also wurde ich nun den Strohboden hinuntergerissen. Am Fetzen meines Beines. Doch davon weiß ich nichts mehr. Hannes kam wohl genau in dem Moment mit neuen Heuballen in die Scheune, als ich vom Boden fiel und am Gestänge der Förderbandkonstruktion mit dem Gesicht entlangglitt. Daher stammt die Narbe in meinem Gesicht.« Claralina hatte den Atem angehalten, sie war stockstei f und es tat mir leid, dass meine Geschichte daran schuld war. Die

Minuten verstrichen, in denen keiner etwas wagte zu sagen, bis sie den Kopf anhob und tränenverhangen die Hände nach meinem Gesicht ausstreckte. Sie beobachtete es ganz genau, ehe der Staudamm in ihren Augen brach und sie anfing zu weinen. Genau deshalb wollte ich es ihr nicht sagen, weil ich nicht ihr Mitleid wollte.

Ich küsste ihre Tränen davon und versuchte, ihr ein Lächeln zu schenken, doch mein eigenes Unbehagen wuchs immer mehr.

»Was ist mit deinen Eltern? Wo sind sie?« Claralinas brüchige Stimme hallte in mir nach und der nächste Hieb wurde gesetzt. Mit einem schweren Seufzen richtete ich mich auf und zog sie wieder dichter an mich heran. Ihre Hand glitt über meinen Bauch.

»Meine Mutter ist durchgedreht. Im wahrsten Sinne des Wortes. Sie hatte schon lange mit Stimmungsschwankungen zu tun, auch ein Grund, warum ich so früh auszog. Aber seit dem Unfall drehte sie völlig an der Welle. Irgendwann hatte Vater sie in eine Klinik gebracht, wo man sich um sie kümmerte, während mir ein Marathon an Operationen bevorstand. Dadurch, dass die Gefäße in meinem Bein mehr zerrissen als zerschnitten wurden, mussten die Chirurgen das Bein bis kurz unter mein Knie abnehmen. In dieser Zeit kam Sina in unsere Familie. Vater brauchte zu Hause Unterstützung, Hannes ließ sich beurlauben. Sina war eigentlich in erster Linie da, um den Haushalt weiterzuführen, damit Vater sich um die Tiere und mich kümmern konnte. Gemeinsam mit Hannes. Glaub mir, ich hatte es deiner Schwester echt nicht leichtgemacht. Im ersten Moment, als sie mir begegnete, sah ich nur Mitleid, das ich nicht wollte. Zu allem Überfluss verzog sich Jessica. Als ich sie am meisten brauchte. Sie konnte nicht damit fertig werden, dass ich nun ein Krüppel bin.« Ein verächtliches Schnauben verließ meinen Mund bei dem Gedanken an diese Bitch. Claralina zog hörbar die Luft ein. Ich berichtete ihr weiter von dem tiefen Loch, in das ich gefallen war. Es war kein Selbstmitleid, das mich zerstörte, sondern Selbsthass. Ich konnte mich selbst nicht mehr leiden. Egal wie sehr Sina und Hannes mir beistanden. Eigentlich war ich froh, dass Sina da war und nicht meine Mutter. Diese hätte mir nicht helfen können. Dann begann ich zu erzählen, wie Hannes die Tiere kurzerhand verkaufte und innerhalb von einem Jahr, in dem ich in Reha und Kur war, ein Teil der Scheune umbauen ließ, damit ich wieder ein Zuhause hatte. Als ich wieder heimkehrte, hatte ich gemerkt, dass sich etwas zwischen Hannes und Sina entwickelt hatte. Und ich freute mich. Sie war ein Teil der Familie geworden und heute wüsste ich nicht, ob ich wieder so fit geworden wäre, wenn sie mich nicht ständig mit ihrer Bemutterung und Fürsorge genervt hätte.

»Meine Eltern sind jetzt seit fast vier Monaten auf einer Weltreise mit einem Schiff. Wir hatten es Mutter das Jahr zuvor zu Weihnachten geschenkt, damit sie sich erholen konnte. Und Vater brauchte ebenfalls endlich einen Tapetenwechsel. Zum Glück kommen sie erst kurz vor der Hochzeit wieder. Solange herrscht hier noch Ruhe.« Claralina lachte auf, warf mir einen ungläubigen Blick zu und ich zuckte mit den Schultern.

»Ich finde dich wunderschön, Ole«, entgegnete sie mir plötzlich todernst und ich musste schlucken. Claralina richtete sich wieder auf, setzte sich auf meinen Schoß und legte ihre Hände an mein Gesicht. Aus einem Kuss wurden zwei, aus zwei Küssen wurde ein ganzer Strudel und wir verloren uns erneut in einem Rhythmus, der nur uns galt. Es war wahrscheinlich das beste Kompliment, das einem Krüppel wie mir gegeben werden konnte. Was ich hören musste, um zu wissen, dass ich mich in Claralina verliebt hatte. Und doch wusste ich, dass unsere Zeit nicht ewig hielt. Dass ich nie die verrückten Dinge mit ihr machen konnte, wie ein Mann, der noch beide Beine besaß. Irgendjemand würde immer den Kürzeren ziehen, und das wollte ich ihr eigentlich nicht antun. Dennoch rief eine verdammt egoistische Stimme in mir, ich sollte die Zeit ausnutzen, die uns bestimmt war. Denn hier konnte nur von einer Bestimmung die Rede sein. Claralina war wie ein Engel. Ein Geschenk, das ich nicht mehr hergeben wollte.

Kapitel 18
» Claralina

Am späten Nachmittag fand ich mich erneut in Tønder wieder. Oles Geschichte setzte mir im ersten Moment zu, danach jedoch bewunderte ich ihn umso mehr. Er glaubte ernsthaft, ich hätte Mitleid mit ihm und würde ihn nun anders sehen. In einem Punkt hatte er recht. Ich sah ihn nun mit anderen Augen. Ich befürchtete, ich hatte mich in ihn verliebt. Genauso, wie er war. Nicht mehr und nicht weniger. Und immer wieder fragte ich mich, wie das nur so schnell geschehen konnte? Ich betete, dass es nicht einfach nur eine Kurzschlussreaktion auf das war, was vor meiner Ankunft in Nordfriesland geschehen war.

Aber jetzt hatte ich ein klares Ziel vor Augen. Ich wollte in dieses kleine Musikgeschäft, das sich direkt neben einer der Galerien befand, die ich bereits vor wenigen Tagen besichtigte. Zum Glück konnte ich mich hier noch auf Deutsch und Englisch verständigen. Als ich das Geschäft verließ, wehte mir ein kalter Wind um die Ohren. Ich zog den typisch geformten Lederkoffer fest an meine Brust, sog die Kraft des Winters in mich ein und spürte einen Herzschlag, der mir einen wundervollen Takt der Aufregung versprach. Bereits auf der Fahrt hierher hatte ich beim Café des alten Zollhauses angerufen und gefragt, ob ich mich dort vielleicht alleine in einem Raum zurückziehen konnte.

Ole erzählte ich, dass ich etwas Wichtiges zu erledigen hatte. Das stimmte auch. Ich wollte spielen, wollte wissen, ob ich es noch immer konnte, wie damals vor fünf Jahren, als ich mich von meiner geliebten Violine trennte. Als ich dort ankam, wurde ich gleich wieder von einer köstlichen Kuchenauswahl begrüßt und ich entschied mich für die Friesentorte. Die Sahne schmeckte so unglaublich luftig, weich und samtig, dass ich mich ernsthaft fragte, wann ich das letzte Mal so viel Sahne in mich geschaufelt hatte. Aber zusammen mit dem selbst gemachten Pflaumenmus dort drunter, ergab es eine Kombination, die geradezu danach verlangte, vertilgt zu werden. Also ging ich mit meinem Stück Torte, einem Kamillentee und meinem Köfferchen die Stufen hinauf in den Vortragsraum, in dem nach Erzählungen von Sina regelmäßig kleine Lesungen und andere Veranstaltungen stattfanden. Die Tür fiel ins Schloss, ich atmete tief ein und setzte meine Nervennahrung auf einem kleinen Tisch ab, ehe ich meinen Mantel, die Mütze und den Schal auszog. Genau wie meine Stiefel und meine Socken. Erst zögerte ich einen Moment, doch dann schüttelte ich es aus meinen Gedanken. Diese Überlegungen hatten nichts mehr in meinem Kopf zu suchen. Aber sicher konnte ich mir nicht sein, daher kramte ich aus meiner Handtasche eine Packung Desinfektionstücher hervor. Als ich eines der Tücher herausnahm, kroch ein bekannter Geruch in meine Nase, ehe ich anfing den Fußboden an den Stellen zu reinigen, an der ich stehen würde.

Als Kind liebte ich es, barfuß zu spielen. Bis ich meine Violine aufgab, tat ich es regelmäßig. So sollte es nun auch sein. Mein Herz raste unaufhaltsam gegen meine

Brust, als ich den Deckel des Koffers öffnete und über das kühle Holz strich. Samt Bogen holte ich meine neue Violine heraus und begutachtete sie von allen Seiten. Im Anschluss schaltete ich das gedämpfte Licht des Raumes aus, ging vorsichtig bis in die Mitte und inhalierte die Dunkelheit, die den Raum gefangen nahm. Und dann fing ich einfach an. Bekam eine Gänsehaut, als ich meinen Kopf neigte, das Instrument zwischen meiner Schulter und meiner Wange. Ich konnte es nicht verhindern, doch meine Hand, in der ich den Bogen hielt, zitterte und jagte mir die ersten Töne durch mein Gehör. Schief, krumm und grottenschlecht. Ich saß so sehr unter Schock von dem Klang, dass ich die Luft anhielt. Konnte ich es denn nicht mehr? War ich vielleicht gar nicht mehr in der Lage dazu zu spielen? Oder war es nur die Aufregung? Ich setzte erneut an und entspannte mich augenblicklich, als ich es schaffte, die Tonleiter mit nur geringen Patzern erklingen zu lassen. Ich fasste mir ein Herz und spielte immer weiter. So lange, bis es klappte, bis ich wieder das richtige Gefühl bekam und mich mehr traute. Die Noten saßen irgendwo in meinem Kopf. Ich kannte sie auswendig, ich musste mich nur erinnern. Ich musste an diesen Punkt gelangen, an dem ich sie wieder fühlen konnte.

Kurzer Hand beschloss ich, das Licht wieder einzuschalten und mein Smartphone aus meinem Mantel zu kramen. Dann öffnete ich den Ordner, den ich erst heute Morgen geöffnet hatte und ließ die Musik erklingen. Das Licht wieder gelöscht, stand ich erneut in der Mitte des Raumes und wartete auf meinen Einsatz. Sinas Pianoklänge waren sanft und im Inneren zählte ich bereits die Takte, die verstreichen mussten, bis ich an dem Punkt fortsetzen konnte, an dem ihre Musik endete. Mein Herz raste und meine Hand setzte sich wie von alleine in Bewegung. Bereits nach den ersten Tönen rannen mir die Tränen über meine Wangen. Die Erleichterung glitt durch meinen Körper und die Erkenntnis, dass ich es noch immer fühlen konnte, erwärmte mein Herz.

Spätabends kehrte ich wieder zurück zu Ole. Wir beschlossen, gemeinsam die Notizen von Sina und mir durchzugehen, was noch alles an Vorbereitungen für die Hochzeit anstand. Er beobachtete mich immer wieder, wollte wissen, was ich denn die ganze Zeit über gemacht hätte, aber ich erzählte es ihm nicht. Es war vorerst mein Geheimnis. So lange, bis ich mir sicher sein konnte, dass es auch klappte, wie ich es mir vorgestellt hatte.

»Sina möchte gerne kleine Kränze an den Bänken in der Kirche haben. Die will sie aber selber machen, und nicht vom Floristen oder den Nachbarn. Aber du musst mir nochmal erklären, was die Nachbarn mit Kranzbinden meinen. So etwas kenne ich gar nicht.« Ich blickte Ole an, der es sich auf seinem Sofa bequem gemacht hatte. Er hatte die Beine auf den kleinen Tisch vor dem Sofa gelegt. Sein Stumpf war über seinem gesunden Bein gelegt. Es sah so natürlich an ihm aus. Und es bedeutete mir unglaublich viel, dass er sich endlich so offen mir gegenüber verhielt.

Ole erklärte mir das Brauchtum der Nachbarn mit dem Schmücken des Hauses, der Kirche und des Festsaales. Ich war erstaunt darüber, was sich die Menschen für Arbeit machten. Klar, ich kannte zwar die buntgeschmückten Kränze in den Hotels bei den Feierlichkeiten, hatte mich jedoch nie damit auseinandergesetzt, wer diese hergestellt hatte.

»Claralina?« Oles Stimme klang plötzlich zögerlich, sodass ich ihn fragend anblickte. »Was hast du vor, wenn

die Hochzeit vorbei ist? Gehst du zurück nach Bremen?«
Er schaute auf seine Hände und presste seine Lippen fest
aufeinander. Seine Frage brachte mich aus dem Konzept.
Ich wusste es ja noch nicht wirklich, was ich machen
wollte.

»Möchtest du denn, dass ich zurückgehe?«, fragte ich
intuitiv, wenn meine Stimme auch kaum noch zu hören
war. Ole wendete seinen Kopf wieder zu mir, begann zu
lächeln und schüttelte den Kopf.

»Nein. Das will ich nicht. Bleib hier - bei mir.« Ich
musste schlucken. Ich wusste im ersten Moment nichts
Genaues darauf zu antworten, wenn auch mein kleines
flatterndes Herz wild umher hüpfte. Ich schenkte ihm
ebenfalls ein Lächeln, beugte mich zu ihm, küsste ihn. Es
sollte nur ein kurzer Moment sein, und doch hielt er mich
wieder in seinen Armen und ich schmolz in ihnen dahin.

»Wir müssen weitermachen, Ole«, ermahnte ich ihn
und sein Lachen schickte mir kleine Wellen der Euphorie durch meinen Schoß. Hoffentlich verrannten wir uns
nicht in etwas. Ein gewisser Schwung an Naivität begleite unsere Wünsche. Eine gewisse Portion Angst vor dem
Ungewissen machte sich in mir breit.

»Claralina? Ole? Seid ihr da?«, ertönte es auf dem Flur.
Ole und ich fuhren beide gleichermaßen schockiert auf.
Wir hatten bis spät in die Nacht gequatscht, herum ge-
blödelt und aus unserem Leben erzählt, sodass wir, wie
ich nun feststellen musste, bis kurz nach zehn Uhr geschlafen hatten.

»Scheiße! Sina ist wieder da«, flüsterte ich, konnte mir
ein Schmunzeln allerdings nur schwer verkneifen. Ole
grinste genauso und zog mich ruckartig wieder zurück
in die Feder.

»Wir schlafen noch!«, rief er, während er unsere nackten Körper mit seiner Decke umhüllte. Ich versetzte ihm einen leichten Klaps an die Schulter, was ihn jedoch noch mehr zum Lachen brachte und dann öffnete sich die Tür. Sina plapperte munter drauf los, während sie das Licht im verdunkelten Raum einschaltete.

»Ole, wenn man schläft, kann man nicht sprechen und woher willst du wissen, dass Claralina auch noch schläft, wenn sie in ... Oh!« Der Schock war ihr anzuhören und ich presste mir die Hand vor den Mund, um nicht laut aufzuschreien oder zu kichern. Oles Körper vibrierte an meinem. Mutig wie ich neuerdings war, entschied ich, meinen Kopf unter der Decke wieder hervorzustrecken und mich zu meiner Schwester zu drehen. Darauf bedacht, dass die Decke nicht verrutschte. Ole umschloss mich sofort von hinten mit einem Arm und rückte mich noch ein wenig dichter an sich heran.

»Guten Morgen«, lächelte ich verlegen. Meiner Schwester stand der Mund offen, sie fing jedoch urplötzlich an zu lachen. Sie rieb sich kleine Tränen aus den Augen und hielt sich den Bauch. Eine gewisse Hitze stieg mir vom Hals bis zu den Ohren.

»Was ist hier denn los?«, ertönte die nächste Stimme. Nicht auch noch Hannes, dachte ich und verdrehte die Augen. Doch Sina stoppte ihren Anfall, zwinkerte uns noch einmal zu und verließ kopfschüttelnd den Raum. Dabei war noch zu hören, wie sie ihrem Liebsten einen Kuss gab, der scheinbar auch gerade ins Haus kam.

»Nichts, mein Schatz. Es ist alles in Ordnung. In bester Ordnung, wie es scheint. Lass uns erst einmal einen Kaffee trinken. Ich habe dich vermisst.« Und dann war es wieder ruhig. Bis auf das Pochen in meinem Ohr und Oles leiser Atem in meinem Nacken.

»Zum Glück war es nur deine Schwester. Hätte meine Mutter mich mit einer Frau im Bett gesehen, wäre sie rückwärts umgefallen«, prustete Ole plötzlich los und vergrub sein Gesicht in meinen Haaren. Augenblicklich fühlte ich die bekannte Wärme in meinem Bauch und war mir sicher, dass jetzt endlich Frühling war, egal was der Kalender anzeigte.

»Lass uns aufstehen«, hauchte er schnell hinterher und beendete seine gerade erst begonnene Spur von Küssen. Verzweifelt stöhnte ich auf und wurde von Ole aus dem Bett geschoben.

»Schön, dass ihr wieder da seid«, lächelte ich, als ich die Küche wenige Augenblicke später betrat. Ich hatte mir einfach meine Jeans und meinen Oversize Pullover von gestern Abend wieder angezogen. Mein Haar hatte ich mir nach dem Zähneputzen schnell zu einem Zopf geflochten, der nun zu einer Seite meiner Schulter baumelte. Ole folgte mir und begrüßte ebenfalls meine Schwester und seinen Bruder. Sina hatte sichtlich Probleme, ihr Grinsen zu unterdrücken. Hannes sah freundlich aus wie immer. Die beiden begrüßten uns und Sina sprang auf, um uns Kaffeebecher auf den Tisch zu stellen.

»Na, ihr beiden! Habt ihr euch gut verstanden, oder könnt ihr es schon kaum erwarten, wieder getrennte Wege gehen zu können?« Hannes überrumpelte mich ein kleines bisschen mit seiner Frage.

»Klar, haben wir uns verstanden«, antwortete Ole prompt und setzte sich an den Tisch. Ich saß auf meinem gewohnten Platz, ihm gegenüber auf der Küchenbank. »Claralina war sogar mit mir shoppen. Also die Party kann von mir aus starten, ich hab' was zum Anziehen.«

Ole zwinkerte mir zu und griff nach dem Becher, den Sina ihm gerade mit Kaffee befüllte.

»Shoppen? Du? Na, das klingt ja wunderbar. Und was habt ihr sonst noch so gemacht?« Hannes blickte neugierig zwischen uns hin und her.

»Sebastian heiratet. Heute.« Ich hatte keine Ahnung, wie mir das auf einmal herausrutschen konnte und ich zwang mich zu einem Lächeln.

»Der macht was? Heute? Wen?« Sina war schockiert und ich begann, den beiden zu erzählen, welche Botschaft mich gestern früh erreichte.

»Aber es ist mir egal. Also, natürlich nicht, dass er mich betrogen hat, aber soll er heiraten, wen er will. Mich kümmert es nicht mehr«, erklärte ich im Anschluss. Oles Mundwinkel zuckten kaum merklich und sein glühender Blick bohrte sich tief in mir fest.

»Na, das ist doch die Hauptsache. Wer weiß, vielleicht finden wir für dich ja auch noch den passenden Nordfriesen.« Hannes blickte bedeutungsvoll zu seinem Bruder und ich spürte die Hitze in meinem Gesicht.

»Sina! Wir haben heute viel vor! Wir müssen uns langsam auf den Weg machen, sonst wird es ein bisschen knapp mit der Hochzeit!« Ich sprang von der Bank auf und meine Schwester schaute mich verdattert an, bis sie begriff, dass ich mich gerade ein bisschen unwohl fühlte.

»Gib mir fünf Minuten. Dann können wir los«, antwortete mir meine Schwester. Ich wollte gerade die Küche verlassen, da griff Ole nach meiner Hand. Er zog eine Braue fragend nach oben und ich beruhigte ihn mit einem Lächeln. Seine Sorge war unbegründet. Ich machte keinen Rückzieher. Es war nur ein bisschen viel auf einmal.

»Bis später«, hauchte ich und verließ nun den Raum, ehe ich noch in Versuchung geriet, ihn vor seinem Bruder zu küssen. Wir mussten ja nun nicht sofort übertreiben.

»Also! Ich will alles wissen. Damit meine ich wirklich alles, Clara. Obwohl, warte. Vielleicht doch nicht alles. Aber was zur Hölle ist passiert, als Hannes und ich nicht da waren?« Sinas Verhör begann genau in dem Moment, als sie die Autotür hinter sich schloss. Sie starrte mich entsetzt an. Mir blieb nichts anderes übrig, als mit den Schultern zu zucken und ich zog meine Mütze fester über die Ohren.

»Wo wollen wir überhaupt hin?«, fragte mich meine Schwester bereits im nächsten Moment. Ich hatte keine Ahnung wohin, also schlug ich vor, am Rickelsbüller Koog spazieren zu gehen. Und dort erzählte ich ihr, wie es mit uns anfing und dass Ole und ich uns bereits vor ihrer und Hannes' Abreise nähergekommen waren.

»Unglaublich!«, wunderte sie sich, während wir den Deich entlang schritten. Es war wieder genauso schön wie gestern. Heute schien sogar die Sonne, was eine nette Abwechslung ergab.

»Hast du eigentlich je wieder gespielt, Sina?« Die Frage kreiste nicht das erste Mal in meinem Kopf umher und ich war neugierig, wie meine Schwester reagierte. Sie schaute mich überrascht an, doch dann wurden ihre Gesichtszüge traurig und sie schüttelte letztendlich erneut den Kopf. Als sie stehen blieb, wanderte ihr Blick auf die See. Ihre Haare wehten im Nacken umher und versperrten ihr zum Teil die Sicht.

»Ich habe nicht mehr gespielt. Seit dem Tag, an dem du absichtlich deinen Einstieg ins Orchester verhauen hast.« Sie schaute mir direkt in die Augen und ich musste schlucken.

»Woher wusstest du das?«

Sina lachte auf. Trotzdem klang es traurig. Wir lehnten uns an ein Gatter, das am Fuße des Deiches an einem Weg war. Auf einem Schild stand, dass dies die Grenze zu Dänemark war.

»Clara, jeder, der dich kennt, der weiß, dass es Absicht war. Vor allem, wenn man wusste, wie sehr du deine Violine geliebt und den Druck von Mutter gehasst hast. Ich wusste, wenn du dich dagegen entschieden hast, dann werde ich es genauso machen. Sieh es als stille Unterstützung an. Was sollte ich noch weiterspielen, wenn ich wusste, dass du es nicht mehr tätest. Es hätte sich falsch angefühlt. Mit dir zusammen zu spielen, war immer so schön, und ich vermisse es wirklich oft. Vor allem in der dunklen Jahreszeit. Es hatte immer etwas Träumerisches.« Ihre Mundwinkel zuckten. Sie warf mir einen kurzen Blick zu. Ich hatte tatsächlich das Gefühl, dass ihre Augen glänzten. Mich überkam das Bedürfnis, sie in den Arm zu nehmen. Ich ließ es zu und legte meinen Arm um sie.

»Und was ist mit dir, kleine Clara?« Nun funkelte es neugierig in ihren Augen und ich wendete flott meinen Blick wieder in Richtung Ferne.

»Irgendwann spielen wir beide wieder zusammen. Nur du und ich. Ohne Mutter und Vater. Nur für uns«, sinnierte ich und strich eine kleine Träne davon. Der Wind war wirklich tückisch.

»Lass uns zurückfahren und Tischkarten basteln«, beschloss meine Schwester und ich war froh, dass wir nicht weiter über dieses Thema sprachen, auch wenn ich es war, die es angeschnitten hatte.

Kapitel 19
» Ole

»Was ist los mit dir?«, flüsterte ich Claralina zu, als Sina und Hannes nicht in der Nähe waren. Nach ihrem ziemlich flotten Abgang am Vormittag hatte ich sie nur noch selten zu Gesicht bekommen. Ich wollte mich aber auch nicht von Sina und ihr dazu zwingen lassen, bei dem Dekokram mithelfen zu müssen. Das war schließlich Frauensache. Claralina lächelte mich an, sobald ich sie an mich heranzog und vorsichtshalber doch noch einen Blick über meine Schulter warf.

»Nichts ist los, Ole. Wirklich.« Sie stellte sich auf die Zehenspitzen und drückte mir einen flüchtigen Kuss auf die Lippen. Sie sammelte gerade den Bastelkram vom Küchentisch, weil Sina gleich fürs Essen aufdecken wollte. Heute Abend war Theaterball des Landvolks, zu dem wir hinwollten. Claralina sah nicht begeistert aus, als wir ihr erzählten, dass das Stück auf Plattdeutsch spielte. Sie wollte nicht mitkommen, war aber bereit, sich im Anschluss zum Ball anzuschließen.

»Was willst du denn gleich die ganze Zeit machen, wenn das Stück spielt? Du kannst doch trotzdem mitkommen.« Ich merkte schon, dass ich nicht versuchen sollte, sie zu überreden. Sie verdrehte die Augen und wendete sich von mir ab.

»Ich habe noch was anderes zu erledigen. Darum brauche ich auch dein Auto. Geht das?«

»Ach, mein Auto willst du auch noch haben?«, lachte ich auf und zog sie wieder zurück. Mir war es im Grunde egal, wenn Sina und mein Bruder um die Ecke kamen. Claralinas Lächeln war weich und ich hatte das verdammte Verlangen, ihre Lippen endlich wieder spüren zu dürfen. Scheiße, ich hörte mich schon an wie ein volltrunkener Liebesbaron. Doch sie nickte nur und klimperte mit ihren Wimpern. Dieser Blick war tödlich für jeden klaren Gedanken. Also stimmte ich zu, auch wenn ich das Theaterstück gerne mit ihr zusammen angesehen hätte.

Als ich Montagabend nach meinem ersten Arbeitstag nach dem Urlaub nach Hause kam, war ich geschafft. Ich spürte jeden einzelnen Knochen und Muskel und fieberte dem Moment entgegen, wenn ich endlich die Beine hochlegen konnte. Am liebsten würde ich noch meinen brünetten Engel dazu in den Arm nehmen und einfach nichts tun. Doch als ich durch die Haustür kam, wurde ich von zwei Koffern überrascht. Es waren die Koffer, die ich samt Besitzerin vor über einer Woche umgestoßen hatte. Was war hier denn los? Warum standen die hier? Unruhig ging ich direkt in die Küche und ließ meinen Rucksack auf den Boden plumpsen. Die beiden Frauen zuckten zusammen. Claralina stand direkt auf, kam auf mich zu und küsste mich. Verdammt. Das wollte ich jeden Tag. Nach Hause kommen und von ihr begrüßt werden.

»Reist du etwa ab?«, wollte ich ohne Umschweife wissen. Claralina biss sich auf ihre Unterlippe und wendete den Blick ab, ging zurück an ihren Platz. Sobald sie saß, schaute sie ihre Schwester an, dann mich.

»Ja, Ole. Ich hatte nur auf dich gewartet. Sina fährt mich nach Klanxbüll zum Bahnhof. Das war ein spontaner Entschluss. Ich muss in Bremen einfach einige Sachen klären. Bitte versteh mich.« Sie zwang sich zu einem Lächeln. Meine Lippen pressten sich fest aufeinander. Wann hatte sie das beschlossen? Bis heute früh, als ich zur Arbeit aufbrechen musste, hatte sie nicht einen Ton davon erwähnt. Ihre Schwester stand auf und verließ den Raum mit den Worten:

»Ich lasse euch beide mal alleine.«

Automatisch ging ich auf Claralina zu, setzte mich auf den Stuhl, auf dem Sina zuvor noch saß. Sie ergriff meine Hände und als sie bittend zu mir aufblickte, wollte ich in ihren Augen versinken. Ich fragte mich, was geschehen war, dass sie nicht mehr bleiben konnte.

»Ich bin so schnell wie möglich zurück. Versprochen.« Und schon im nächsten Augenblick spürte ich ihre weichen Lippen auf meinen. Es lag definitiv der Geschmack von Abschied darin. Es fühlte sich wie eine Ewigkeit an, in der wir einfach nur dasaßen, uns küssten und unsere Hände hielten. Und trotzdem war es nicht lange genug, als sie sich schlussendlich von mir löste und aufstand.

»Warum?« Claralina verunsicherte mich aufs Neue.

»Es geht nicht anders. Ich habe einige Dinge zu regeln, die ich nicht von hier aus erledigen kann. Und die Vorbereitungen laufen jetzt erst einmal. Ich bin rechtzeitig zur Hochzeit wieder zurück.« Sie fuhr sich mit einer Hand durch ihr offenes Haar und kniff für einen kurzen Moment die Augen fest zusammen. Als sie sie wieder öffnete, wirkten sie so entschlossen. In dieser Sekunde erkannte ich, dass das mit uns beiden nichts wurde. Claralina rückte von mir ab und verließ den Raum. Wenige aufgewühlte Herzschläge später hörte ich die Haustür ins Schloss fallen und wusste, sie war weg. Meine Faust schlug wie von selbst auf die Tischplatte. Ich humpelte in mein Zimmer und schlug fest die Tür zu.

Frauen! Alle gleich. Wenn es ernst wurde, hauten sie ab. Aber ich konnte sie schon verstehen. Wer wollte schon bei mir bleiben? Was hatte ich verdammter Krüppel einer Frau wie Claralina schon zu bieten? Es war einfach immer das Gleiche und ich dachte ernsthaft, dass sich etwas zwischen uns entwickelt hatte, das nach etwas Echtem aussah. Tja, so konnte man sich auch einfach mal wieder täuschen.

Kapitel 20
» Claralina

Die erste Nacht, die ich alleine in meiner Wohnung verbrachte, hatte ich kaum ein Auge zugemacht. Alles hier drin erinnerte mich an die Zeit mit Sebastian. Jedes verdammte Bild ließ erneut meine Wut aufkochen, wie dieser Mistkerl mich betrogen und fallen gelassen hatte. Er war es nicht mehr wert, meine Energie zu verschwenden und doch saß sein Verrat tief in mir fest. Ich spürte, wie ich wieder in diesen verdammten Teufelskreis geriet. Mitten in der Nacht sprang ich aus meinem Bett und begann zu putzen. Ich wischte jeden Keim davon, der mir zu nahe kommen wollte. Meine Augen brannten vor Müdigkeit, erlaubte mir deshalb aber keine Pause. Erst, als ich mir wirklich sicher war, dass nun nur noch ich in dieser Wohnung existierte, legte ich mich wieder zurück in mein leeres Bett.

Bei einem extra starken Kaffee am Morgen saß ich an der Frühstückstheke und schrieb meine To-do-Liste auf. Ich wollte nur so lange wie nötig hierbleiben. Oles trauriger Ausdruck versetzte mir erneute Stiche, denn ich wollte ihn nicht vor den Kopf stoßen. Er hatte es sicher falsch aufgefasst, dass ich abgereist bin. Aber nach einem ausführlichen Gespräch mit meiner Schwester war es besser so. Mein Leben musste erst sortiert werden, bis ich mich voll und ganz auf Ole einlassen konnte. Wie sollte ich die Zeit mit ihm auch genießen können, wenn mich hier in Bremen der andere Teil meines Lebens wartete und nicht geordnet und sortiert war. Mein Entschluss stand fest: Erst musste hier ein Schlussstrich gezogen werden, ehe ich mich auf einen neuen Anfang in Nordfriesland einstellen konnte. Also klappte ich meinen Laptop auf und startete meine Suche. Es war noch einige Zeit vor Saisonstart an der Küste. Die beste Zeit, sich einen Job zu suchen. Und eine Wohnung. Sina hatte mir versichert, dass ich vorübergehend bei ihnen wohnen könnte, ich wollte mich aber auch nicht wie ein Dauergast fühlen. Geschweige denn, dass Ole und ich exakt über unsere Zukunft gesprochen hatten.

Viel Zeit hatte ich nicht, um mich in die Anzeigen zu vertiefen, denn in zwei Stunden hatte ich bereits einen Termin. In der Musikschule. Meiner Schwester hatte ich es verschwiegen, dass ich im Café am Zollhaus die Möglichkeit nutzte, still und heimlich für mich zu üben. Hoffentlich behielt Maike unser kleines Geheimnis für sich. Christov, der Inhaber der Musikschule, war überaus erstaunt, als ich ihn gestern Morgen anrief, während Sina den Einkauf erledigte. Christov war ein guter Freund unserer Eltern und der Patenonkel von Sina und mir. Die Betonung lag auf *war*. Nach meiner vermasselten Orchesteraufnahme hatten sie sich zerstritten. Es war im Grunde meine Schuld und irgendwie war es mir unangenehm, ihn um Hilfe zu bitten. Aber auf ihn konnte ich mich früher immer verlassen. Er war schon ein Fan von mir, als ich noch nicht sprechen konnte, aber bereits das erste Mal eine Violine in der Hand hielt. Er hatte meine Mutter dafür verurteilt, dass sie mich meine gesamte Kindheit drillte. Es sollte aus meinem Herzen kommen, spielen zu wollen. Das hatte er immer wieder betont, und auch am Telefon mir erneut eingebläut. Und ich wollte es. Ich wollte wieder spielen. Aber für das, was ich vorhatte, brauchte ich seine Hilfe und die sollte ich bekommen.

Nach der ersten Woche gab ich es auf, Ole weitere Nachrichten zu schreiben. Er antwortete mir nicht und allmählich wurde ich unruhig, wenn ich auf meine leeren Regale blickte. Alles, was ich nicht mehr haben wollte, und davon gab es deutlich mehr als ich dachte, hatte ich ins Hotel zu Sebastian senden lassen. Ich fühlte mich urplötzlich so erdrückt von den ganzen Fachzeitschriften, die wir abonnierten. Gemeinsame Anschaffungen ließ ich ihm genauso zukommen. Nur die geliebte italienische Kaffeemaschine behielt ich für mich. Die gönnte ich ihm nicht. Nach einem kurzen Schlagabtausch per E-Mail – professionell, wie unsere Beziehung schließlich beendet wurde – gaben wir uns noch ein kleines Gefecht, woraufhin ich die restlichen Möbel allesamt in den Kleinanzeiger stellte und dies mir noch ein kleines nettes Sümmchen einbrachte. Nun bestand meine Einrichtung nur noch aus wenigen persönlichen Dingen, einem Bett, einer Kaffeemaschine und ein bisschen Geschirr. Mehr brauchte ich nicht mehr. Ich war bereit für einen Neuanfang. Zumal ich so oder so nicht sonderlich viel in meinem kleinen Smart verstauen konnte. Ich musste Sina anrufen, ob ich einen Teil meiner Kleidung mit der Post zu ihr schicken und dort zwischenlagern durfte. Ein Blick auf die Uhr an meinem Smartphone verriet mir, dass die drei bestimmt mit dem Abendbrot fertig sein sollten. Also tippte ich Sinas Nummer und wartete, dass jemand an das Festnetztelefon ging. Meine Woche in Nordfriesland hatte mir gezeigt, dass man nicht immer Handyempfang besaß. Also nahm ich gleich den einfachsten Weg.

»Jennsen.« Ich erkannte die Stimme sofort. Es war Ole und allein sein verbissener Klang zwang mein Herz zu einem kräftigen Ausfallschritt.

»Hi«, brachte ich hervor. Ich glaubte, meine Sprache verloren zu haben. Sein Schnauben am anderen Ende der Leitung erzählte meinem Herz dann auch gleich wieder, dass es keinen Grund hatte, sich zu freuen. Ole hatte mir meine Abreise nicht verziehen. Er konnte es nicht verstehen.

»Ich gebe dir deine Schwester«, war alles, was er zu sagen hatte und schon im nächsten Augenblick hatte ich Sina in der Leitung, ohne dass ich mich von Oles Zurückweisung erholen konnte.

»Clara!« Meine Schwester war das genaue Gegenteil von ihrem Schwager in spe. Sie freute sich, dass ich anrief. Einen kleinen Augenblick brauchte ich noch, um mich von meinem Schrecken zu erholen. Dann erzählte ich ihr von meinem Vorhaben, dem sie augenblicklich zustimmte. Auf meine Bitte hin, Ole nichts davon zu erzählen, hörte ich ihren traurigen Unterton. Aber so war es besser. Ich wollte ihm keine falschen Versprechungen machen, wenn ich mir nicht ganz sicher sein konnte, dass alles so lief wie geplant. Wenn alles so blieb, würde ich bereits in der letzten Märzwoche wieder dort sein. Also noch genug Zeit, wenn Ende April die Hochzeit stattfand.

Nach diesem Telefongespräch beschloss ich, mich doch noch mit Christov zu treffen. Er hatte Neuigkeiten und schlug vor, sich bei einem Glas Wein an der Schlachte zu treffen. Und ich nahm es nun an. Ole wollte nicht mit mir reden und allmählich wurde ich unsicher. Wollte er mich überhaupt noch, wenn ich wiederkam? Oder war das alles für ihn unbedeutend? Er erweckte nicht den Eindruck, dass er ein frauenverschlingendes Monster war. Im Gegenteil. In jede seiner Berührungen fühlte ich die Sehnsucht in ihm und ich vermisste sie schrecklich.

Kapitel 21
» Ole

Hannes und ich standen vor dem fertigen Hanomag. Ich hatte es endlich geschafft, dieses Teil zu reparieren und zu restaurieren. Wahrscheinlich war Claralinas Abreise mein Ansporn gewesen, oder besser gesagt, der Frust, der diese mit sich brachte. Die Motorhaube glänzte im typischen dunkelgrün, die Scheinwerfer blitzten und im Großen und Ganzen war ich wirklich zufrieden mit meiner Arbeit. Zugegeben, Matze musste mir einige Stunden beistehen. Wenn er mir nicht andauernd einen Arschtritt verpasst hätte, endlich mal wieder zu lachen und nicht ständig nur herum zu grummeln, hätte mir die Arbeit wahrscheinlich auch keinen Spaß mehr gemacht.

»Ich muss schon sagen, ich bin echt stolz auf dich, Ole.« Mein Bruder klopfte mir anerkennend auf die Schulter und bedachte mich mit seinem typischen Strahlemann-Grinsen.

»Ja, ja. Schon gut«, winkte ich ab und bot ihm an, eine Probefahrt zu drehen. Doch er verneinte. Er wollte reingehen und duschen, denn er kam gerade von der Arbeit.

»Wollt ihr heute Abend noch weg?« Ich hatte schon seit Tagen nicht mehr auf den Kalender geschaut. Ich wusste auch so, dass sein Hochzeitstag immer näher rückte.

Hannes hob erstaunt die Augenbrauen und wollte gerade etwas sagen, da fuhr ein Auto auf den Hof. Ein weißer Smart mit Bremer Kennzeichen. Das konnte nur eine Person sein. Und da legte mein Bruder mir auch schon wieder eine Hand auf meine Schulter.

»Was will die denn hier?« Meine Laune war auf dem Tiefpunkt. Claralina gegenüberzustehen, war das Letzte, was ich gerade wollte.

»Ich weiß nicht, vielleicht will sie ja meinen kleinen sturen Bruder? Vielleicht musste sie auch erst sichergehen, dass sie hier eine Zukunft hat, wenn sie es schon wagt, in Bremen alle Zelte abzubrechen? Vielleicht solltest du sie einfach mal fragen und ihr auch zuhören und nicht immer den Kopf sofort dichtmachen, hm?« Mit diesen Worten verschwand Hannes. Er ging über den Hof, drückte Claralina fest an sich, als diese aus ihrem kleinen Wagen ausstieg und verschwand schlussendlich in Richtung Haustür. Ich lehnte mich zurück an den Reifen des funkelnden Oldtimers. Meine Beine wollten gerade nicht so, wie ich es wollte und es war sicherer, wenn ich mich anlehnte. Mein kurzzeitiger brünetter Engel stand unsicher neben ihrem Wagen. Sie hatte sich verändert. Wie lange war es jetzt her? Fünf Wochen? Sechs Wochen? Jedenfalls vergaß ich die Antwort, als sie auf mich zuschritt. Sie sah umwerfend wie immer aus. Eine schwarze Strumpfhose, hohe Lederstiefel und ein Kleid, das ich ihr am liebsten sofort ausgezogen hätte. Scheiße, sie hatte mich noch immer voll im Griff. Kaum einen Meter von mir entfernt blieb sie stehen.

Ihre Haare waren kürzer. Sie gingen ihr gerade mal nur noch bis kurz unters Kinn. Ihr Blick war unruhig, denn ich wich ihr aus. Wenn ich es wagte, länger in den warmen Ton ihrer braunen Augen zu schauen, dann hatte ich gegen mich selbst verloren. Dann wollte ich sie nur noch endlich spüren. In den letzten Wochen war es einfacher, wütend auf sie zu sein, als mir einzugestehen, wie sehr ich sie vermisste. Ihre Haut an meiner, ihren verdammten Zitrusduft und ihre kleinen Macken, die in den wenigen Tagen, die wir miteinander verbracht hatten, immer weniger geworden waren. Ja, ich vermisste sie.

»Ole«, wisperte Claralina und aus ihrem Mund klang mein Name wie eine einzige Melodie. Es klang, als war sie die Einzige, die das Recht haben sollte, ihn so auszusprechen zu dürfen. Ich hörte die gleiche Sehnsucht, die auch irgendwo in mir unter meinem Frust vergraben war. Ihre kühlen Finger legten sich an meine Wange und auf meine Narbe. Ich zog scharf die Luft ein. Diese kleine Berührung gab mir den Rest. Ich stieß mich vom Reifen ab und flüchtete. Ich ging an ihr vorbei in mein Zimmer. Die Tür knallte so stark zu, dass ich selbst erschrak. Was dachte sie eigentlich, wer sie war? Ich war doch nicht irgendjemand, den sie dann haben konnte, wann immer sie es wollte. Wenn sie der Meinung war, dass ihr bisheriges Leben nach ihr rief, dass sie mich hier stehen lassen konnte, hatte sie sich gewaltig geschnitten. Mir war egal, was mein Bruder noch vor wenigen Momenten zu mir sagte. Toll für sie, wenn sie dahinten ihre Zelte abbrach. Dann konnte sie die ja woanders wieder neu aufstellen. Wer sollte mir garantieren, dass es hier war, bei mir?

Vor meinem Kleiderschrank zog ich mich aus, ließ mich in meinen Rollstuhl fallen und befreite meinen Stumpf von der Prothese. Ich brauchte eine Dusche. Lange und heiß. Hauptsache, Hannes hatte bereits das Bad geräumt. Und hoffentlich lief mir Claralina nicht auf dem Flur entgegen.

Eine halbe Stunde später lauschte ich in den Flur. Es war alles ruhig. Als sei niemand mehr im Haus außer mir. Gut so. Ich wollte meine Ruhe. Manchmal hasste ich mich für meine Entscheidung, wieder hierhergezogen zu sein. Als ich mich angezogen auf Krücken in die Küche begab, um mir eine Pizza in den Ofen zu schieben, traf sie mich wie der Blitz. Claralina saß am Küchentisch. Ihre kleinen Hände um eine von Sinas übergroßen Teetassen geschlungen. Sobald sie ihren Blick hob - mich taxierte - wurde mir flau im Magen. Mit Mühe und Not wendete ich mich meinem Ziel wieder zu. Ich wollte eine verdammte Pizza essen. Claralina blieb stumm an ihrem Platz sitzen, während ich mich meinem Essen widmete. Die Viertelstunde, die ich warten sollte, wollte ich gewiss nicht mit ihr verbringen, also verließ ich sofort wieder die Küche. Mein Herz raste, als säße ich auf meinem Quad, das bereit war, über einen weiteren Sandhügel zu fliegen. Nicht sicher, was mich auf der anderen Seite erwartete. Genauso erging es mir in diesem Moment.

Als der Timer am Handy mir signalisierte, dass es Zeit war, zurück in die Küche zu gehen, war ich tatsächlich alleine. Gerade als ich den Flur betrat, fiel die Haustür zu. Claralina ging zu ihrem Auto und fuhr davon. Frustriert griff ich in meine Haare. Ich wollte nicht darüber grübeln, wohin sie fuhr. Und doch tat ich es. Ich war mir schon jetzt sicher, dass die restliche Zeit bis zur Hochzeit nicht sehr einfach wurde. In der Küche lag ein kleiner Zettel auf dem Herd. Er musste von ihr gewesen sein, denn eben war er noch nicht da.

Ich vermisse dich C.

Was sollte das? Sie vermisste mich? Pech für sie. Wenn sie mir was zu sagen hatte, sollte sie den Mund aufmachen und nicht einfach nur schweigen. Auch wenn ich es war, der ihr eigentlich keine richtige Möglichkeit gab, den Mund zu öffnen.

Am nächsten Morgen auf dem Weg zur Arbeit sah ich sie erneut. Sie kam in dieser Herrgottsfrühe gerade vom Joggen wieder. Ihr Haar klebte an der Stirn und ihr schneller Atem pustete im gleichmäßigen Takt kleine Wölkchen in die Luft. Ich konzentrierte mich auf die Straße und fuhr an ihr vorbei. Im Rückspiegel sah ich noch, wie sie anhielt und meinem Auto hinterherschaute. Mitten auf der Straße. *Konzentriere dich, Ole!*

Auch in den darauffolgenden Tagen machte ich es uns beiden unmöglich, ein vernünftiges Wort miteinander zu sprechen. Sina pflaumte mich bereits an, ich sollte mich allmählich zusammenreißen und nicht aufführen wie ein Dreijähriger, dem der Eintopf nicht schmeckte. Hannes verschonte mich zum Glück überwiegend mit irgendwelchen Ratschlägen. Aber so war es gut so. Meine Laune ging eh immer weiter den Keller hinunter. Meine Eltern sollten heute von ihrer Kreuzfahrt wiederkommen. Warum vergingen die Monate nur so schnell, in denen ich meine Ruhe vor ihnen hatte? Also machte ich mich, wie verabredet, direkt auf zum Café am Zollhaus. Sina fand es eine tolle Idee, wenn wir uns alle dort trafen - zum Kaffee und Kuchen. Ich war zu früh und war bereits um halb drei dort angekommen. Egal, dann schnackte ich halt ein bisschen mit Maike. Sie wusste immer, was gerade im Dorf los war.

»Moin Ole! Was machst du denn hier?«, fragte sie mich ganz überrascht.

»Ich bin verabredet«, scherzte ich und zwinkerte ihr zu. Ihr Lachen war herzlich wie immer.

»Na, dann komm mal mit. Ich wusste nicht, dass sie schon so weit ist.« Ihre Antwort irritierte mich, ich folgte ihr aber trotzdem. Maike ging durch die Seitentür und lief die Treppen hinauf. Seit wann serviert sie denn Kuchen da oben?

Vor der Tür, die zum Vortragsraum ging, blieb sie stehen und legte ihren Zeigefinger an die Lippen. Sie lauschte an der Tür, lächelte ganz beglückt. Hatte sie zu viel rohen Teig gegessen, der sie so verstrahlte?

»Sei aber ganz leise. Sie mag es nicht, beim Spielen unterbrochen zu werden«, flüsterte sie. Mein Mund öffnete sich gerade zum Protest, da drückte sie leise die Tür auf. Die Gardinen waren zugezogen und nur das gedämpfte Licht der Aprilsonne konnte einem ermöglichen, etwas zu sehen. Doch was ich sah, vielmehr aber hörte, versetzte mir einen Schlag.

Claralina stand barfuß in der Mitte des Raumes. Sie hatte den Rücken zur Tür gedreht und spielte ein Instrument. Geige oder Violine, oder wie das Ding auch immer hieß. Die Klänge waren hart und weich zugleich. Voll Leidenschaft und Trauer. Es erweckte den Eindruck, sie lebte die Melodie und sei mit dem hölzernen Teil zwischen ihrer Wange und ihrer Schulter verwachsen. Ich erkannte die Melodie. Ein typisches Kirchenlied, nur nicht so öde und fad, wie man es aus einem Gottesdienst kannte. Dies hier war viel mehr. Meine wackeligen Beine zogen mich zu ihr, ließen mich an ihr vorbeigehen und mein Blick wanderte über Claralinas Körper. Ihre Finger schwebten über die Saiten, während ihre andere Hand einen Bogen umfasste und dieser mal schnell, mal langsam die Töne erzeugte. Sie war wunderschön, wie sie mit ihren geschlossenen Augen dastand, in einer anderen Welt. Ihre Augenbrauen waren zusammengezogen. Ich sah, wie die Tränen fielen und in ihren leicht geöffneten Lippen versickerten. Die Klänge wurden länger, höher und ihr Körper beendete das rhythmische Wiegen, das ich gerade noch beobachtete. Der letzte Ton war verklungen und sie verharrte noch einen kurzen Moment mit dem Bogen auf dem Instrument. Dann atmete sie tief ein und öffnete abrupt die Augen. Der Schock war in ihr Gesicht geschrieben. Als sie mich erkannte, ließ sie die Arme augenblicklich sinken. Von jetzt auf gleich sah sie nicht mehr so stark und voller Leidenschaft aus wie noch vor wenigen Sekunden. Jetzt waren es Angst und Panik, die ihren Blick trübten.

»Ole«, hauchte sie erstickt, ehe ich mich traute, einen Schritt weiter auf sie zuzugehen.

»Claralina.« Meine Stimme brach. »Das war wunderschön.« Ich sagte die Wahrheit. Ich glaubte fest daran, dass ich noch nie in meinem Leben etwas Schöneres gesehen hatte, als diesen brünetten Engel, der Geige spielte.

»Was machst du hier? Oh Gott! Ist Sina etwa auch hier?« Sie begann sofort, sich hektisch umzusehen, als dürfte ihre Schwester nicht erfahren, was sie für ein Talent beherbergte.

»Nein. Also noch nicht. Wir sind doch um drei hier zum Kaffee verabredet. Hattest du das denn vergessen?« Fast beiläufig näherte ich mich ihr immer weiter, bis uns nur noch wenige Zentimeter voneinander trennten.

»Ich habe wohl die Zeit vergessen«, flüsterte sie, als meine Hände nach ihren rosigen Wangen griffen und ich mit meinen Daumen die letzten Tränen wegwischte.

»Ich habe dich auch vermisst«, verließ es meinen Mund und ich hoffte mit einem Mal, dass ihre Botschaft von vor wenigen Tagen noch immer galt. Claralina schloss ihre Augen und biss sich fest auf ihre Unterlippe. In meinem

Inneren zog sich alles zusammen. Verdammter Mist, was war ich doch stur. Ich hatte sie die ganze Zeit über vermisst und bereute es nun zutiefst, ihr es nicht schon eher gesagt zu haben. Ich wagte es einfach und versiegelte den letzten Abstand zwischen unseren Lippen. Ein leises Seufzen verließ ihren Mund, genau in dem Moment, als wir aufeinandertrafen. Sie schmeckte köstlich. Die letzten salzigen Spuren ihrer Tränen durchzogen ihren süßen Geschmack, so süß, wie ihre Lippen weich waren. Dann schlang sie ihre Arme um meinen Nacken, das Musikinstrument noch immer in ihren Händen. Ich hob sie ein kleines Stückchen hoch, während unser Kuss immer inniger, immer leidenschaftlicher wurde. Erst, als ich sie wieder auf den Boden hinunterließ, lösten wir uns schwer atmend voneinander. Unsere Blicke trafen sich und plötzlich hatte sie den gleichen Ausdruck in ihren Augen, wie damals, nachdem sie laufen war. Oder als sie von ihrem geheimnisvollen Termin nachmittags wiederkam. Sie war spielen. Das spürte ich jetzt.

»Es darf keiner wissen. Noch nicht«, bat sie mich und die Dringlichkeit in ihren Worten stand außer Frage. Claralina räumte ihre Geige zurück in einen kleinen Lederkoffer und verschloss ihn, ehe sie sich ihre Lederstiefel wieder anzog. Sie sah verdammt heiß darin aus und ich genoss es, ihren Anblick endlich wieder so auf mich wirken lassen zu können. Als sie damit fertig war, zog ich sie ein letztes Mal in meine Arme. Sie keuchte vor Überraschung auf und entlockte mir ein Grinsen.

»Darf ich dir meine Eltern vorstellen?« Eine total alberne Frage eigentlich, aber genau jetzt war ich tatsächlich aufgeregt. Vor einer Stunde war ich noch genervt von der Vorstellung, mit allen an einem Tisch sitzen zu müssen.

»Ich kann es kaum erwarten«, flüsterte sie und schenk-
te mir einen letzten Kuss, ehe wir den Raum verließen.
Ihren Koffer stellte sie in die Ecke und warf eine kleine
Decke darüber. Dies war scheinbar ihr Versteck.

Kapitel 22
» Claralina

Es kribbelte mich in meinem gesamten Körper. Dies konnte kein Aprilscherz sein. Das war echt. Ole überraschte mich so sehr mit seinem plötzlichen Auftauchen, dass es mir beinahe die Sprache verschlug. Ich war irgendwo ganz weit versunken in meinem Spiel, dass ich es nicht bemerkt hatte, wie er in meinen heimlichen Übungsraum hereinkam. Die gesamte Anspannung der letzten Wochen, in denen ich einfach nicht wusste, was aus uns wurde, fiel endlich von mir ab und hinterließ einen Schauer nach dem anderen auf meiner Haut. Natürlich war ich aufgeregt, seine Eltern kennenzulernen. Das war ich aber auch schon vorher. Alleine, weil ich wissen wollte, ob seine Mutter wirklich so schräg war, wie er es mir erzählt hatte.

Ole wollte gerade die Tür unten an der Treppe zum Gastraum öffnen, da hielt ich ihn zurück. Ich musste ihn noch einmal auf meinen Lippen spüren. Ich hatte ihn so schrecklich vermisst, dass ich glaubte, von nun an nicht mehr genug von ihm zu bekommen. Genau wie von meiner Violine.

Es bedurfte keiner Worte, um zu erklären, was ich wollte. Ole verstand mich auch so, und das stimmte mich noch viel glücklicher. Dieses Kribbeln in mir ging über zu einer warmen Welle in meinem Bauch. Er presste mich gegen die Wand, vergrub seine Hände in meinen Haaren, ehe sie an meinen Seiten entlangglitten. Dieser Überfall entlockte mir ein Keuchen, das umgehend in seinem Stöhnen unterging. Hoffentlich dauerte dieses Kaffeetreffen nicht allzu lange. Oles Lippen strichen über meine, wanderten weiter bis zu meinem Hals und ich spürte seine Erektion ganz fest an meinen Bauch. Ich klammerte mich wie eine Verrückte in die Ärmel seines Hemdes, spürte seine Muskeln und benötigte noch einige Sekunden, bis ich es schaffte, diese ausufernde Situation auszubremsen. Wir hätten erst gar nicht damit anfangen dürfen. Außer Atem lehnten wir Stirn an Stirn, der Rausch auf meinen Lippen zog köstliche Nachwehen dieses Kusses durch mein Inneres. Seine bekannten Grübchen, die ich - genauso schrecklich vermisste wie sein Piercing, seine Narbe und alles andere an ihm - gruben sich tief in seine Wangen. Endlich lächelte er mich wieder an, endlich blockte er mich nicht mehr ab. Ole strich mir meine Haare wieder glatt, während ich mein Kleid wiederherrichtete. Wie von selbst griffen wir nach dem anderen. Unsere Hände fügten sich zu einer Einheit und wir waren mehr oder weniger bereit, seinen Eltern und unseren Geschwistern gegenüberzutreten.

Als wir den Gastraum des Cafés betraten, hatten sie uns schneller erblickt, als wir *Moin* sagen konnten. Die Vier saßen an einem ovalen Tisch vor den großen Bücherregalen, die die eine Wand komplett zierten. Genau der gleiche Tisch, an dem ich manchmal mit Maike nach meinen Stunden im Geheimversteck saß und über die Musik, die Kunst und das Fotografieren philosophierte. Sie passte so perfekt in dieses Haus, das ein Stück Kultur in sich trug.

»Mein Junge!«, rief eine schrille Stimme aus, die mich zusammenzucken ließ. Eine braungebrannte Frau mit schneeweißen Haaren sprang äußerst euphorisch von ihrem Stuhl auf und trat augenblicklich auf uns zu. Ole drückte für den Bruchteil einer Sekunde meine Hand fester, dann ließ er mich los und konnte sich nicht gegen die Umarmung seiner Mutter wehren. Peinlich berührt stand ich neben ihm. So etwas war ich nie gewohnt. Meine Mutter hatte sich nie so verhalten, nicht einmal, wenn wir unter uns waren. Mein Vater war zwar ein ganz ulkiger Zeitgenosse, aber auch er hatte immer einen strengen Ton an den Tag gelegt. Frau Jennsen entließ ihren Jüngsten aus ihren Fängen und tätschelte ihm noch mit beiden Händen die Wangen, ehe sie mich genauer unter die Lupe nahm. Ihre Augen waren so dunkel, dass ich kaum die Iris von der Pupille unterscheiden konnte, aber das Weiß in ihren Augen war gerötet. Ihre schmalen Lippen verzogen sich zu einem diebischen Grinsen, was mir Angst einjagte. Wie ein Automat streckte ich ihr meine Hand entgegen. Nicht sicher, ob ich es wollte, aber ich zwang mich, ihr zuvorzukommen und ihr zu zeigen, dass sie mich nicht einschüchterte, auch wenn dies der Fall war.

»Moin Frau Jennsen. Claralina Vogt. Ich bin die kleine Schwester von Sina.« Mein allerbestes Lächeln saß perfekt auf meinen Lippen. Es war das Lächeln, das ich trug, wenn ich einst vor einem Prüfungskomitee oder einem Gast auftrat. Es war meine Fassade, die ich beherrschte, wenn es darauf ankam. Oles Mutter schnalzte einmal, begutachtete meine Hand und dann griff sie endlich nach ihr. Der Druck war erst ganz leicht. Doch als sie zu sprechen begann, wurde der Druck immer fester, sodass ich den Schmerz einfach runterschluckte, den sie in mir hervorrief. Eine Gänsehaut kroch meinem Nacken empor.

»Ach, wie schön! Dann haben jetzt also meine beiden Söhne ihre Sina gefunden. Wie schön!« Mein Lächeln war nur der Automatismus meines Körpers, nicht laut aufzuschreien. Sie hasste mich. Und ich fürchtete sie. Diese Entscheidung trafen wir beide bereits innerhalb weniger Sekunden.

»Mutter! Lass Claralinas Hand doch endlich los. Du zerdrückst sie ja beinahe.« Ole sprach ganz ruhig. Seine raue Stimme zitterte. Hatte er Angst vor ihr? Davor, dass sie durchdrehen könnte? Prompt wurde meine Hand losgelassen und die seltsame Frau machte kehrt in Richtung Tisch. Hannes und Sina sahen beide sehr betreten aus, während der ältere Herr am Tisch sich nun erhob. Ole schob mich voran, er machte auch keinen Halt, als ich ihm einen kurzen flehenden Blick über die Schulter zuwarf. Es ging immer weiter.

»Moin. Ich bin Frerk. Freut mich tüchtig, dich kennen zu lernen. Inge natürlich auch. Nicht wahr?« Herr Jennsen warf seiner Frau einen mahnenden Blick zu, während er sich wieder setzte. Bei ihrem Namen musste ich sofort an die Inge denken, die ich an meinem letzten richtigen Arbeitstag hatte kündigen lassen. War das etwa Karma? Sollte mich jetzt alles einholen?

Ole begrüßte seinen Vater, klopfte ihm locker auf die Schulter. Als dieser grinste, sah ich die gleichen Grübchen wie bei Ole. Auch wir nahmen Platz. Na dann konnte die Torte ja serviert werden. Fehlte nur noch ein Schuss Rum im Kaffee, damit man das aushalten konnte.

Nach einer Stunde war dieser Höllentrip beendet und wir verließen das Café. Normalerweise hatte ich mein Tagespensum an Übungsstunden noch nicht voll und ich wartete noch auf einen Anruf von Christov, aber jetzt musste ich mir erst einmal den Wind der Nordsee um die Ohren pusten lassen.

»Was habt ihr beide denn da oben gemacht?«, flüsterte mir meine Schwester zu, als wir über die Veranda des Cafés die Treppe ansteuerten, um zu unseren Autos zu gelangen. Ihre Ungeduld war bezaubernd. Ich zwinkerte ihr zu und ihre Augen blitzten auf wie bei einem erschrockenen Reh.

»Wir haben geredet«, antwortete ich leise. Es war ja die Wahrheit. Ein paar wenige Sätze hatten wir tatsächlich getauscht. Sina begann zu kichern und unsere Männer drehten sich neugierig um. *Unsere Männer.* Irgendwie komisch, aber ich hoffte tief in mir, dass man es von nun an so ausdrücken konnte. Die Eltern von Hannes und Ole standen an ihrem Auto und Inge begann, mit ihren Fingern auf ihren verschränkten Armen zu trommeln. Herrje, das konnte ja wirklich heiter werden.

»Lass uns noch an den Deich«, beschloss Ole just in dem Moment, als ich mein Auto aufschließen wollte. Er trat dicht an mich heran, überhörte absichtlich den Protest seiner Mutter. In seinen Augen stand etwas, das mir sagte, es sei besser, ihm zu folgen, obwohl ich lieber nach Hause gefahren wäre und ganz andere Sachen mit ihm machen wollte. Aber der Deich war eine gute Alternative. Für diesen Moment. Also ging ich zu seinem Auto, wo er mir mit seinem typischen Zwinkern die Tür aufhielt.

Wir fuhren den schmalen Grenzdeich in Richtung Rickelsbüller Koog und meine Vorfreude auf meinen Lieblingsplatz – vom Café und Oles Armen abgesehen – stieg immer weiter an. Ole humpelte die steile Treppe empor, gemeinsam mit mir. Hand in Hand. Auf der kleinen Holzbank nahmen wir Platz. Ole jedoch zog mich sofort seitlich auf seinen Schoß und entlockte mir ein Lachen. Mit beiden Armen umschlangen wir unsere Körper und widmeten uns endlich wieder einander. Der frische Wind umgab uns und verstärkte nur die Gänsehaut, die Ole auf meiner Haut auslöste. Sanft knabberte er an meinen Lippen, meinen Ohren und vergrub seine Nase in meinem Haar. Auch ich konnte ihm nicht widerstehen. Küsste jeden Millimeter seiner Narbe. Von seinem rechten Auge bis zu seinem Nasenflügel. Dann gab es noch einen Kuss für jedes Grübchen und sowieso für seine vollen Lippen, die mir den letzten Verstand raubten und mich zu einem verliebten Teenie werden ließen. Das musste der Frühling sein oder diese Nordsee, die an die angrenzenden Salzwiesen schwappte. Oder es war einfach Ole selbst, der mich so beflügelte, als liefe ich Gefahr, jeden Moment abzuheben.

Wir brauchten keine Worte tauschen, wir hatten gerade genug Atem, um nicht in dem anderen zu ertrinken und zu versinken. Doch da hatten wir endlich einen Augenblick für uns, wurden wir auch schon wieder unterbrochen. Mein Smartphone vibrierte in einer Tour in meiner Manteltasche. Ich musste nachsehen, wer es war. Christov hatte heute Abend einen Auftritt in seiner Musikschule, seine Zeit war nur begrenzt. Und ich musste mit ihm sprechen.

»Kann das nicht warten?«, murrte Ole an meine Lippen, woraufhin ich ihn frech zwickte und er einen gespielt empörten Ausdruck aufsetzte. Das Display zeigte wider Erwarten den Namen meiner Schwester an. Sie hätte sich doch wohl denken können, dass Ole und ich gerade alleine sein wollten, darum waren wir ja nicht mit nach Hause gefahren. Was also war so wichtig, dass sie mich nun anrufen musste?

158

»Sina? Ich will nicht unhöflich sein, aber du störst!«, schmunzelte ich ins Telefon. Ihre Antwort sorgte jedoch nur dafür, dass ich erstarrte. Sie war total durch den Wind.

»Clara? Mutter und Vater sind hier. Sie sind gerade aus dem Taxi gestiegen, als wir auf den Hof fuhren.« Ihr Flüstern brachte nichts. Ihre Worte schrien sich in mir fest. Darauf war ich nicht vorbereitet. Ganz und gar nicht. Durch Christov hatte ich erfahren, dass sie erst in zwei Wochen mit dem Luxusliner, auf dem ihr Orchester seinen Stammplatz hatte, in Kiel vor Anker legen würden. Ich war noch nicht so weit. Was sollte ich jetzt nur machen? Ich hatte sie schließlich fast fünf Jahre nicht mehr gesehen. Mein Puls schlug mir bis in die Ohren. Ich war wie gelähmt. Das Einzige, was mich daran erinnerte weiterzuatmen, waren Oles Augen, die mich aufmerksam studierten.

»Claralina, ich bin noch nicht so weit. Unsere Eltern und dann die von Hannes. Du musst mir helfen. Bitte!« Meine Schwester hatte mich sonst nie um etwas gebeten. Sie war immer die Bodenständige von uns beiden. Ich erhielt die Zuflucht bei ihr. Weinte bei ihr, lachte mit ihr. Ich hatte keine Ahnung, dass es ihr so erging. Mit aller Macht schluckte ich den dicken Kloß in meinem Hals hinunter.

»Ich bin gleich bei dir.« Dann legte ich auf und sprang wie von der Hummel gebissen auf.

»Was ist denn passiert?«, wollte Ole sofort wissen. Ich rang um Beherrschung. Strich meinen Mantel glatt, wischte meine Hände am Stoff ab und versteifte mich. Moment! Was passierte gerade mit mir? Ich durfte mich nicht in eine Ecke drängen lassen, in die ich nicht wollte. Sie hatten sich bestimmt geändert. Vater und ich hatten in den Jahren ab und zu telefoniert und zu Weihnachten schrieb er mir eine Karte. Im Unwissen meiner Mutter. Wir hatten uns schließlich nichts mehr zu sagen, nachdem wir uns zerstritten haben, weil ich nicht die Bahn einschlug, die sie für mich auserwählt hatte.

»Meine Eltern sind angereist«, hauchte ich. Just in dem Moment, als ich die Treppe heruntergehen wollte, vibrierte es erneut in meinem Mantel und ich ging wieder ran. Diesmal war es der, den ich eigentlich erwartete. Ohne irgendwelche Umschweife berichtete ich Christov, was mir jeden Moment bevorstehen sollte. Er versuchte mich zu beruhigen, doch sein russischer Akzent bewirkte nur das Gegenteil. Er versprach mir, alle weiteren wichtigen Angelegenheiten zu klären und zu organisieren, da ich mir nicht mehr sicher sein konnte, ob ich es noch schaffte. Zehn Minuten später standen wir bei Ole in der Scheune. Ich war nicht bereit auszusteigen – aber für diesen Moment war ich gut möglich niemals in meinem Leben bereit.

»Es darf keiner, wirklich keiner wissen, dass ich aktuell ein Instrument spiele.« Ich durchbohrte Ole mit meinen Blicken. Es war wichtig, dass sie nichts davon erfuhren. Sonst war ich geliefert. Sein Nicken zeugte von Verschwiegenheit und ich konnte mich glücklich schätzen, nicht mehr ganz alleine mit dem Geheimnis herum zu laufen. Obwohl, Maike hatte es ja scheinbar auch nicht ganz geschafft. Hoffentlich klappte es mit Ole besser. Es musste einfach klappen.

Wir gingen durch seinen Eingang in sein Zimmer, wo er mich noch einmal fest in den Arm nahm, mir einen Kuss auf meine Stirn hauchte und wir dann – Hand in Hand – in die Küche gingen.

Ich hörte schon ihre spitze Stimme und zwang mich zu einer enormen Portion Selbstbeherrschung, nicht prompt wieder umzudrehen. Mein Herz wusste nicht wohin mit seiner Angst. Eine Macht, die ich in den letzten Wochen nicht mehr so deutlich gespürt habe, wie in diesem Moment, breitete sich in meinen Adern aus und wollte mich erneut beherrschen. Die Angst kehrte zurück und wollte sich erneut in mir einnisten. Schweigend betraten wir den Raum. Es kam mir plötzlich viel zu eng hier drinnen vor. Ihre grünen Augen bissen sich sofort in meinem Bewusstsein fest. Sie war gealtert. Man sah es nicht auf den ersten Blick, doch ihre Falten waren deutlich zu erkennen, wenn ihr falsches Lächeln eintrat. Der strenge Dutt war typisch für meine Mutter. Sie legte einen gewissen Wert auf Etikette. Es war immer wichtig, glatt und perfekt für die Außenwelt zu erscheinen. Was hinter den geschlossenen Türen geschah, war jedoch egal. Keiner sagte einen Ton. Es war nur das Ticken der Küchenuhr zu hören. Aber dann erhob sich mein Vater, der mit dem Rücken zu mir gewendet saß. Seine kastanienbraunen Haare waren zurückgekämmt und mittlerweile trug er sie nicht mehr so streng wie meine Mutter, flach am Kopf. Sie sahen weicher und länger aus. Sein Lächeln hingegen versetzte mir einen Stich. Es war dieses aufmunternde, zugleich wissende Lächeln, das mir früher immer entgegengebracht wurde, wenn meine Mutter einen Tobsuchtsanfall wegen einer verkehrten Note erlitt. Seine Augen waren wie Sinas. Sie beide waren mehr Mutter, als die Frau, die gerade auf meinem Stammplatz saß.

»Lina, Mäuschen.« Seine Stimme zitterte und irgendetwas in mir drohte, mich jeden Moment zu ersticken. Doch ich schaffte es nicht, dagegen an zu atmen. Es war einfach alles in mir blockiert. Nur am Rande bemerkte ich, wie Ole meine Hand drückte, als mein Vater seine Arme ausstreckte und mich in den Arm nahm, ohne dass ich etwas dagegen sagen konnte. Meine körperliche Hülle stand einfach nur da. Meine Lider zwangen mich zu blinzeln. Vater löste sich wieder von mir, legte jedoch seine Arme ausgestreckt an meine Schultern und musterte mich.

»Gut siehst du aus. Du bist so erwachsen geworden«, murmelte er und ich zwang mich zu einem Gruß, ehe meine Mutter sich nun auch erhob. Sie streckte mir die Hand aus, und ich wollte sie ohrfeigen. Dieser Drang überkam mich so sehr, dass ich es nur in allerletzter Sekunde schaffte, ihm zu widerstehen und wir uns stumm zunickten, während sich unsere Hände berührten. Sina rettete mich. Sie hatte sich besser im Griff als ich.

»Ole, darf ich vorstellen. Das sind unsere Eltern. Elisabeth und Clemens Vogt. Mutter, Vater, das ist Ole. Er ist der jüngere Bruder von Hannes.« Meine Eltern richteten ihre Aufmerksamkeit auf Ole. Leider musste er meine Hand loslassen, um die beiden zu begrüßen. Sie wechselten einen kurzen und höflichen Gruß. Meine Schwester und ich hingegen tauschten gegenseitig stumm ganze Hilferufe aus.

Hannes musste merken, wie es seiner Verlobten und mir erging, genau wie sein Bruder augenblicklich wieder meine Hand ergriff. Er gab mir den Halt, den ich gerade bitter benötigte, um nicht auf der Stelle durchzudrehen. Es wurde erschreckend stickig in der Küche.

»Na, das ist doch toll, dass wir alle nun zusammen sind. Haben Sie denn ein Hotel hier in der Nähe? Hätten wir gewusst, dass Sie schon heute anreisen, hätten wir Ihnen bereits etwas gebucht.« Mein Schwager in spe griff während seiner Rettung nach der Kaffeekanne, die gerade vollgelaufen war und schenkte meinen und seinen Eltern Kaffee ein. Diese jedoch saßen nur stumm da. Sie beobachteten das Spektakel überaus neugierig. Zumindest Inge. Sie kniff ihre Augen zusammen und blickte neugierig zwischen meinem Vater und meiner Mutter hin und her, die sich wieder auf ihre Plätze setzten. Mein Vater wollte scheinbar gerade zu einer Antwort ansetzen, da fiel Oles charmante Mutter ihm direkt ins Wort.

»Jetzt weiß ich auch, warum Sie mir beide so bekannt vorkommen. Sie waren mit dem gleichen Kreuzfahrtschiff unterwegs wie wir. Aber Sie waren überall auf den Plakaten zu sehen. Mensch, was stand da noch immer drauf, Frerk?« Der Albtraum nahm kein Ende.

Frerk schlug sich auf seinen Oberschenkel, als traf ihn der Blitz.

»Genau Inge. Du hast recht. Da stand überall *Clemens Vogt und seine erste Geige* oder sowas in der Art. So war das doch, nicht wahr? Haben Sie nicht diese große Band geleitet?« Die Begeisterung schwappte beinahe aus Frerk heraus. Meine Mutter verzog ihre Lippen zu einem harten Lächeln.

»Das haben Sie gut erkannt, mein Lieber. *Clemens Vogt und seine erste Violine.* So stand es dort. Und es war ein Orchester. Keine Band. Das Größte, das auf den Weltmeeren unterwegs ist.« Nun war es ein spöttisches Grinsen, das sie umgab. Sie ließ den aufgeregten Mann gar nicht erst weitersprechen und richtete sich an Sina, die ihre Hände hinter ihrem Rücken an der Arbeitsfläche der Küche festkrallte.

»Du musst entschuldigen. Aufgrund einer gewaltigen Grippewelle, die das Orchester heimsuchte, waren wir gezwungen, bereits jetzt anzureisen. Es macht dir doch bestimmt keine Umstände? Euer Vater und ich hatten vor, dich, oder euch bei den Vorbereitungen der Hochzeit zu unterstützen. Schließlich können wir die letzten fünf Jahre nicht nachholen, in denen wir uns nicht gesehen haben. Deine Schwester wird uns garantiert etwas Ordentliches buchen. Sie kommt doch immerhin vom Fach, nicht wahr?« Bei ihrer letzten Frage durchbohrte sie mich. Ihre sauber gezupfte Augenbraue zog sich in die Höhe. Ihre Verachtung für meine Berufswahl war kein Geheimnis. Selbst, wenn sie auf einem Schiff lebte und nichts weiter war als ein Dienstleister. Sie hatte sich verkauft. Für die große Show. Sieben Tage die Woche, wie sie es immer liebte.

»Der Charlottenhof ist bereits ausgebucht. Ich kümmere mich darum.« Es war eine Schutzfunktion. Sie durften dem Festsaal nicht zu nahe kommen, wenn ich dieses verhindern konnte. Mit meiner Aussage entließ ich mich selbst und machte kehrt. Ole folgte mir und ich konnte endlich wieder atmen. Dennoch musste ich hier raus.

»Clara!« Sina eilte uns hinterher und verschwand mit uns in Oles Zimmer.

»Ich kann das nicht, Sina. Hast du gesehen, wie sie mich von oben herab behandelt? Mit dieser Frau kann ich keine zehn Minuten an einem Tisch sitzen. Ich kann nur hoffen, dass Vater sie in Schach halten wird.« Ich konnte nicht mehr. Aufgebracht lief ich in Oles großem Zimmer auf und ab. Bis mich meine Schwester fest an beiden Armen fasste.

»Glaub nicht, dass du hier die Einzige bist, die nicht mit diesen Menschen zurechtkommt. Ich musste genauso hart für meine Freiheit kämpfen, wie du es musstest. Wir schaffen das, hast du mich verstanden? Es ist meine Hochzeit! Ich entscheide, wer hier die erste Geige spielt, nicht sie. Hast du mich verstanden, kleine Clara?« Meine Schwester überrumpelte mich derart, dass ich das Starren anfing. Wer war diese Frau und was hatte sie mit meiner überfürsorglichen Schwester gemacht? Hatte ich Sina all die Jahre so sehr unterschätzt? Ihren Entschluss, sich nicht von der Ankunft aus der Ruhe bringen zu lassen, hatte sie soeben gefasst. Mir blieb nichts anderes übrig als zu nicken, ihr zuzustimmen und uns gemeinsam auf eine Seite zu stellen. Wir spielten die erste Geige. Gemeinsam.

»Ich kümmere mich um ein Hotel.«

»Weit genug weg, dass sie nicht jeden Tag hier auf-kreuzen werden. Irgendwo drüben auf Sylt. Nicht hier. Verkauf es den beiden als Urlaub oder so. Mir egal.« Sie erstaunte mich immer mehr und sorgte dafür, dass ich ihr noch einige Sekunden verdattert hinterher blickte, als sie bereits wieder aus dem Zimmer getreten war.

Kapitel 23
» Ole

Claralina war komplett durch den Wind. Aber das waren wir scheinbar alle. Innerhalb kürzester Zeit hatte sie an meinem Laptop drei Hotels für ihre Eltern rausgesucht. Sie druckte gerade die Beschreibungen aus, während sie mit ihrem linken Bein immer nervöser herum wippte. Es brachte nichts, sich zu ihr zu setzen, sie in den Arm zu nehmen oder irgendetwas anderes.

»Ich habe Durst«, war das Einzige, was sie hervorbrachte und ich reichte ihr die Flasche Wasser, die ich immer neben meinem Bett parkte. Sie trank hastig einige Schlucke, bis der Drucker seine Arbeit beendete. Sofort sprang sie auf, riss die Blätter aus der Klappe und verließ das Zimmer.

Als ich ihr folgte, bereitete ich mich schon mal vorsichtshalber auf die Arktis vor, denn so kalt war es in unserer Küche, in der die sonst so frohe Sina gerade um ihre Fassung rang. Was war nur zwischen Eltern und Töchtern passiert, dass die beiden Frauen wie ausgewechselt reagierten? Hannes sah genauso verzweifelt aus, wie ich mich fühlte. Nur ahnte ich, dass er mehr wusste als ich. Unsere Eltern waren ganz aus dem Häuschen, solche Stars wie Elisabeth und Clemens in ihrem Haus zu haben. Meine Mutter machte einen viel zu überdrehten

Eindruck. Die Frage war wohl nur, wie lange dieses Hoch anhalten sollte. Bei ihr wusste man es nie genau.

»Das nehmen wir.« Elisabeth zeigte auf eine der ausgedruckten Beschreibungen, die Claralina ihr gerade gereicht hatte.

»Dann rufe ich euch jetzt ein Taxi. Ihr seid bestimmt erschöpft. Und es dauert schließlich, bis ihr auf der Insel in eurem Hotel ankommt. Ich werde dort sofort anrufen und alles in die Wege leiten, dass ihr einen angenehmen Aufenthalt habt.« Mein brünetter Engel tat gerade nichts mehr, als ihren Job auszuführen. Ihr Lächeln war aufgesetzt, genau wie heute Nachmittag, als meine Mutter sie in die Mangel nahm. Was für ein fürchterlicher Tag.

Am späten Abend, als wir wussten, dass sich auch unsere Eltern zurückgezogen hatten, räumten Claralina und ich gerade ihre Sachen aus dem Gästezimmer in meines rüber. Für uns stand fest, dass sie ab jetzt kein Gast mehr war, sondern zu mir gehörte, wenn sie hier war. Sina und Hannes standen mit je zwei Flaschen Rotwein und zwei passenden Gläsern in den Händen in der Tür.

»Pärchenabend und Krisensitzung gefällig?« Sina stand die Ratlosigkeit ins Gesicht geschrieben. Mein Bruder zuckte ergeben mit den Schultern hinter ihr.

»Oh ja!«, stöhnte Claralina auf. »Das kann ich jetzt gebrauchen. Hoffentlich habt ihr euch auch was zu trinken mitgebracht?« Wir lachten plötzlich alle los. Scheinbar hatten wir alle den gleichen Gedanken. Also begaben wir uns in mein Zimmer und nachdem ich meine Prothese auszog und dafür eine Trainingshose überstreifte, fielen wir alle erschöpft auf meine Couch. Hannes richtete den Fernseher so, dass wir von hier aus einen Film schauen konnten, auch wenn wir alle mit den Gedanken woanders waren. Unsere Frauen tranken mehr Wein, als es gut für sie war, aber wir hielten sie nicht davon ab. Hannes und ich stiegen nach dem ersten Glas auf Bier um, womit wir beide wesentlich besser klarkamen. Irgendwann begann Sina zu erzählen, wie es zustande kam, dass sie und Claralina vor fünf Jahren alleine zurück in Bremen blieben, ihre Eltern fortan nicht mehr bei ihnen waren und wie sich ihre Wege trennten, als Sina ihren Job hier oben in unserer Familie annahm. Es war unglaublich zu erfahren, dass sie – wie sie selbst sagte – das Pianospiel lebte und nicht nur liebte und Claralina es genauso erging mit ihrer Violine. Aber das hatte ich heute selbst miterlebt. Ich spürte die mahnenden Blicke, die mir immer wieder zugeworfen wurden, dass ich mich ja nicht verplapperte. Doch ich verriet nichts und tat erstaunt, als ich angeblich das erste Mal davon hörte. Warum auch immer Claralina nicht wollte, dass jemand davon erfuhr, ich behielt es für mich.

Ich wollte Sina nicht glauben, als sie berichtete, wie ihre Mutter über die beiden zu herrschen versuchte. Elisabeth drillte ihre Töchter und die beiden fürchteten sich, in der Nähe ihrer Mutter zu spielen. Sie bekamen nur zu hören, was sie falsch machten. Ich verstand nicht, wie sich ihr Vater nicht durchsetzen konnte, obwohl er der Chef und Dirigent eines renommierten Orchesters war. Bis Claralina absichtlich die offizielle Aufnahme in das Orchester versaute. Es war ihr eigener Befreiungsschlag, fügte die Frau in meinen Armen irgendwann hinzu. Für Sina war klar, dass sie zu ihrer Schwester hielt und von da an das Spielen ebenfalls boykottierte. Daraufhin zerriss der letzte Faden zwischen Elisabeth und ihren Kindern. Und seither hatten sie keinen Kontakt mehr. Es tat mir in der Seele weh zu erfahren, was für eine schreckliche

Jugend hinter diesen beiden Frauen steckte. Da konnten Hannes und ich uns noch glücklich schätzen mit unserer Mutter. Irgendwann hing jeder seinen eigenen Gedanken hinterher und als die Frauen einschliefen, nickte mir mein großer Bruder zu.

»Schön, dass ihr euch wieder zusammengerauft habt.« Der Stolz in seiner gedämpften Stimme legte sich über mich. Dann hob er Sina hoch und trug sie aus dem Zimmer. Ich zog Claralina noch ein wenig fester an mich heran. Wir blieben heute Nacht hier liegen. Leider war ich nicht wie mein Bruder dazu in der Lage, einfach aufzustehen und eine Frau zu Bett zu tragen. Dafür fehlte mir ja leider etwas.

Kapitel 24
» Claralina

Der nächste Morgen kam deutlich zu schnell. Mein Kopf war noch nicht so weit, den gestrigen Tag richtig verarbeiten zu können. Meine Eltern waren hier. Gut, ich hatte es geschafft, sie rüber nach Sylt zu verfrachten, aber ihre Anwesenheit belagerte mich dennoch.

Meine Augen waren noch geschlossen, meine Lungen sogen Oles köstlich weichen Duft ein. Seine Finger kreisten bereits seit Minuten über meine Haut. Es war eines der unglaublichsten Gefühle, das ich empfinden konnte. Dessen war ich mir sicher. Mit einer Gänsehaut geweckt zu werden und zugleich eine Hitze in meinem Herzen zu spüren, ergab einen Cocktail, von dem ich immer wieder trinken wollte. Seine Hände wanderten allmählich weiter, schlüpften unter den Saum meines Shirts, das ich trug. Das Atmen fiel mir immer schwerer, ich konnte nicht genug von ihm bekommen. Dafür hatte ich ihn zu sehr vermisst. Er wusste genau, dass ich bereits wach war. Mein Körper konnte seine Reaktion nicht verbergen. Ich reagierte zu empfindlich auf die kleinsten Berührungen. Besonders, seitdem es uns gab. Intensiviert wurden meine Gefühle nur noch durch die Musik, die nach all den Jahren wieder in mir auflebte. Sie gab mir die Möglichkeit, meine Gefühle zu steigern, zu vertiefen und zu zeigen.

In den vielen Gesprächen, die ich mit Christov in den Wochen führte, in denen ich in Bremen war, glaubte ich, zu mir zurückzufinden. Sicherlich hatten meine Eltern – ganz besonders meine Mutter – viele Fehler gemacht, aber ich hatte von ihnen auch gelernt, dass ich nur so gut ein Instrument beherrschte, wie die Musik mich beherrschte. Wenn ich jeden einzelnen Ton empfinden konnte und genau wusste, was er der Melodie sagen wollte, dann konnte es mir gelingen, meine Arbeit wirklich zu beherrschen. Da jedoch lag aber auch wieder der Fehler. Für mich war es nie meine Arbeit, ich wollte nie, dass sie zu dem gemacht wurde. In Christovs Musikschule erhielt ich dann die Möglichkeit, mich auf die Reise zurück zur Melodie, zu jedem einzelnen Ton, den ich spielen wollte, zu begeben. Ohne ihn hätte ich es nicht geschafft, in dieser kurzen Zeit eine solche Steigerung zu erfahren.

Und jetzt, meinen Kopf auf Oles Brust gebettet und in seinen kraftvollen Armen behütet aufzuwachen, erzeugte nur immer weitere Töne in einer Melodie, die gerade erst begonnen hatte, sich zu entwickeln. Sie entstand von Sekunde zu Sekunde immer weiter in unseren Herzen. Sie sollte in eine Unendlichkeitsschleife übergehen und uns verbinden. Meine Augen schlugen wie von selbst auf. Ich richtete mich auf und blickte auf meinen lächelnden Lieblingston nieder. Oles Grübchen stanzten sich wieder in sein sonst so markantes Gesicht. Er griff mit einer Hand in meinen Nacken und zog meinen Kopf zu sich herunter. Sein Lächeln spürte ich noch lange, während wir einen nie enden wollenden Kuss vertieften. Ich glitt auf seinen Schoß, seine Hände wanderten auf mir wie ein Pilger auf seiner Reise zu sich selbst. Sie fanden ihr Ziel, gaben mir Halt ohne mich zu erdrücken. In meinen Ohren summte ein Text, der nur für ihn bestimmt war, nur darauf wartete, von meinem Herzen gesungen zu werden. Eine Träne der Erleichterung fiel aus meinem Augenwinkel und tropfte auf seine Narbe.

»Ich liebe dich, Ole.« Ich atmete die Worte mehr, als dass ich sie sprach und er verstand mich. Wahrscheinlich tat er dies schon viel eher als ich. Mit einem Mal wurde sein Griff fester. Er drückte mich von sich, nur um im nächsten Moment über mir zu liegen. Oles Augen waren weit aufgerissen und er prüfte mein Gesicht. Als er sicher war, keine Lügen in meinen Worten gefunden zu haben, lachte er auf. Mein Herz setzte einen Moment aus, ehe es doppelt so schnell weiter hämmerte.

»Du kannst dir gar nicht vorstellen, wie sehr ich mir diese Worte seit Wochen von dir wünsche, Claralina. Ich liebe dich auch. Die Zeit, in der du nicht bei mir warst, war schmerzhafter als der Verlust meines Beines. Verlasse mich bitte nicht noch einmal.« Seine Worte pressten sich aus seinem Mund, seine Augen waren schwarz vor Verlangen und mein Herz war voll Liebe. Die Melodie war perfekt. Unsere Körper bewegten sich in einem Rhythmus, den nur Ole und ich spürten, wenn wir miteinander verbunden waren.

Meine Schwester befand sich gerade im auferstehenden Vorgarten. Der Frühling war da, in einer Woche war Ostern. Narzissen, Krokusse und Tulpen in den verrücktesten Farbvarianten läuteten die Zeit der Gartenarbeit ein. Sina schnitt gerade einige Zweige einer kleinen Weide ab, die sie in eine Schubkarre legte. Diese war bereits randvoll damit. Ich ahnte Schlimmes. Sie von der Hauswand beobachtend - mit der Sonne im Gesicht - konnte ich meine Lippen nicht dazu überreden, ihr Grinsen einzustellen. Der Wind trug ihr Summen zu mir herüber. Sie vermisste es, das sah ich. Von der Musikstudentin zur Dorfhelferin, das war ein gewaltiger Sprung. Dennoch sah sie in diesem Moment so unfassbar zufrieden aus, dass sich erneute Wärme in meinem Herzen ausbreitete. Wie hatte ich es nur in den letzten Jahren, in denen sie hier war, ohne sie ausgehalten? Mich holte das Klingeln meines Smartphones wieder zurück in die Gegenwart und ich kramte es umständlich aus meiner Hosentasche, während Sina sich erschrocken nach mir umdrehte und verlegen dastand. Sie fühlte sich ertappt. Ich nahm das Gespräch an und winkte ihr mit der freien Hand zu.

»Vogt?«

»Hallo Lina. Ich wollte dir nur sagen, dass alles klappen wird. Wir sind vollzählig und die Rollen stehen. Wann wir anreisen werden, muss noch abgesprochen werden. Aber du kannst auf uns zählen.« Christovs gute Nachrichten beflügelten mich augenblicklich noch eine Spur mehr. Das waren die Nachrichten, auf die ich wartete. Nun musste ich es nur schaffen, dass niemand Verdacht schöpfte.

»Ich danke dir. Ruf mich an, sobald du mehr weißt. Ich muss auflegen«, sprach ich leise, damit meine Schwester mich ja nicht hören konnte. Sobald ich das Gerät wieder verstaut hatte, begab ich mich zu Sina und half ihr, in einem kleinen Gartenschuppen die ersten Probekränze zu erstellen. Es fühlte sich normal an, als hätte uns nie etwas getrennt.

Die ersten Tage seit der Ankunft unserer Eltern besaßen wir das Glück, dass sie sich auf der Insel erholten und wir nicht mit ihrer Anwesenheit unsere Gemüter aufwühlen lassen mussten. Doch dann kam Ostern. Ich war ja schon froh, dass ich Inge nicht häufig über den

Weg lief, da sie meistens auswärts war. All ihre Freundinnen mussten schließlich besucht werden, die sie nun schon so lange nicht mehr gesehen hatte. Alle mussten erfahren, was das Leben auf einem Schiff mit sich brachte, und wie grandios doch der Zufall sei, dass nun ausgerechnet der Dirigent und seine erste Violine des Schiffsorchesters auf der Hochzeit ihres Erstgeborenen sein würden. Und nun war es so weit. Die beiden Stars kamen zum Festgottesdienst. Ihre Brust schwellte förmlich vor Stolz an. Meine Mutter hingegen bedachte alle mit einem freundlich wirkenden Lächeln, während ich wusste, wie sie sich innerlich schüttelte. Alles gewöhnliche Leute. Keine Professoren, Doktoren oder andere gehobenen Persönlichkeiten, mit denen sie sich viel lieber nach ihren Auftritten unterhielt. Doch Inges Anpreisen zog automatisch auch Aufmerksamkeit auf Sina und mich. Sina wurde belagert mit Fragen, ob sie denn gar kein Instrument spielte, bei solch begabten Eltern. Ich war natürlich genauso eine Zielscheibe. Vater setzte einige Male nach dem Gottesdienst dazu an, alte Erinnerungen aufzuleben. Und kaum hatte er den ersten Satz gesagt, verstummte er. Der Glanz in seinen Augen erlosch und er benötigte immer einen kleinen Augenblick, um sich zu sammeln. Das machte Sinas und meine Situation nicht besser. Die Blicke wurden fragender, die Fragen neugieriger. Aber wir hatten ja unsere Männer. Sie retteten uns, indem sie urplötzlich irgendjemanden entdeckten, dem ich noch vorgestellt werden sollte, oder sie lenkten die Gespräche geschickt in eine andere Richtung.

Das gemeinsame Mittagessen bei Inge in der guten Sonntagsstube, wie sie das Esszimmer nannte, überfluteten wir einfach mit dem Thema Hochzeit. Hannes verstand es, unseren Vater über die eingeladenen Gäste zu unterhalten. Welche Nachbarn nicht mehr miteinander sprachen, weil der eine dem anderen vor über zwei Jahrzehnten mal Pachtland vor der Nase wegschnappte. Die Fragezeichen in den Augen des allmählich auftauenden Dirigenten wurden jedoch nicht weniger. Inge und unsere Mutter unterhielten sich über die Galerien und Museen in der Umgebung und mein Herz machte einen kurzen Stillstand, als Elisabeth Vogt höchstpersönlich vorschlug, einen gemeinsamen Frauennachmittag zu organisieren, um diese alle besichtigen zu können. Kultur konnte man nie genug bekommen. Im Stillen ohrfeigte ich mich dafür, dass ich vor wenigen Wochen einen ähnlichen Satz zu Ole sagte. Klang ich auch schon so wie sie? Ich hoffte nicht.

Am Abend fuhren die beiden Gäste wieder zurück auf die Insel und wir bereiteten uns auf das örtliche Osterfeuer vor. Ole hatte keine Lust hinzugehen, murrte ständig rum, wenn Hannes ihn stichelte und schlussendlich darauf hinwies, dass er sich gefälligst nicht ständig zurückziehen sollte, wenn es um solche Veranstaltungen ging. Ich verstand ihn nicht. Ich hingegen freute mich. Am liebsten wäre ich um das Feuer herumgesprungen und hätte mir Zaubersprüche ausgedacht, damit ich die nächsten Wochen heile überstand, meine Schwester ihre Traumhochzeit erhielt und Ole und ich ein mindestens genauso glückliches Paar wurden wie das zukünftige Ehepaar. Und zu guter Letzt: Ich brauchte noch irgendeinen verdammten Zauberspruch, damit mein eigenes Lampenfieber und die Zeit bis zur Hochzeit einfach schneller vergingen.

Aber wie es allgemein bekannt war, gab es keine Hexen und funktionierende Zaubersprüche und somit war auch die Chance auf ein erfolgreiches Vorhaben schwindend gering. Blieb nur noch die Vorstellung von einem romantischen, urigen Fest an einem überdimensionalen Lagerfeuer.

Nun musste ich nur noch Ole, den urplötzlichen Griesgram, aufheitern.

Kapitel 25
» Ole

Meine Laune sank von Minute zu Minute. Nicht einmal Claralinas sexy Arsch in ihren engen Jeans konnte sie noch anheben. Ich hasste solche Tage. Von morgens bis abends hatte ich nun dieses Scheißding an. Die Stunde, die ich auf dieser elendigen Kirchenbank verbrachte, war die Hölle. Mein Bein nicht ausstrecken zu können und ewig lange in einer Position zu verharren, war nicht besonders gut. Meine Muskeln brannten und meine Nervenenden waren gereizt. Und wenn ich gereizt meinte, dann war es ein Anzeichen, das ich lieber verdrängte.

»Was ist denn los mit dir?« Claralina klang bedrückt, als sie sich zu mir auf die Couch setzte. Ich hatte meine Prothese gerade erst zehn Minuten abgelegt und konnte fast dabei zusehen, wie mein Stumpf weiter anschwoll. Wagte ich es, das Teil heute erneut anzulegen, hatte ich nicht nur morgen ein fettes Problem, sondern, mit ein wenig Pech, konnte es wesentlich länger anhalten.

Ihre kleinen Hände schnappten sich mein Gesicht und zogen es sachte an ihres heran. Ich spürte, wie sie meinen Blick suchte. Er war bestimmt voll Mitleid, sobald ich ihr sagte, was los war.

»Du hast Schmerzen, stimmts?« Zack, da war es. Ich wollte es einfach nicht hören. Meine Muskeln verkrampften sich für einen kurzen Augenblick, ehe ich die Luft aus meinen Lungen blies.

»Ja.«

»Aber warum hast du denn nichts gesagt?«, flüsterte sie und legte ihre kühlen Lippen auf meine erhitzte Wange. Diese kleine Berührung reichte aus, um meine Gedanken wieder in andere Gefilde zu lenken. Also zog ich sie auf meinen Schoß, dass sie rittlings darauf saß. Ihr überraschtes Keuchen machte mich sofort scharf, auch wenn ich irgendwo in meinem Inneren Wut empfand. Ich war wütend auf meinen Körper. Ich vergrub meine Hände in Claralinas Haaren, zog sie an mich, unsere Münder prallten aufeinander. Ihr Stöhnen verriet mir, dass sie genauso darauf ansprang wie ich. Augenblicklich wurde ich hart und hatte noch weniger Lust auf dieses Osterfeuer als vor einigen Minuten. Meine Lust galt allein ihr. Sie konnte mich wieder auf andere Gedanken bringen. Ungeduldig knöpfte ich ihre seidige Bluse auf, griff um ihre Brüste und stellte mir schon vor, was ich gleich mit ihr machen würde. Doch da drückte sie sich von mir. Frustriert stöhnte ich auf.

»Ole, wir wollen jetzt los«, versuchte sie sich selbst zu überzeugen. Der Glanz ihrer Augen sprühte vor Erregung, genau wie ich ihre steifen Brustwarzen durch ihren BH erkannte.

»Ich kann nicht«, presste ich hervor. Keine zehn Pferde konnten mich dazu bewegen, das Ding heute erneut anzuziehen.

»Du willst nicht!«

»Ich kann nicht!«

»Dann lass sie aus. Du kannst auch so laufen, das weißt du genau.« Ihre Stimme wurde weich wie Butter, ihre Hände strichen durch mein kurzes Haar. Aber ich schüttelte meinen Kopf. Die Blöße gab ich mir nicht, ohne Prothese herumzulaufen. Zu präsentieren wer oder was ich wirklich war. Das machte ich nie. Nur hinter verschlossener Tür.

»Dann bleibe ich auch hier«, flüsterte sie mir entgegen. Claralina senkte den Blick, und ihre dunklen Wimpern umrandeten ihre Augen wie Fächer. Aber das ging nicht. Sie sollte nicht jetzt schon wegen mir auf irgendetwas verzichten müssen. Behutsam schob ich sie von mir, griff nach meinen Krücken neben mir und hievte mich hoch. Wahrscheinlich war es ihr trauriger Anblick, der mir einen inneren Arschtritt verpasste. Da hatte ich endlich eine Frau getroffen, die mich liebte, wie ich war und ich machte sie schon gleich zu Anfang traurig. Das ging so nicht.

»Aber nicht länger als eine Stunde«, grummelte ich vor mir her, während ich mich meinem Kleiderschrank näherte.

Claralina klatschte in die Hände und sprang auf. Blitzschnell stand sie vor mir, schlang ihre Arme um meinen Hals, küsste mich so forsch, dass ich fast das Gleichgewicht verlor. Diese Frau war mehr innerer Antrieb für mich als irgendetwas anderes. Also konnte ich mich auch eine Stunde ohne Prothese in die Welt der Gesunden begeben. Für sie. Sicherheitshalber warf ich mir noch eine Schmerztablette ein und trank ein Glas Magnesium, ehe wir aufbrachen.

Ich überließ es Claralina zu fahren. Sie wollte ohnehin nichts trinken, vernünftig wie sie meistens war. Wie konnte ein kleines Dorf nur so viele Menschen beherbergen? Die Weide, auf der das Osterfeuer aufgefahren wurde, zeigte bereits, dass so ziemlich jeder Hans und

Franz aus der gesamten Umgebung anwesend war. Es dauerte, bis wir endlich ausstiegen und uns noch ein gutes Stück bis zur Bierbude am Rand des riesigen Haufens vorkämpften. Ich hatte schon jetzt keinen Bock mehr.

»Da hinten ist Matze«, nickte ich in Richtung Tresen. Mein Kumpel begrüßte uns überschwänglich und stellte Claralina seine Nichte Sophie vor, die in den Ferien zu Besuch war. Matze bedachte mich mit einem skeptischen Blick, als er mir ein Bier reichte, woraufhin ich ihn nur böse anfunkelte.

Es dauerte noch ein paar Minuten, dann hielt unser Bürgermeister seine Rede. Wie stolz er auf sein Dorf sei, war mal wieder nicht zu überhören. Die anwesenden Kinder hielten ehrfürchtig ihre entfachten Fackeln in der Hand, während sie mit ihren Eltern das Feuer anzündeten. Binnen Sekunden schlugen die Flammen empor und selbst aus vierzig Meter Entfernung spürte ich die entgegenschlagende Wärme. Matze und Sophie drehten sich automatisch um, kehrten dem Ungetüm den Rücken zu. Beide hatten mit einem Schlag die gleichen harten Gesichtszüge und ein ausgedehntes Schweigen zerrte an unserer kleinen Gruppe. Fuck, nun musste ich mir irgendetwas einfallen lassen. So wie er es immer mit mir tat. Claralina hatte ihre Arme um meinen Rumpf geschlungen, ich stützte mich mit einem Arm um ihre Schulter an ihrem zierlichen Körper. Sie kannte nicht die Geschichte um den Verlust von Sophies Eltern und das Feuer, das uns alle in dieser Nacht begleitete. Für sie war es wahrscheinlich einfach nur romantisch.

»Sophie, Matze hat berichtet, dass du ein Quad zum Geburtstag bekommen hast?« Dass ich nun ausgerechnet dieses Thema aufgreifen musste, bereute ich schon wenige Sekunden später, als mir die Sechzehnjährige von ihrer Maschine vorschwärmte. Was vermisste ich mein altes Quad und meine Motocrossmaschine. Aber somit hatte ich wenigstens die beiden ein wenig ablenken können. Sie imitierte Matzes panische Grimasse, als sie das erste Mal damit losgefahren war. Und dass er jetzt, wo sie endlich den Treckerführerschein in der Tasche hatte, eigenartigerweise Angst um seine Maschinen bekam. Ich kannte Sophie schon seit Jahren. Ihre Mutter war damals mit meinem Bruder in einem Jahrgang. Elena hatte es faustdick hinter den Ohren. Und als Kind von Elena und Marvik van der Bor, wusste ich genau, welches Temperament Matze oft genug bändigen musste. Er und Marviks Zwillingsbruder Darek steckten sie in ein Internat, damit sie nicht Gefahr lief, die Schule abzubrechen, nur weil sie unbedingt auf dem elterlichen Betrieb mitwirken wollte.

Wider Erwarten standen wir hier nun schon seit zwei Stunden, unterhielten uns angeregt und begrüßten immer mehr Leute. Matze hatte wieder seine Horde an Fahrern mobilisiert und diese kamen samt Anhang. Claralina verstand sich gut mit den Leuten, wenn sie es auch vermied, jedem die Hand zu geben. Und dann kam der Teufel höchstpersönlich. Jessica kam Hand in Hand mit einem neuen Stecher auf uns zu geschlendert. Sie hatte sich in ihre enge Ledermontur geschmissen, ihre Motorradjacke stand halb offen und ihr Helm baumelte locker an ihrer Hand. Ihr hohes Lachen brachte mein Blut zum Kochen. Die anderen hörten es genau wie ich und drehten sich zu ihr und ihrem Begleiter um. Sie trat zu uns, als sei nie etwas gewesen. Begrüßte alle überschwänglich und die Gespräche in unserer Runde verblassten. Als sie vor Claralina und mir stand, erkannte ich ihr abschätziges Grinsen. Claralinas Fingernägel bohrten sich in meine

Taille, mit meinem Arm zog ich sie noch fester an mich. War sie eifersüchtig?

»Frohe Ostern, Ole!«, klimperte meine Ex empor. Sie wagte es immer wieder. Egal, ob sie gerade einen Stecher hatte oder nicht. Seit sie gehört hatte, dass Sinas Schwester bei uns war, startete sie ihre Annäherungsversuche. Sie hatte mich einst fallen lassen, und sich einen Dreck um mich geschert und jetzt, wo sie wusste, dass eine andere Frau wider Erwarten Interesse an mir zeigte, glaubte das Biest tatsächlich, sich mir wieder nähern zu müssen. Dieser Zug war abgefahren. Ich verkniff mir einen bissigen Kommentar und nickte ihr zu. Sie bedachte Claralina mit einem abwertenden Blick.

»Wir kennen uns noch gar nicht«, begann Claralina plötzlich in einem eigenartigen Ton zu sprechen. Der gleiche Ton wie bei unseren Müttern. »Ich bin Claralina. Oles Freundin. Freut mich, dich kennenzulernen. Jessica, nicht wahr?« Ich musste schlucken. Man konnte es uns wohl ansehen, aber mich von ihr als ihren Freund betiteln zu lassen, ließ mein Herz einen kurzen Ausfallschritt machen. Die Hand meiner Freundin streckte sich der Bitch entgegen, die sie nur verdattert anblickte. Jessica hatte nicht damit gerechnet. Sie blinzelte, setzte wieder ihre Fassade auf und ergriff Claralinas Hand. Ihr Lächeln ging zu einem triumphierenden Lächeln über.

»Freut mich, Claralina. Das sind ja ganz tolle Nachrichten, dass Ole es endlich geschafft hat, über uns hinwegzukommen. Wir waren ein super Team damals, musst du wissen. Aber ich bin wirklich froh, dass er es nun endlich geschafft hat, jemanden wieder an sich heranzulassen.«

Am liebsten hätte ich diese Frau erwürgt! Die beiden Frauen entfernten sich wieder voneinander und tauschten abschätzige Blicke aus. Meine Stimmung war dahin.

Ich konnte so nach Hause fahren. Doch zu meinem Leid wollte Claralina davon nichts hören. Meine Ex und Torsten – so hieß der Kerl an ihrer Seite – erzählten stolz von ihrer Tour mit ihren Crossrädern hierher. Mein Blut sprudelte und das nicht, weil sie unser damaliges Hobby noch immer ausübte, sondern weil sie die Frechheit besaß, es hier triumphierend zu präsentieren.

»Und was machst du so, Claralina? Also, hast du Arbeit oder gehst du noch zur Schule? Du siehst noch so ... unbedarft aus«, urteilte Jessica über sie und ich wollte ihr gerade sagen, dass sie endlich ihre verlogene Fresse halten und sich vom Acker machen sollte. Doch da hatte ich nicht mit Claralinas Antwort gerechnet.

»Ach weißt du, Jessica: Man sollte die Leute nicht nach ihrem Erscheinungsbild beurteilen. Sonst hätte ich ja auch tatsächlich gedacht, dass hinter deinem Gesicht etwas Schönes versteckt sein sollte«, begann sie, nippte an ihrer Cola, während Matze einen Lachanfall erlitt. Jessica zwang sich, sich nicht auf meine Freundin zu stürzen und ihr die Augen auszukratzen. Aber mein brünetter Engel schockte mich nicht nur mit ihrer ersten Aussage. Von ihren folgenden Plänen wusste ich tatsächlich noch nichts.

»Ab dem ersten Mai bin ich die neue Teamleiterin für den Empfangsbereich der neu entstehenden Ferienanlage in Dagebüll. Zuerst war ich noch unschlüssig, ob ich mich wirklich dazu entschließen kann, diese Aufgabe zu übernehmen. Immerhin hatte ich noch drei weitere Optionen. Aber dann hatten sie mich überzeugt.« Claralinas Neuigkeiten hauten mich fast um. Teamleiterin? Wann wollte sie mir das denn erzählen? Die Runde wurde von mehreren anerkennenden Pfiffen durchdrungen und die überhebliche Schlange in Lederkostüm schien in ihrer

Fassade zu bröckeln. Ich war so richtig stolz auf mein Mädchen. Nach dieser Erklärung ließ Jessica dann auch von uns ab und wendete sich nach zehn weiteren Minuten mit ihrem Schoßhündchen zum Gehen. Augenblicklich entspannte ich mich wieder.

Von weitem konnte ich noch erkennen, wie Jessica die Hand von dem Kerl wegschlug, der sie wie bei ihrem Auftritt an die Hand nehmen wollte. Der hatte heute wohl nichts mehr zu lachen.

»Ole, da hinten ist Maike«, sprach Claralina plötzlich zu mir, sodass nur ich es hören konnte. »Ich muss noch kurz mit ihr sprechen. Ich bin gleich wieder da. Dann können wir von mir aus auch gerne nach Hause.« Sie zwinkerte mir frech zu, als ich mich zu ihr herabbeugte. Als sie mich küsste, gruben sich ihre Hände in meine Seiten und ich wollte am liebsten schon mal vor humpeln, damit wir hier schnellstmöglich wegkamen. Als sie sich von mir entfernte und zu der Frauengruppe ging, bei der sich Maike befand, starrte ich ihr hinterher.

»Alter, dich hat es ja echt so richtig erwischt, Mann«, feixte Matze neben mir. Ich gab ihm einen Klaps an den Hinterkopf und bestellte uns noch eine Runde Bier, ehe ich von meiner Traumfrau abgeschleppt wurde.

Zu Hause angekommen fiel Claralina förmlich über mich her, wo ich nichts gegen hatte. Wir sprachen kein Wort, wollten nur den anderen spüren und irgendwann schliefen wir Arm in Arm ein. Ich vergaß, etwas gegen die Schmerzen zu nehmen, die ich trotz alledem in meinem Stumpf merkte. Die Nacht sollte mir zeigen, dass dies ein Fehler war.

Der bekannte kalte Schweiß breitete sich auf meiner Haut aus, als ich aufwachte. Meine Glieder brannten und quälten mich mit einer Gänsehaut am Körper. Nur mit Mühe und Not griff ich über die schlafende Frau in meinem Bett. Ich schluckte zwei Tabletten und spülte einige Schlucke Wasser hinterher. Zum Glück bekam Claralina nichts von alledem mit. Mein Körper kämpfte mit sich selbst und gewährte mir erst in den frühen Morgenstunden neuen Schlaf. Der kommende Tag war für mich gelaufen, noch ehe er wirklich anfing.

Claralina protestierte, als ich sie am Nachmittag dazu überreden wollte, endlich von meiner Seite zu weichen. Sie war der Überzeugung, dass wir auch einfach einen ausgedehnten Filmtag machen konnten. Sie sagte, dass sie nicht mehr vorhatte, zu Maike zu fahren, aber das wollte ich nicht. Es war das zweite Mal innerhalb von vierundzwanzig Stunden, dass sie bereit war, wegen mir auf etwas zu verzichten. Das ertrug ich nicht. Irgendwann schaffte ich es, dass sie sauer aufstand und sich zurechtmachte. Ich wollte sie nicht von ihren Plänen abhalten. Ich kam auch alleine zurecht. Das hatte ich schließlich auch geschafft, bevor ich sie kannte.

Mit jedem Tag, an dem es meinem Bein wieder besserging und ich nach fünf Tagen endlich meine Prothese anziehen konnte, ohne dass die wunde Stelle am Stumpf brannte, wurde auch Claralina entspannter. Sie hatte sich Sorgen gemacht.

»Bitte bewahre mich vor unseren Müttern«, jaulte Claralina, als sie sich einen Zopf zusammenband. Unsere Mütter wollten ihren angekündigten Frauennachmittag durchsetzen und Sina und Claralina hatten beide keine Lust, dem nachzugehen. Ihre Mutter kam täglich vorbei. Meistens zur Mittagszeit und fuhr am Abend wieder auf die Insel. Clemens kam nicht ganz so häufig. Nächste Woche fand die Hochzeit statt.

»Ach Babe, da musst du nun durch. Bald ist doch alles vorbei«, lachte ich auf und zog sie auf meinen Schoß. Ich saß in meinem Rollstuhl und wollte mir eigentlich eine Arbeitshose überziehen. Hannes wollte den Hof kehren wegen dem anstehenden Polterabend. Der Zeltverleih kam am nächsten Tag, um mit den Aufbauarbeiten zu beginnen.

»Du hast gut reden. Mit meiner Mutter Kultur schnuppern zu gehen – wie deine Mutter es ausdrückt –, ist deutlich anstrengender, als es den Anschein macht.« Doch ehe mir ein Gegenargument einfiel, klingelte ihr Handy auf dem Couchtisch. In den letzten Tagen sprang sie jedes Mal wild auf, wenn es das tat. Genau wie jetzt. Sie riss ihre Augen auf, als sie das Display anstarrte.

»Hi«, krächzte sie. Wer war das, der sie so aus der Fassung brachte? War es wieder ihr Ex, der sie schon wieder mit irgendwelchen Neuigkeiten runterzog? »Ich muss noch kurz was klären, dann mache ich mich auf den Weg. Ich kann es gar nicht fassen.« Claralina seufzte und irgendwie entdeckte ich einen Stich Eifersucht. Sie legte wieder auf und setzte sich auf das Sofa. Sie starrte noch einige Sekunden auf ihr Smartphone, dann stand sie entschieden auf und erklärte mir freudestrahlend, dass sie das große Glück besaß, dem anstehenden Ausflug entkommen zu sein. Durch wen oder was wollte sie mir nicht sagen. Nur, dass sie erst spät nach Hause käme und dass ich nicht auf sie warten solle, wenn ich schlafen wollte. Das war doch irgendwie seltsam hier.

Kapitel 26
» Claralina

Meiner eigenen Schwester etwas vorgaukeln zu müssen, war nicht gerade das Hochgefühl des Tages. Aber ich konnte schlecht mit ihr, unserer Mutter und Inge heiter durch Tønder schlendern, wenn ich wusste, dass Christov und die anderen angereist waren. Ich hatte einfach gesagt, dass ich zu einem spontanen Meeting bei meinem zukünftigen Arbeitgeber erscheinen musste. Dabei stand es tatsächlich noch nicht einmal fest, ob ich nächsten Monat als Teamleiterin anfangen würde. Irgendetwas sagte mir, dass ich mit meiner Zusage noch ein wenig warten sollte. Auch wenn ich Gefahr lief, dass sie im schlimmsten Fall einen Rückzieher machen konnten und mich doch nicht mehr haben wollten. Ich parkte gerade meinen Smart beim Charlottenhof. Dort sollte nächste Woche die Feier stattfinden. Zwei Bullis mit Bremer Kennzeichen ließen mein Herz kräftig auf und ab hüpfen. Sie standen auf dem Parkplatz der Ferienwohnung, die gerade bezogen wurde. Ich ging sofort rüber und erblickte Christov, der aus der Haustür trat. Er ging bereits stramm auf die Sechzig zu, aber im Herzen war er wahrscheinlich noch in meinem Alter. Die Musik war sein Leben, er alterte dank ihr nicht, sondern sie verjüngte ihn nur immer weiter. Zur Begrüßung nahm der ehemalige beste Freund meiner

Eltern mich fest in den Arm und drehte mich in der Luft. Er war schon immer wie ein echter Onkel für mich. Und auch für Sina.

»Clara, du strahlst ja wie der Polarstern«, grinste er, als er mich wieder zu Boden ließ.

»Ich freue mich einfach so sehr, dass ihr hier seid. Wo sind die anderen? Ich kann es kaum erwarten!«, jauchzte ich vor Freude.

»Komm! Ich stell euch einander vor.« Und schon wurde ich in die Wohnung gezogen. Mein Schock musste mir mitten ins Gesicht geschrieben sein. Ich hatte vergessen, dass ich in meinem bisherigen Leben fast ausschließlich mit Musikern aus der klassischen Szene zu tun hatte. Doch die drei jungen Gestalten verdeutlichten mir mal wieder, dass der Horizont in dieser Szene keine Grenzen kannte.

»Claralina, wenn ich vorstellen darf: Das hier sind meine Ausnahmeschüler. Sie waren einst meine Sorgenkinder. Heute sind sie die Besten, die ich habe. Leute, das ist Claralina Vogt. Das Mädchen, von dem ich euch immer predige.« Es ging ein allgemeines Lachen durch den Raum. Leider kam es nicht bei mir an. Er predigte von mir? Was denn bitte? Die erste Gestalt erhob sich von einem Hocker. Und als dieser Jemand vor mir stand, litt ich beinahe an Nackenschmerzen. Der junge Mann mit den zusammengebundenen Dreadlocks begann zu grinsen. Er hatte einen Ring in der Nase und erinnerte mich an einen der Bullen, die hier überall auf den Weiden standen. Seine beißend grünen Augen blitzten bei meinem peinlichen Auftreten förmlich auf.

»Hi Claralina. Ich bin Phil. Ich darf dich scheinbar am Schlagzeug begleiten.« Trotz seines frechen Zwinkerns nahm ich seine Hand entgegen. War der high? Noch bevor ich ihm eine einigermaßen klare Erwiderung entgegenbringen konnte, wurde der schmale Riese bereits beiseitegeschoben.

Eine kleine Asiatin mit roten Strähnen begutachtete mich mit mandelförmigen Augen.

»Eigentlich weigere ich mich, Keyboards zu spielen. Aber ich schuldete Christov noch einen Gefallen. Cool, dich zu treffen. Ich bin übrigens Lajana.« Sie hob ihre Faust in die Luft, als hätte sie gerade einen Gewinn erzielt. Verwirrt fragte ich dennoch nach.

»Was spielst du denn sonst?« Erstaunt über diese scheinbar unmögliche Frage meinerseits zog sie ihre dünnen Augenbrauen in die Höhe. Dann lachte sie auf und antwortete mir das Normalste von der Welt: »Ich spiele Orgel. Wenn es sein muss, nehme ich auch ein Klavier. Aber ein Keyboard? Das ist mir schon seit meinen Kindertagen nicht mehr unter meine Fingerspitzen gekommen.« Damit drehte sie sich auch wieder um. Hervor trat ein blonder Wuschelkopf, der kaum größer war als ich. Der Kerl hatte dunkle Augenringe und ein verwegenes Grinsen um seine geschwungenen Lippen. Sein Blick haftete einen Moment zu lange auf meinen Brüsten. Ich hatte in meiner Eile meine Jeansjacke nicht mehr zugeknöpft und trug eine einfache hellblaue Bluse. Amüsiert blickte er mir schlussendlich doch in die Augen und auch er streckte mir seine Hand entgegen.

»Hi Lina. Ich bin dein Bass, deine Akustik, und wenn du willst, sing ich auch für dich«, schmunzelte der überhebliche Kerl. »Colin. Schön, dich kennenzulernen.« Im Raum vernahm man ein genervtes Aufstöhnen. Gut, also war ich nicht die Einzige, die der Meinung war, dass dieser Colin eine Spur zu sehr auftrug.

»Colin, nimm die Finger von ihr«, ermahnte ihn Lajana. Er gehorchte und setzte sich auf die Kante des

Esstisches. Ich atmete erst einmal tief durch und suchte Christovs Blick. Er grinste vor sich her. Er rechnete allen Anschein nach damit, dass sie mich so sehr überrumpelten. Eigentlich sollte ich ja durch Matze mittlerweile abgehärtet sein. Oder auch nicht. Er ging zum Kühlschrank, holte einen Sixpack Mischbier hervor und stellte es auf den großen Tisch. Mit den Armen wies er uns an, Platz zu nehmen.

»Na, dann lasst uns mal den Plan durchgehen. Viel Zeit haben wir nicht mehr«, verkündete der Musiklehrer. Doch mit einem Schlag wurde mir etwas bewusst. Eine Person fehlte. Ein Instrument war nicht besetzt.

»Christov«, setzte ich an. Er gab bereits die ersten geöffneten Flaschen in die Runde, ließ meinen Blick jedoch nicht los. »Wer spielt mit mir?« Keiner hatte das aufgezählt, wonach ich suchte.

»Claralina, ich bin deine zweite Geige. Es wäre mir eine besondere Ehre, verstehst du?« Ich schluckte. Da hatte ich wohl etwas missverstanden. »Da dies ja nun geklärt ist, erzähl den anderen bitte die Besonderheit, die dieses Fest umgibt.« Nach einem kräftigen Schluck aus der Flasche blickte ich in die verschiedenen Gesichter und Charaktere, die auf eine Antwort warteten. Dann begann ich zu erzählen. Bis in den späten Abend hinein hörten wir uns die Lieder an, die zu spielen waren. Colin überzeugte mich mit dem ersten Ton, den er sang, dass seine Stimme nur einen Sinn und Zweck hatte. Sie musste singen, nicht sprechen. Dann ergab alles einen Sinn. Es war kein Problem, diese bunte Truppe auf Anhieb zu mögen. Jeder einzelne von ihnen war Künstler auf seine ganz besondere Art und Weise. Meine Aufregung wurde dadurch jedoch nicht unbedingt geringer.

Zu Hause entzog ich mich so gut es ging sämtlichen Aktivitäten, die nicht lebenswichtig für die Hochzeitsplanung waren. Ich übte mit der Band. Jede freie Minute. Ole spürte, dass etwas im Busch war. Er kannte nur den einen Teil meines Geheimnisses. Jedoch nicht alles. Ich musste es für mich behalten, warum auch immer. Ich befürchtete, dass wenn ich erst einmal begonnen hatte, davon zu erzählen, ich nicht mehr aufhörte. Und das war zu gefährlich. Wenn meine Eltern oder Sina etwas davon erfuhren, hätte ich alles abgeblasen. Ich hätte es nicht geschafft, wenn irgendjemand Erwartungen in das Bevorstehende setzte. Und nun hatte ich tatsächlich die Zeit vergessen und kam zu spät. In einer Stunde begann der Polterabend, und ich war noch nicht wieder zurück. Colin hatte sich beömmelt, als ich irgendwann einen Blick auf mein Handy warf, das ich in meiner Handtasche liegen lassen hatte. Offensichtlich hatte er einen etwas anderen Humor als ich. Mir entwich ein kleiner hektischer Schrei, und verstaute eilig meine Violine im Koffer. Ich musste unbedingt los.

Gerade als ich auf den Hof fuhr, hätte ich mir am liebsten in den Allerwertesten gebissen. Meine Mutter kam direkt auf mein Auto zu. In meiner Eile hatte ich meinen Violinenkasten einfach auf dem Beifahrersitz deponiert und nicht richtig versteckt, wie ich es sonst immer vorsorglich machte. Mein Herz begann zu trommeln. Ich hatte gerade geparkt, da öffnete sie schon die Tür. So aufgebracht hatte ich sie schon lange nicht mehr gesehen. Aber wie auch? Sie war ja nicht da.

»Claralina, seit wann bist du so nachlässig geworden? Deine Schwester benötigt deine Unterstützung und du bist nicht auffindbar. Wo warst du?«, schimpfte sie drauflos, während ich mich hastig abschnallte, um schnell auszusteigen und ihr den Blick ins Innere zu verwehren. Doch es war zu spät. Meine Mutter zog erschrocken die Luft ein, ihre Hand griff an ihren Brustkorb. Beinahe konnte man meinen, ihre Augäpfel fielen jeden Moment heraus. Und nun hatte ich ein Problem. Und das Problem hieß meine Mutter. Erhobenen Hauptes stieg ich aus meinem Wagen, zog meine Strickjacke aus und warf sie überdeutlich auf den kleinen Koffer.

»Wenn du es wagst, auch nur einen Ton Sina gegenüber zu verlieren, was dort drin liegt, sind wir auf ewig geschiedene Leute«, zischte ich, schmiss die Autotür zu und stapfte an ihr vorbei.

Kaum in Oles Zimmer angekommen, kramte ich schnell frische Sachen aus dem Schrank und wollte flott unter die Dusche hüpfen. Da kam Ole hereingeplatzt. Er humpelte in den letzten Tagen stärker als sonst. Er hatte immer wieder Probleme mit einer kleinen Druckstelle an seinem Stumpf. Er sah wütend aus.

»Wo warst du?« Er griff sich hektisch in die Haare, musterte mich genau.

»Bitte nicht jetzt, Ole. Ich weiß, dass ich zu spät bin«, entgegnete ich ihm niedergeschlagen. Ich wollte mich ohrfeigen. Er schüttelte den Kopf, während er auf mich zu humpelte. Und dann schob er mich bis gegen den Schrank. Mein Puls rauschte mir von jetzt auf gleich in den Ohren und die Hitze, die sich immer in mir ausbreitete, sobald er mich berührte, bahnte sich ihren Weg durch meinen Körper. Unsere Blicke waren fest auf den des anderen gerichtet. Wenn ich sonst immer an Vollmilchschokolade dachte, sobald ich in seine Augen sah, dachte ich nun an Zartbitterschokolade – mit einer feurigen Chilinote. Sein Mund presste sich auf meinen und verriet mir, dass er sauer war. Das half mir nur leider überhaupt nicht in meiner Zeitnot. Mein Bedürfnis mich schnell duschen zu gehen, verschwand fast gänzlich, dafür tauchte wieder dieses Verlangen nach seinen Berührungen in mir auf. Verflixt noch mal. Und dann war es auch schon wieder vorbei. Ole löste sich von mir, trat einen Schritt zurück und hinterließ Kälte auf meiner Haut und Hitze in meinem Schoß.

»Den Ehrentanz für die Trauzeugen machst du mit Matze«, beschloss er und wendete sich wieder zum Gehen.

»Was?«

»Claralina, ich tanze nicht. Und ich wüsste niemand Besseren als meinen besten Kumpel, der dies übernehmen sollte. Und ich bin sauer. Du haust in letzter Zeit ständig ab. Jedes Mal denke ich, du bist wieder auf dem Weg nach Bremen und ich stehe wieder alleine da. Ich hasse es, dass du mir verschweigst, was du machst. Und wenn du wieder auftauchst, ist da dieses Strahlen in deinen Augen. Und ich kenne nicht den Grund dafür. Vielleicht bist du ja bei Maike im Café und spielst, aber ich weiß es nicht, weil du mir nichts erzählst!« Ole funkelte mich ein letztes Mal an. Seine Narbe passte in diesem Moment perfekt zu seinem Erscheinungsbild. Sie spiegelte den Schmerz und die Wut. Und dann war er verschwunden. Zurück blieb nur Enttäuschung.

Als ich wieder auf den Hof trat, waren die Nachbarn bereits da. Sie schmückten die Einfahrt mit gebundenen Papierrosen, hingen einen Kranz über die Haustür und zogen eine Wäscheleine mit Babykleidung daran von Dachgosse zu Dachgosse. Inge berichtete stolz, dass dieser Brauch dem zukünftigen Ehepaar einen Kindersegen bescheren sollte. Und wie es sich für ein ordentliches Kranzaufhängen der Nachbarn gehörte, mussten die Trauzeugen brav Schnaps ausgießen. Sonst konnten sie ja nicht genau erkennen, ob der Kranz gerade hing oder nicht. Aber es sollte nicht ganz so einfach für mich werden. Das wurde mir bereits klar, nachdem ich versehentlich das Schnapsglas in meiner Hand vollgoss und an einen der Nachbarn reichte. Der alte Mann schüttelte amüsiert den Kopf über meinen fatalen Fehler. Man würde hier keine vollen Gläser aus der Hand geben, meinte er. Ich musste den süßen Rhabarberschnaps selber trinken. Nur hatte es fünf Anläufe gedauert, bis ich wirklich begriff, was er von mir wollte. Aber mit dem kleinen Mädel aus der Stadt konnte man ja solche Späße treiben. Der Hof füllte sich immer weiter und binnen einer Stunde waren hier mindestens zweihundert Leute verteilt. Hier und da erkannte ich einige Leute, die ich bereits durch Sina und Hannes kennengelernt hatte. Ihre Freundinnen vom Junggesellinnenabschied waren auch alle da. In der Polterecke kamen Sina und Hannes beinahe ins Schwitzen. Ole und ich hatten uns den Spaß erlaubt, im Voraus die Besen, mit denen die Porzellanscherben zusammengefegt werden sollten, zu manipulieren. Besser gesagt zu ersetzen. Sina erhielt lediglich einen Handfeger und Hannes bemühte sich mit einem angesägten Piassavabesen. Als die Nachbarn und ich gut versorgt und deutlich angeheitert waren, schnappte ich meine Kamera und machte Bilder von den Gästen und dem glücklichen Paar. Ein paar Freunde von den beiden standen hinter dem mobilen Tresen im Zelt und schenkten fleißig Bier und Mixgetränke aus. Der DJ war startklar und wartete nur darauf, dass er seinen Startschuss erhielt. Und dann erlösten wir Sina und Hannes. Meine Schwester strahlte wie ein Honigkuchenpferd und ihr Verlobter nahm sie in den Arm. Man konnte fast sehen, wie die Herzchen aus ihren Augen sprühten. Meine Freude über diesen Anblick trieb mir beinahe die Tränen in die Augen. Sogar meine Eltern sahen locker und entspannt aus, wobei ich versuchte, meiner Mutter aus dem Weg zu gehen. Wenn sich unsere Blicke trafen, bedeckte sie mich mit einem nachdenklichen Ausdruck und davor musste ich flüchten.

»Ole!«, rief ich, als ich mit meiner Kamera durch das Zelt lief. Er drehte sich zu mir und seine Grübchen stanzten sich mal wieder in seine Wangen. Mein Herz hüpfte, denn ich konnte mich an ihm einfach nicht mehr sattsehen. Wie automatisch gab ich ihm einen Kuss, sobald ich ihn erreichte. Ich konnte nur hoffen, dass seine schlechte Laune endlich wieder verschwunden war. Ich hasste es, wenn er so ein Brummbär war.

»Ole, darf ich mit Claralina dann auch knutschen, wenn ich schon mit ihr tanze?«, unterbrach uns Matze. Ole gab ihm einen Klaps an den Hinterkopf, was den quirligen Nordfriesen nur noch weiter lachen ließ.

»Finger weg von meinem Mädchen, verstanden?« Es war ein Scherz, aber die leise Drohung erkannte ich in Oles Worten dennoch. Als ich meinen Blick über die Menschenmenge schickte, erstarrte ich. Was machte er denn hier?

»Ich komm gleich wieder«, stammelte ich gedankenverloren, während ich mir einen Weg zu Christov bahnte. Wenn meine Eltern oder sogar Sina ihn hier erblickten, hatte ich ein dickes fettes Problem. Er zwinkerte mir augenblicklich zu, als er mich erkannte.

»Was machst du hier?«, zischte ich. Doch er schien sich keiner Schuld bewusst und stand völlig entspannt da. Er hob sein Bier in die Höhe und nahm einen Schluck.

»Claralina, ich glaube ich hatte vergessen, dir zu sagen, dass ich zu Sinas Hochzeit eingeladen bin. Ich musste ihr versprechen, dass ich es niemandem sage. Sie wollte dich nicht beunruhigen. Also es ist alles in Ordnung.« Seine Offenbarung schockte mich. Sina hatte nie ein Wort darüber verloren. Vielleicht war das der Grund, warum ich bisher nie einen genauen Blick auf die Gästeliste erhielt. Als wir die Platzkarten gebastelt hatten, sorgte sie dafür, dass ich nur einen Teil der Namen erhaschen konnte. Sie wusste ja nicht, dass wir in Kontakt standen, geschweige denn, was wir planten. Aber ich hatte erwartet, dass Christov mir so etwas eher sagte.

»Wirklich jetzt?«

Sein Nicken war eindringlich und entspannte mich zugleich.

»Claralina, ist alles in Ordnung?« Ole stand direkt hinter mir. Mein Gegenüber blickte neugierig über meinen Kopf hinweg, musterte Ole und ich drehte mich um. Seine Augenbrauen waren skeptisch zusammengezogen. Nun sah er durch seine lange Narbe im Gesicht wesentlich härter aus, als sonst, wenn seine Grübchen ihren Platz einnahmen.

»Ole, das ist ...«, begann ich, wurde jedoch durch eine beginnende Ansage unterbrochen. Hannes und Sina standen auf der Tanzfläche, Hand in Hand und Hannes begann mit seiner Begrüßung. Dennoch versuchte ich Ole flüsternd eine Kurzfassung abzugeben.

»Das ist Christov. Sinas und mein Patenonkel. Ich wusste nicht, dass er eingeladen ist. Aber er ist einer der Gründe, warum ich in den letzten Tagen so viel spielen war. Ich erkläre dir alles später.«

Er entgegnete mir nur ein Grummeln und warf Christov einen abschätzigen Blick zu. Na, das konnte ja heiter werden. Er war doch wohl nicht eifersüchtig auf einen Mann, der fast so alt wie mein Vater war?

Das Brautpaar bedankte sich fleißig bei den Nachbarn, bei ihren Eltern und ihren Trauzeugen. Es wurde eine tolle Feier gewünscht und dann begann der Ehrentanz. Sina und Hannes blickten sich ununterbrochen in die Augen, lächelten, wie es nur ein zukünftiges Ehepaar versprach und schwebten über den Holzboden des Zeltes. Sie hatten sich für einen flotten Discofox entschieden und ich begann ein Stückchen traurig zu werden. Ich hätte gerne mit Ole getanzt. Und dann war es soweit. Wir wurden dazu gerufen und ich schaute noch einmal fragend und bittend zu meinem Lieblingston hinauf. Ole schenkte mir ein gequältes Lächeln, gab mir einen Kuss auf die Stirn und schob mich auf die Tanzfläche. Wie bestellt und nicht abgeholt stand ich dort neben meiner Schwester und Oles Bruder, die überrascht zu Ole blickten. Dieser wurde direkt von Christov angesprochen und die beiden Männer wechselten einige für mich unverständliche Worte. Da kam Matze auch schon auf die Tanzfläche. Grinsend, und nie ein Kind von Traurigkeit. Zumindest hatte ich ihn so kennengelernt. Wir nahmen gerade die Tanzhaltung ein, da tauchte Christov hinter ihm auf.

»Christov!«, rief Sina überrascht. Sie hatte ihn vorher noch nicht gesehen. Ihr Patenonkel und unser damaliger Musiklehrer ging zuerst auf die beiden zu, küsste Sina an die Schläfe, reichte Hannes die Hand und drehte sich dann zu Matze und mir. Dieser machte keine Anstalten, als Christov ihm erklärte, dass er das hier übernehmen wollte. Ich spürte die Hitze in meinem Gesicht, traute mich nicht, in die umgebenen Gesichter zu schauen. Besonders nicht in die unserer Eltern. Und dann begann glücklicherweise endlich der Tanz. Ich hatte vergessen, wie es war, einen Tanzpartner zu haben, der jeden Ton eines Liedes spürte und nicht hörte. Drei

Minuten versunken in der Melodie, führte mich Christov souverän über die Tanzfläche. Irgendwo ganz tief in mir drin keimte diese kleine Frage auf, ob Ole und ich je die Möglichkeit erhielten, genau das Gleiche zu tun. Im Anschluss des Liedes wurden die Eltern mit auf die Tanzfläche gerufen und der Übergang zum nächsten Lied war fließend. Wenn Christov mich in eine Drehung schickte, konnte ich meine Eltern erkennen. Sie waren geschockt. Sie wussten also auch nichts davon, dass er eingeladen war. Doch sie tanzten, wie ein Dirigent und seine erste Violine nun mal zusammen tanzten. Wie eine Einheit. Als die Tanzfläche für alle freigegeben wurde, klinkte ich mich aus. Hinzu kam, dass Sina ebenfalls ihren Tanz unterbrach und nun auf Christov zukam, ihre Arme fest um ihn schlang und ich die ersten Tränen auf ihrem Gesicht erkannte. Das war gerade ein bisschen zu viel für mich. Also machte ich mich auf die Suche nach Ole. Der stand zum Glück direkt mit Matze an der Bar und beide nippten gerade an einem Mixgetränk. Das konnte ein feuchtfröhlicher Abend werden. Hoffentlich mit mehr Höhen als Tiefen. Ich gesellte mich zu ihnen, hob aber als Erstes am Tresen die Hand und bestellte mir einen doppelten Rhabarberschnaps. Den brauchte ich jetzt.

Kapitel 27
» Ole

Ich hätte am liebsten einen verdammten Besen gefressen, als ich mir mit ansehen musste, wie Claralina - überaus offensichtlich - glücklich tanzte. Es wurmte mich, dass ich ihr so etwas nicht bieten konnte. Und dieser mysteriöse Kerl schnappte sich mein Mädchen, als sei es das Normalste auf der Welt gewesen. Patenonkel hin oder her, ich war eifersüchtig auf einen Mann, der ihr Vater sein konnte. Mir blieb nichts anderes übrig, als mich zu betrinken. Auch wenn es nicht sehr vorteilhaft als Trauzeuge war. Mein Mädchen wurde ständig von Leuten zum Tanzen aufgefordert. Sei es von Hannes oder meinen Kumpels, von den Nachbarn oder immer wieder von diesem Christov. Und jedes Mal, wie es sich hier so gehörte, wurde nach der Tanzrunde ein Schnaps an der Theke getrunken. Ich konnte mich kaum mit ihr unterhalten oder irgendetwas anderes. Sie wurde mir immer wieder entrissen. Zum Kotzen empfand ich diesen Zustand. Ich musste mich zusammenreißen und mich dazu zwingen, dass ich mich für Claralina freute. Dass trotzdem genug Männer anwesend waren, die ihr etwas geben konnten, was mir nicht möglich war.

Irgendwann weit nach Mitternacht torkelte sie glückselig auf mich zu. Ihre Gesichtszüge waren deutlich entspannt und vom Alkohol gelöst. Ich klammerte mich mit meiner Hand um mein Glas.

»Ole«, kicherte sie und schlang ihre Arme um meine Hüften. In ihren Augen loderte ein Feuer, das mich sofort scharfmachte. Warum musste sie sich auch verdammt nochmal so neckisch auf ihre Unterlippe beißen, ehe sie sich auf ihre Zehenspitzen stellte, um mich zu küssen?

Mir entfuhr wie von selbst ein Stöhnen, als wir einfach nur dastanden und unsere Münder sich gaben, was sie vom anderen verlangten. Ich ließ von meinem Glas los, fuhr mit beiden Händen durch ihr Haar und entlockte ihr so ein sehnsüchtiges Seufzen.

»Lass uns verschwinden, Babe«, keuchte ich und als sich mein Mädchen von mir löste, flackerte die Zustimmung in ihren Augen auf. Ich ergriff ihre Hand und wir verschwanden in die Scheune. Ich zog die Schiebetür beiseite, schloss mein Zimmer auf und wir traten ein. Beinahe wäre ich gefallen, als Claralina mich an die Wand drückte, sich wieder gegen mich presste und mich küsste. Ihr Geschmack war zu berauschend für mich. Keine Ahnung, wie viel sie von diesem süßen Schnaps heute Nacht getrunken hatte, aber ich schmeckte nur Rhabarber und Vanille. Claralina öffnete meine Hose, schob sie einfach runter und fiel auf die Knie vor mir. Heiliger Bimbam, das sollte jetzt wohl nicht ihr Ernst sein, oder? Was machte der Schnaps nur mit ihr? Sie grinste mich verwegen an, als sie an mir emporblickte und griff im nächsten Moment um meinen Schaft.

»Claralina«, keuchte ich noch, doch sie hörte nicht auf. Und als es dann soweit war, drohten meine Knie nachzugeben, was sie augenblicklich spürte. Sie drückte ihre Hände fest gegen meine Oberschenkel. Diese Frau stützte mich nicht nur physisch. Sie hatte es geschafft, mich aufzubauen, mir zu zeigen, dass ich noch immer ein Mann war und sie wollte es immer und immer wieder von mir spüren.

Claralina richtete sich wieder auf, leckte sich über ihre Lippen und mein Herz erholte sich gerade von seinem Sprint. Sie schob meine Hosen wieder hoch, durchbrach nicht einmal unseren Augenkontakt, als sie alles wieder verschloss. Sie keuchte noch immer.

»Ich liebe dich«, war das Einzige, was ich hervorbrachte. Ihre Mundwinkel zuckten und gaben mir einen beinahe schüchternen Kuss.

»Ich liebe dich auch, Ole. Auf der Hochzeit wirst du mit mir tanzen. Gewöhn dich schon mal an den Gedanken.« Ich wollte gerade zu einer Antwort ansetzen, denn es stand für mich genau das Gegenteil fest, auch wenn ich wusste, wie traurig sie das machte. Aber mein kleiner brünetter Engel legte einen Zeigefinger auf meine Lippen und funkelte mich an.

»Vor Wochen habe ich noch gesagt, ich würde nie wieder in meinem Leben Violine spielen. Nie wieder. Aber es hatte nichts mit dem Können zu tun. Das Wollen war das Problem. Und wenn du mich wirklich liebst, wirst du es so sehr wollen, dass du es kannst. Ich bin vielleicht betrunken und quassele verwirrtes Zeug, aber das meine ich ernst.« Ihre Aussage war endgültig. Sie löste sich von mir und verließ den Raum. Ich blieb alleine zurück und brauchte ein paar Sekunden, bis ich mich wieder gesammelt hatte. Wie sollte ich das nur schaffen?

Kapitel 28
» Claralina

Wann zum Henker hatte ich das letzte Mal einen solchen Kater? Wie kam es, dass ich gestern einen solchen Schnapsdurst hatte? Ich hoffte, es war einfach die Anspannung, die drohte mich zu überwältigen. Das Aufräumen des Polterabends konnte ich nur ertragen, weil mein Hirn noch so überaus benebelt war. Leider konnte ich es nicht verhindern, dass ich mich absolut davor ekelte, die Überreste der Fete aufzuräumen. Hannes hielt es vorerst für einen Scherz, als ich ihn darum bat, mir zwei seiner Besamungshandschuhe zu geben. Er witzelte noch, ob bei Ole und mir denn alles in Ordnung war. Dann begriff er aber, dass ich nicht bereit war mitzuhelfen, wenn ich nicht meine Arme einhüllte. Unsere Eltern hatten in der Nacht im Gästezimmer geschlafen und waren nicht mehr zurück auf die Insel gefahren. Sie hatten dort ihren Aufenthalt beendet und schliefen nun mit uns die letzten Tage vor der Feier unter einem Dach. In der Nacht hatte ich beobachtet, wie die beiden sich lange mit Christov unterhielten. Zuerst glaubte ich, sie würden wieder in Streitereien ausbrechen, doch offensichtlich blieben alle friedlich. Sina war so unfassbar erleichtert über sein Kommen, dass sie es mir gefühlte einhundert Male in der Nacht erzählte. Sie entschuldigte sich bei mir, dass sie mir nichts von seiner Einladung erzählt hatte. Wie ich es mir bereits dachte, wollte sie mich nicht beunruhigen. Auf meine Frage hin, ob sie irgendetwas plante, schüttelte sie glaubhaft den Kopf. Sie wollte ihn einfach nur dabeihaben.

»Clara, wir wollen in einer Stunde los, das Brautkleid holen, bist du dann startklar?«, fragte sie mich, während ich mit gerümpfter Nase das Leergut des gestern noch verlockenden Schnaps in eine große Kiste stellte. Ich nickte ihr zu. Aber bevor ich irgendwo anders hinfuhr, musste ich duschen und den Ekel von mir abwaschen. Ich wollte es mir nicht eingestehen, aber die Fortschritte, die ich in den letzten Wochen machte, verpufften allmählich. Ob es die Aufregung war? Die Angst, dass irgendetwas schiefging? Oder ob mich die viele Zeit mit meinen Eltern allmählich in eine Ecke drängte, in die ich nicht hineinwollte? Vater hatte mich in der Nacht zum Tanzen aufgefordert, dem ich nach kurzem Zögern auch nachgab. Ich fühlte mich wie bei meinem ersten Abtanzball mit vierzehn. Ich hatte damals zu ihm aufgeblickt wie zu einem Helden. Er verstand es einfach zu führen. Die richtigen Signale zu senden. Aber na ja, wenn nicht er, wer dann? Und schon lenkten sich meine Gedanken wieder zu dem Mann, von dem ich mir am allermeisten wünschte, dass er mich zum Tanzen aufforderte. Zugegeben, ich war von mir selbst überrascht, als ich mit Ole in seinem Zimmer verschwand und mich mein inneres Luder dazu drang, ihm einfach einen zu blasen. Und ihn dann unter Druck zu setzen. Ich wusste am besten, dass ich damit alles verkehrt machte, was verkehrt sein konnte. Man sah ja, wozu Druck bei mir führte. Ich versemmelte einfach eine Orchesteraufnahme. Aus Trotz, weil ich mich wehrte. Hoffentlich reagierte

Ole nicht genauso. Zumal es seinem Bein heute nicht besonders gut ging. Er hatte die Prothese ausgelassen und konnte nur begrenzt mithelfen bei den Aufräumarbeiten.

Seine Mutter wies ihn zurecht, dass er entweder seine Prothese anziehen sollte oder reinzugehen hatte. Er hätte nichts ohne das Ding draußen verloren. Dabei war ich ziemlich froh, dass er sie auszog und dennoch vor andere Leute damit trat. Ole verschanzte sich viel zu schnell, wenn er merkte, dass er sie nicht anlegen konnte. Dann kam er am liebsten gar nicht mehr aus seinem Zimmer heraus. Aber das war doch auch keine Lösung.

Mir standen die Tränen in den Augen, als Sina die Vorhänge der Umkleide beiseiteschob. Die Schneiderin richtete noch einmal ihre elegante Schleppe und steckte den Schleier in ihren Zopf. Dann kam meine wunderschöne Schwester auf Inge, meine Mutter und mich zu geschlendert. Wenn ich an Hannes Stelle vorne am Altar stehen müsste, ich hätte geflennt wie ein Baby. Meine Schwester konnte man nur lieben und heiraten. Erschrocken zog ich die Luft ein, als mich etwas an meiner Hand berührte. Es war die Hand meiner Mutter. Sie hatte nach meiner gegriffen und als ich meinen Kopf zu ihr nach links drehte, sah ich die Tränen in ihren Augen, die sie mit einem Taschentuch in der anderen Hand weg tupfte. Dieser ungewohnte Anblick der sonst so glatten und strengen Frau berührte mich für einen Moment. Doch dann entzog ich ihr meine Hand und stand auf. Ich machte einen großen Kreis um Sina, hörte aber noch Mutters Seufzen. Wollte sie sich etwa auf einmal annähern? Hatte es was mit dem Violinenkasten in meinem Auto gestern zu tun? Ich wusste es nicht. Es war mir aber auch egal. Ich durfte mich davon nicht beeinflussen lassen.

Eine halbe Stunde später verließen wir das Brautgeschäft mit einem riesigen Kleidersack, den wir nun gründlich vor Hannes neugierigen Blicken schützen mussten. Auf dem Weg zum Auto kamen wir an einem Musikgeschäft vorbei. Wahrscheinlich war es die Gewohnheit. Mein Blick heftete sich auf die ausgestellten Violinen, Trompeten und die Notenständer. Beinahe synchron blieben Mutter und ich stehen. Standen einfach nur da und musterten die Geschöpfe aus edlen Materialien. In Bremen hatte ich es immer geschafft, einen großen Bogen um sie zu gehen, aber jetzt, wo ich wieder einen Zugang zu dieser Welt hatte, konnte ich mich nicht mehr dagegen wehren.

»Spielst du oft, mein Kind?« Mutters Frage war ein Flüstern und doch hallte es in mir nach. Mein Herz begann zu flattern, während ich meine Worte zurechtlegte.

»Ich spiele nicht mehr. Das weißt du«, presste ich hervor. Meine eigene Lüge versetzte mir einen Stich im Herzen.

»Ich habe viele Fehler gemacht, Claralina. Einige bereue ich, einige nicht. Was ich aber nie vergessen werde, ist, welcher Mensch du warst, wenn du dein Instrument gehalten und die Musik förmlich gelebt hast. Es ist alleine meine Schuld, dass du sie aufgegeben hast. Und das tut mir unendlich leid, mein Kind.« Ihre Stimme brach und der Damm in meinen Augenwinkeln drohte ebenfalls, jeden Moment zu brechen. Mit aller Kraft schaffte ich es gerade noch zu verhindern, dass ich ihr mein Herz ausschüttete. Dass ich ihr erzählte, wie frei ich mich fühlte, wenn ich meine Violine hielt. Das kalte Holz an meiner Wange, die feinen Saiten unter meinen Fingern. Wenn ich es jetzt aussprach, dann konnte ich mein Vorhaben vergessen. Denn dann stand ich unter Druck. Dann sah sie mich wieder wie damals an. Das war das, was ich nicht mehr wollte. Also riss ich mich los und schloss den Abstand zu Sina und Inge auf, die davon nichts mitbekommen hatten. Inge hatte es geschafft, mal wieder ohne Punkt und Komma von ihren entzückten Nachbarsfrauen zu berichten, wie angetan doch alle von dem gestrigen Vorboten der übermorgen stattfindenden Hochzeit waren.

Nach dem gemeinsamen Abendessen – wieder in der gut behüteten Sonntagsstube – verabschiedete ich mich. Ich gab vor, im Charlottenhof die Vorbereitungen zu kontrollieren. Ich sagte, ich wollte die Sitzordnung genau überprüfen und checken, ob alles war, wie Sina es sich wünschte. Dass ich mehr oder weniger meine Generalprobe heute Abend hatte, wusste natürlich niemand. Nicht einmal Ole. Ich wollte keine Erwartungen erwecken, die ich im allerschlimmsten Falle nicht erfüllte.

»Komm nicht zu spät wieder, sonst vermisse ich dich zu sehr«, säuselte er mir ins Ohr, als ich mich verabschiedete und ihm einen Kuss schenkte. Diese rauchige Stimme gab mir einfach den Rest. Mit wackeligen Knien setzte ich mich in meinen Smart und fuhr zu Christov und den anderen.

Beim Charlottenhof angekommen, besprach ich in der Tat noch einige Details mit der Dame, die die Veranstaltungskoordination unter sich hatte. Doch auszusetzen hatte ich nichts Ernsthaftes. Das Augenmerk lag nun auf der Bühne und darauf, wie wir es schafften, die Instrumente so zu platzieren, dass jeder ausreichend Platz hatte, wir aber noch den Vorhang zuziehen konnten. Schließlich stand ja offiziell ein DJ auf der Bühne. Und der musste seine Gerätschaften dort auch noch unterbringen können.

»Na, Lina. Bist du bereit?«, scherzte Colin, als ich mich mit meiner Violine mittig auf der Tanzfläche positionierte. Über Funk wurde sie mit den aufgebauten Boxen verbunden und ich prüfte den Klang. Meine Finger zitterten im Moment noch kaum merklich, aber ich wurde immer nervöser. Ich bestrafte Colin mit einem bösen Blick, doch das brachte ihn nur zum Lachen. Christov ermahnte ihn, und die anderen besetzten ihre Plätze. Sie starrten mich alle erwartungsvoll an, nickten mir einer nach dem anderen zu. Sie waren bereit. Aber ich nicht. Von jetzt auf gleich überkam mich eine Welle der Emotionen, die ich nicht mehr kontrollieren konnte. Ich wollte alles abblasen. Es war eine verdammt irrsinnige Idee gewesen, dass ich auf Sinas Hochzeit spielen wollte. Ich schaffte es einfach nicht. Meine Muskeln waren wie Wackelpudding, mein Atem ging schnell und ich befürchtete zu hyperventilieren. Was geschah nur plötzlich mit mir? Was war mit all den Stunden der vergangenen Wochen geschehen, in denen ich spielte, als hätte ich nie diese fünf langen Jahre dazwischen gehabt? Wo war meine Euphorie für meinen Plan geblieben? Es sollte meine persönliche Liebeserklärung an meine Schwester werden, wie viel sie mir bedeutete, dass ich für sie spielte. Das konnte nun doch wirklich nicht allen Ernstes passieren. Ich schluchzte auf und befreite meine Violine zwischen Schulter und Wange. Meine Arme sanken hinab, ich spürte, wie der Bogen den Boden berührte. Mein Blick wanderte auf die fassungslosen Gesichter auf der Bühne. Ein Schleier belegte meine Sicht und zuckte ergeben mit den Schultern.

»Ich kann nicht«, hauchte ich. Christov sprang auf, kam zu mir herunter und schloss mich in seine Arme. Seine Wärme schaffte es jedoch nicht, mich zu erheitern. Im Gegenteil – ich begann bitterlich zu weinen. Sie waren ganz umsonst angereist. Sie vergeudeten ihre kostbare Zeit mit mir. Ich hatte vor fünf Jahren das Spiel beendet. Es war leichtfertig zu denken, dass ich daran anknüpfen konnte.

»Sch ..., kleine Claralina. Wir fangen dann an, wenn du so weit bist. Keine Sekunde eher. Lass dir alle Zeit der Welt. Du zweifelst unnötig an dir. Du hast gar keinen Grund. Das hier ist keine Generalprobe.« Seine anfänglich geflüsterten Worte wurden nun kräftiger, er schob mich ein Stück von sich und sein Blick taxierte mich, während er mich noch immer am ausgestreckten Arm an den Schultern hielt.

»Ich wiederhole mich noch einmal: Das hier ist keine Generalprobe. Du brauchst keine Angst haben. Keiner wird über dich urteilen, keiner wird über deinen Werdegang entscheiden. Keiner wird dich bestrafen, wenn du einen falschen Ton spielst. Wir sind hier, weil wir alle die Musik lieben. Wir leben die Töne, die erst gemeinsam gespielt eine echte Melodie ausmachen. Und wir machen es zusammen. Du bist nicht alleine.« Seine Gesichtszüge wurden weicher, er schenkte mir ein aufmunterndes Lächeln und gab mir einen flüchtigen Kuss auf die Stirn. Dann wendete er sich wieder der Bühne zu, ergriff seine Violine und nickte mir entschieden entgegen. Ich hätte alle Zeit der Welt, meinte er. Ich lockerte meine Finger ein letztes Mal, setzte mein Instrument an und schloss die Augen. Ich wollte gerade zu spielen ansetzen, hatte mir just ein Herz gefasst, da sprach Colin durch sein Mikrofon.

»Entschuldigen Sie, hier findet gerade ... ähm ... eine Probe statt. Wir bitten Sie, wieder zu gehen.« Ich schoss bei seinen Worten herum und erstarrte. Mein Herz lief im Galopp und drohte jeden Moment, von jetzt auf gleich zum Stehen zu kommen. Meine Mutter stand in der Tür, mit Tränen in den Augen und die Hände vor den Mund gepresst. Sie hatte mich erwischt. Ich fühlte mich mit einem Schlag noch kleiner als noch vor wenigen Minuten. Und da war ich schon recht weit unten. Ich schüttelte stumm den Kopf, als sie auf mich zuschritt. Keiner sagte etwas. Doch als sie vor mir stand, legte sie ihre Hand an meine Wange. Diese Berührung durchzuckte mich.

»Früher hast du immer barfuß gespielt, wenn du dir unsicher warst. Versuch es, dann klappt es bestimmt, mein Mädchen.« Sie flüsterte die Worte und doch war es wie ein Singsang. Sie drehte sich wieder um und verließ den Raum. Ich brauchte noch einige Sekunden, bis ich ernsthaft begriff, wer hier gerade vor mir stand. Und doch hatte es etwas bewirkt. Auch wenn es mir eigentlich total widerstrebte, das zu machen, was meine Mutter mir sagte, setzte ich mich auf den kleinen Stuhl, der neben mir stand. Ich legte mein Instrument behutsam auf den Boden und begann, meine Stiefeletten am Reißverschluss zu öffnen und samt Socken auszuziehen. Im ersten Moment versteifte ich mich, als meine nackten Sohlen den kalten Boden berührten. Ich erlaubte meiner Angst nicht, sich in mir auszubreiten. Ich schob die aufkeimenden Gedanken beiseite. Ich sog noch einmal kräftig den Sauerstoff in meine Lungen, dann griff ich zum Boden, stand auf und schon hatte ich angefangen.

Mein Bogen zog das erste Mal über die Saiten. Der Klang erfüllte mich. Die Boxen wehten mir meine eigene Musik entgegen, während ich glaubte, mit jedem Takt stärker zu werden. Christov folgte mir. Wir begannen mit einem Duett. Meine Augen blieben geschlossen. Wie ein Strudel legten sich die Töne um mich herum. Augenblicklich tauchte Oles Bild vor meinem inneren Auge auf und ich brach das Lied ab. Verwirrt blinzelte ich über meinen Gedanken. Und doch wollte ich ihm folgen.

»Können wir noch eine Sache ausprobieren?«, grinste ich die vier irritierten Gesichter auf der Bühne an. Doch sie waren damit einverstanden. Und dann läutete ich die ersten Klänge an und alle wussten genau, worauf ich hinauswollte. Wir übten nicht mehr, wir spielten, weil wir es genossen. Und ich bekam erneutes Herzrasen, wenn ich an die Hochzeitsfeier und den Eröffnungstanz dachte.

Kapitel 29
» Ole

»Verdammt, ich bekomme diese elendige Krawatte nicht gebunden!« Warum konnte man eigentlich nicht einfach fertig gebundene Krawatten kaufen? Dann bräuchte ich mir auch nicht umständlich die Finger verrenken, geschweige denn, Gefahr laufen, sie mir auch noch zu brechen.

»Gib mal her, Kleiner«, lachte Hannes auf. Normalerweise hätte es genau andersherum sein müssen. Ich hätte ihm seine Nervosität abnehmen müssen, doch es war ja typisch für ihn, dass er ganz entspannt war. Hannes wusste, was er wollte und wie er es bekam. Er musste einfach nur pünktlich bei der Kirche sein. Dann bekam er alles was er wollte: Sina. Mein großer Bruder stand vor mir, knotete gekonnt das Ding zurecht und klopfte mir auf die Schultern.

»Nervös?«

»Jap.«

»Hast du geübt?«

»Nope.«

»Spontan ist eh immer am besten.« Und damit verließen wir mein Zimmer, gingen in die Scheune und nahmen das Laken vom alten Hanomag. Ich war noch immer stolz auf meine Leistung, wenn auch der Ansporn nicht der schönste war. An die Wochen ohne Claralina dachte ich nur ungern zurück.

»Ob Vater den wohl wiedererkennt?«, fragte Hannes mit verschmitztem Grinsen.

»Also den Aufkleber habe ich hinten extra dran gelassen«, zuckte ich mit den Schultern. Ob unser Vater erkannte, dass Hannes seinen alten Hanomag im Internet aufgetrieben hatte und ich ihn restaurierte, sollte sich noch zeigen. Wir wussten jedenfalls, welche Bedeutung er für ihn hatte. Auf diesem guten alten Stück hatte er unserer Mutter schließlich vor fast vier Jahrzehnten einen Heiratsantrag gemacht. Beim Treckerkino. Er muss ein echter Charmeur gewesen sein. Hannes hatte es viel daran gelegen, Sina mit diesem Gefährt nach der Trauung zum Charlottenhof zu fahren. Sie hatte zuerst den Kopf geschüttelt, als er ihr von seinem - unserem Plan - erzählte, aber er hatte ihr auch nie die Geschichte von dem alten Teil erzählt. Die wusste nur ich.

»Dann lass uns mal los. Nicht, dass unsere Frauen noch auf uns warten müssen«, beschloss er und stieg auf. Ich bemühte mich ebenfalls darauf zu klettern, nahm an der Seite Platz und rückte meine Prothese so, dass ich nicht jeden Moment einen Krampf erlitt.

Die standesamtliche Trauung am Morgen verlief ganz entspannt. Nur das Paar, Claralina und ich. Sina und Hannes waren sich einig, dass das alles nur Formalitäten waren und das Hauptaugenmerk nun auf der kirchlichen Trauung lag. Er rückte sich seine Anzugjacke zurecht und lenkte den Oldtimer lässig aus der Scheune. Ich griff noch einmal zur Sicherheit an meine Brusttasche vom Sakko und tastete, ob ich auch wirklich die Ringschatulle eingesteckt hatte. Zum Glück war alles da. Ich war gespannt, wie Claralina in ihrem Kleid aussah. Sie hatte es tatsächlich geschafft, es vor mir zu verbergen. In den ganzen Wochen, in denen es hier hing, hatte ich es nicht einmal zu Gesicht bekommen. Aber im Endeffekt war es mir egal, was sie trug. Für mich war sie so oder so die schärfste Frau der Welt. Denn sie liebte mich, selbst als Krüppel.

»Hannes, Ole.« Der Pastor schenkte uns ein anerkennendes Lächeln, als wir vor den Kirchenmauern auf ihn zukamen »Gut schaut ihr aus«, nickte er fromm vor sich her, während er uns die Hand reichte. »Geht doch schon rein. Es sind bereits einige Gäste anwesend.« Wir nickten ihm zu und betraten die Kirche. Unsere Eltern und die unserer Frauen saßen schon ganz vorne in den Reihen, die für die Familie bestimmt waren. Mutter hatte während des Standesamtes unsere Oma aus dem Heim abgeholt. Oma Grete tupfte sich sofort die Augen trocken, als sie uns erblickte. Mit erhobenen Händen kam sie auf uns zu und drückte den Bräutigam ganz fest, wobei Hannes fast einen Rückenschaden bekam, denn Oma war echt klein. Danach war ich an der Reihe. Sie tätschelte meine Wange und blinzelte kräftig. Fehlte nur noch, dass sie mir in die Wangen kniff, so wie sie es früher immer zu tun pflegte. Unsere Eltern standen ebenfalls auf und begrüßten uns. Sinas und Claralinas Mutter blickten ausnahmsweise mal – ich wusste nicht genau, wie ich es beschreiben sollte – entzückt? Und Clemens schwoll die Brust vor Stolz förmlich an. Er klopfte seinem zukünftigen Schwiegersohn anerkennend auf die Schulter. Ob er das mit mir auch machte, wenn ich eines Tages seine Tochter heiratete? Oh Gott, wo kamen diese Gedanken denn her? Claralina und ich heiraten? Scheiße, diese ganze Romantik sollte mich wohl nun auch allmählich benebeln. Auf der anderen Seite war es bestimmt ein überwältigendes Gefühl, die Frau die man liebte, als *seine Frau* bezeichnen zu können. Ich schüttelte leicht den Kopf, wunderte mich noch immer über mich selbst und nahm mit meinem Bruder im vorderen Bereich unsere Plätze ein. Wir standen, Hände hinter den Rücken gelegt, und warteten nun, dass es bald losging. Clemens verschwand nach draußen, schließlich sollte er seine Tochter zum Altar führen. Er war wirklich aufgeregt, der gute alte Dirigent. Wenn ich zu Anfang dachte, dass er wohl seinen Dirigentenstock verschluckt hatte und echt steif war, taute er nun langsam auf. Auch Elisabeth sah entspannter aus als zu Anfang. Aber wie pflegte Oma Grete früher schon zu sagen? *Son büschn Wind ume Nose hatte noch nie jemanden geschadet.* Oben auf der Galerie konnte ich Christov erkennen. Er hob die Hand zum Gruß und ich wunderte mich, was er da oben tat. Neben ihm stand eine kleine Frau mit dunklen Haaren und leuchtenden Strähnen. Hatten wir eine neue Orgelspielerin? Doch ich hatte keine Zeit, mir weiter Gedanken darüber zu machen, denn der Pastor erschien erneut. Die Kirche war nun voll besetzt. Das war kaum anders zu erwarten, schmunzelte ich in mich hinein. Der Pastor gab Hannes ein Zeichen, dass es gleich losginge und drehte sich wieder um. Er gab auch nach oben zu Christov ein Zeichen und dieser tippte die unbekannte Frau an.

Augenblicklich begann sie zu spielen. Es klang anders als sonst. Als hätte irgendjemand dem Instrument neues Leben eingeflößt.

»Bereit?«, fragte ich noch einmal meinen Bruder. Er grinste mich an, nickte und wackelte mit den Augenbrauen.

»Ich war es nie mehr.« Er tippte sich mit zwei Fingern an die Schläfe und richtete seinen Blick wieder auf den Eingang. Und dann kamen sie herein. Unsere Frauen.

Kapitel 30
» Claralina

»Bereit?«, fragte ich ein letztes Mal meine große Schwester und grinste wahrscheinlich genauso wie sie.

»Ich war es nie mehr«, hauchte sie und ich musste mich zwingen, nicht schon jetzt loszuheulen. Nun war es so weit: Meine große Schwester heiratete ihren Traumprinzen und hakte sich bei unserem Vater ein. Ich umklammerte meinen kleinen Strauß, denn ich musste mich an irgendetwas festhalten. Hätte man mir vor ein paar Jahren noch erzählt, dass Sina aufs Land ziehen und einen Mann heiraten würde, der sein Geld damit verdiente, bis zur Schulter im Hinterteil einer Kuh zu stecken, hätte ich ihn ausgelacht. Noch absurder war die Vorstellung, dass meine Eltern nahezu entspannt und glücklich aussahen, während ich mich in einen Mann verliebte, der nur noch ein richtiges Bein hatte. Dass ich wieder musizierte und einfach durch und durch von innen strahlte, war für mich nicht denkbar. Und dann kam dieser Tag. Während des Orgelspiels, das mir unter die Haut kroch und mein Herz durchrüttelte, schritten wir in Richtung Altar. Der Pastor stellte sich vorne in die Mitte. Mein Vater blieb stehen und überreichte seine älteste Tochter an ihren zukünftigen Ehemann. Als ihm dann auch noch eine kleine Träne entwischte, gab er Sina einen Kuss auf die Stirn und nahm im Anschluss neben unserer Mutter in der vordersten Reihe seinen Platz ein. Zugegeben, Hannes sah echt stattlich aus in seinem Dreiteiler. Sina himmelte ihn an, als gäbe es kein Morgen mehr. Und dann trat ich hervor, als die beiden sich zu ihren Plätzen drehten.

Unsere Blicke trafen sich und ich hätte schwören können, dass ich verlernt hatte zu atmen. Ole biss fest seinen Kiefer aufeinander, taxierte mich mit seinen Vollmilchschokoladenaugen und in diesem Moment wusste ich, dass ich eines Tages genau das Gleiche wollte wie Hannes und Sina. Ich wollte seine Frau werden. Egal, was ich dafür tun musste. Er streckte mir seine Hand entgegen, die ich ergriff, und ich ließ mich von ihm zu meinem Stuhl führen, der rechts von Sina stand. Dort gab er mir einen Kuss an die Schläfe.

»Du und ich. Irgendwann. Genau hier.« Die Worte waren für mich kaum hörbar und doch wusste ich, dass er das Gleiche empfand wie ich. Er zwinkerte mir frech zu und ging auf die andere Seite. An die Seite seines Bruders und nahm ebenfalls Platz. Das Orgelspiel verstummte und der Pastor begann mit der Trauung. Es sollte kein Auge trocken bleiben. So viel war klar. Als der Segen ausgesprochen und das Paar nun zu Mann und Frau erklärt wurden, räusperte sich der Pastor noch einmal.

»Auf besonderen Wunsch der Braut hören wir nun ein Stück, das ihrem Hannes sagen soll, wie sehr sie ihn liebt. Es ist das Lieblingsstück, das sie stets nur mit ihrer kleinen Schwester spielte. Sie hatte es nur mit ihr geteilt, wie sie mir erzählt hat. Doch heute widmet sie es dir, lieber Hannes.«

Mein Herz blieb wahrscheinlich zum zehnten Mal in der letzten Stunde stehen. Ich wagte es kaum, sie anzublicken. Doch da sah ich bereits aus meinem verschleierten

Augenwinkel, dass sie nach meiner Hand griff. Und nach der ihres Mannes. Als ich in ihr von Liebe gezeichnetes Gesicht blickte, lächelte sie mich an und flüsterte nur für uns beide hörbar: »Und wenn du traurig bist, hilft nur eins: thinking out loud« Sie zwinkerte mir zu und drehte ihren Kopf zu ihrem Göttergatten. Da erklang auch bereits die Orgel. Wenige Tränen später setzte die Violine ein. Ich erkannte sie sofort. In den letzten Tagen hatte ich sie immer an meiner Seite spielen gehört. Christov setzte wahrscheinlich all seine Hingabe in dieses Lied. Er spielte für Sina auf ihrer Hochzeit. Er erhielt ein Privileg, das sie unseren Eltern vorenthielt. Und dann bemerkte ich auch, welches Talent hinter der Orgel saß. Lajana musste sie spielen. Die beiden harmonierten so wundervoll zusammen, wie ich es immer am Spiel mit Sina liebte. Ob wir Kummer hatten oder glücklich waren, alles war egal, wenn wir es spielten. Es erschien erst im letzten halben Jahr, bevor alles endete. Das letzte halbe Jahr, bis sich unser aller Leben verändern sollte. Wir durchlebten es tagein, tagaus, bis ich alles hinschmiss und damit auch die Melodie zwischen uns endete. Mein gesamtes Inneres war in diesem Moment so sehr gefüllt mit Liebe, dass ich fast glaubte, ich müsste aufschreien. Aber wie war das nur möglich. Ich beugte mich nur minimal nach vorne, lenke meinen Blick nach links, dann sah ich den Auslöser. Ich hatte Oles Gesicht gerade in dem Moment erblickt, als er sich eine Träne wegwischte. Von wegen emotionsloser Krüppel, wie er es zu Anfang immer versuchte herüberkommen zu lassen. Ich lehnte mich wieder zurück, schloss die Augen und horchte, was mir die Melodie und jeder einzelne Ton geben wollten. Ich hoffte inständig, dass ich Sina heute Abend genauso glücklich machte, wie Christov es bereits jetzt schaffte.

Als wir die Kirche verließen, waren Oles und meine Hand fest miteinander verwoben. Wir schritten langsam hinter dem Brautpaar her. Was in der Tat sehr schleppend voran ging. Die beiden Nachbarskinder, die Blumen streuten, waren sich immer noch nicht einig, ob sie nun die Blütenblätter werfen oder besser legen sollten. Es dauerte ewig. Aber das war egal. Wir hatten ja Zeit. Und die sollten wir auch haben. Als wir aus der Kirche traten, erklärte sich auch von selbst, warum ein extremer Frauenüberschuss in der Kirche herrschte. Für einen Außenstehenden wie mich machte es jedenfalls den Eindruck, als stünde locker die Hälfte der vorhandenen Feuerwehrleute Nordfrieslands in einem Ehrenspalier. Sie alle hielten einen langen Feuerwehrschlauch. Und das auf beiden Seiten. Wir schritten alle zwischen ihnen hindurch. Doch zuerst musste jeder einzelne Kamerad den beiden Glückwünsche überbringen. Als sie endlich das Ende erreichten, stand nun der Bürgermeister, wie Ole es mir zuflüsterte, vor ihnen. Er hielt gemeinsam mit Hannes' Stellvertreter einen langen Löschschlauch in der Hand, auf dem die gesamten umliegenden Wehren der Gemeinde Wiedingharde unterzeichnet hatten. Doch damit die beiden diesen Teil des Schlauchs der Rolle erhielten, musste Hannes erst beweisen, dass er es schaffte, ihn mit einem ausrangierten Schlauchmesser zu durchtrennen. Ich wollte laut aufstöhnen, als ich dies hörte. Die Menschen auf dem Land waren unfassbar mit ihren Traditionen. Und doch berührte es mich, welche Kameradschaft sie hier hatten. Allein das Werk der Nachbarn in der Kirche ließ mich staunen. Erst auf dem Weg hinaus konnte ich wirklich darauf achten, was sie doch für wunderbare gebundene Bögen und Herzen aufgestellt hatten. Und überall diese aufwändigen Blumen, die sie aus Papier gedreht hatten.

Natürlich waren sie nichts gegen die Weidenkränze, die Sina und ich gemeinsam gebunden und verziert hatten, Geschwisterwerke standen über allem, das lernte man bereits im Kindergarten.

Als dann alles geschafft war und alle Kirchengäste dem frisch getrauten Ehepaar ihr Glück gewünscht hatten, holte Ole den Hanomag her. Er hatte ihn offensichtlich außer Sichtweite geparkt. Seine Mutter brach in Tränen aus, als sie den Oldtimer erblickte und ich fragte mich, warum erst jetzt und nicht bereits bei der Trauung.

»Aber Frerk! Schau doch! Das ... das ist doch der Gleiche, mit dem wir beide damals zum Treckerkino waren. Erinnerst du dich, mein Liebling?« Inge sah auf einmal wie verzaubert aus und auch der sonst so wortkarge Frerk schien urplötzlich dicht am Deich gebaut gewesen zu sein.

»Aber ja, Liebes! Damals, als ich dir den Heiratsantrag gemacht habe. Ich erinnere mich noch genau«, erwiderte er ihr und küsste sie, sodass es für mich besser war, wenn ich nicht hinschaute. Manche Sachen wollte man einfach nicht erleben, egal, wie schön sie gemeint waren. Hannes erzählte seinen Eltern, dass er den Oldtimer im Netz wiedergefunden hatte und sich dachte, dies sei das perfekte Fahrzeug. So ein alter Romantiker. Das hatte ich ihm in der Tat nicht zugetraut. Kaum half er seiner Braut auf das Gefährt, trat auch die Fotografin näher, um weitere Bilder zu schießen. Nun mussten wir erst einmal zum Rickelsbüller Koog, Hochzeitsfotos machen und dann ging es zum Charlottenhof. Verdammt, allmählich wurde ich wirklich aufgeregt. Christov hatte es geschafft, sich zu Sina zu schleichen und ihr zu gratulieren, ehe er plötzlich verschwand.

Kapitel 31
» Ole

Ich schaffte es einfach nicht, meine Blicke von der Frau an meiner Seite zu nehmen. Claralina lächelte noch immer brav in die Kamera und bemerkte gar nicht, wie sehr sie mich in ihren Bann zog. Das hellgelbe Stoffknäuel, das sie damals beim Einkaufen so gut vor mir versteckt hatte, entpuppte sich als ein Folterinstrument für mich. Ihre Oberweite saß in dieser verführerischen Spitze fest und ab der Taille fiel der Stoff locker an ihrem Körper hinab. Aber dieser Rücken! Ich musste mich echt zusammenreißen, nicht permanent über ihren nackten Rücken zu streichen. Oder meine Finger langsam unter die Ränder des Stoffes zu schieben und ihr zu beweisen, wie scharf sie mich machte. Durch ihre gefährlichen High Heels war Claralina nun einiges größer als gewohnt.

»Träumst du?«, lächelte sie mir entgegen, als ich es mal wieder nicht registrierte, dass die Fotografin neue Anweisungen gab.

»Oh Claralina, wenn du nur wüsstest, von was ich gerade alles träume«, raunte ich dicht an ihr Ohr, was mir ein kleines Keuchen ihrerseits bescherte. Fuck, das sollte noch ein langer Tag für mich werden.

Im Saal des Charlottenhofs staunte ich nicht schlecht. Zum Glück hatte ich als Trauzeuge nichts mit dem ganzen Dekoquatsch zu tun gehabt, aber Sina und Claralina hatten echt ganze Arbeit geleistet, wenn auch hauptsächlich in Auftrag gegeben. Wir hatten kaum einen Atemzug für uns alleine, da wurden wir schon damit beauftragt, die Geschenke entgegenzunehmen, darauf zu achten, dass sich jeder Gast auch im Gästebuch eintrug und sich am Eingang fotografieren ließ. Was war ich froh, als wir endlich am Tisch saßen und ich ein Bier trinken konnte.

»Sag mal, sind Hochzeiten immer so anstrengend?«, prostete ich meinem Bruder zu, der neben mir saß. Hannes lachte, stieß mit seinem Glas an meines und trank einen großen Schluck.

»Wenn es sich doch aber lohnt«, zwinkerte er mir zu und schenkte Sina sofort wieder seine Aufmerksamkeit. Ja, ich konnte verstehen, was er meinte. Und da war ich wieder bei der Frage, wo meine Traumfrau schon wieder hin war. Also machte ich mich auf die Suche. Noch hatten wir einige Augenblicke, bis Hannes seine Rede halten sollte und wir endlich anfangen konnten zu essen.

Neben der Bühne erblickte ich sie mit der Veranstaltungsleiterin und diesem Christov. Doch neben ihnen stand auch noch ein kleinerer Kerl, der es wagte, mein Mädchen an sich zu ziehen. Sie lachte auch noch auf und himmelte ihn förmlich an. Was sollte der Scheiß denn jetzt und wer war der?

Der DJ klopfte ans Mikro und ich wandte mich wieder um. An meinem Platz bestellte ich mir sofort ein neues Bier. Hannes bedachte mich mit einem eingehenden Blick, den ich ignorierte. Und schon kam auch Claralina herangeeilt, nahm neben ihrer Schwester Platz und zwinkerte mir verschmitzt zu, während sie ihr Sektglas an ihre

Lippen führte. Stur starrte ich auf meine Serviette, die wie ein Zauberhut oder so etwas in der Art gefaltet war.

»Liebe Gäste!«, ertönte es aus den Lautsprechern. Hannes startete seine Rede, seine Liebeshymne auf seine bezaubernde Sina, so wie ich ihn kannte. Und dann wurde das Buffet eröffnet. Ich konnte es gar nicht abwarten, endlich wieder aufzustehen.

Beim Essen unterhielten wir uns über weniger wichtige Sachen, nur dass Hannes mich erneut an meine Trauzeugenrede erinnerte und mit Sina Wetten abschließen wollte, ob ich mir überhaupt etwas überlegt hatte. Die Rede war mittlerweile mein kleinstes Problem. Das, was daraufhin folgen sollte, bereitete mir wesentlich mehr Kopfschmerzen. Um mich abzulenken, durchzog ich den Saal mit meinen Blicken. Dieser Typ, der Claralina an sich gezogen hatte, stand an der Ausgangstür gelehnt und redete mit dem DJ. Vielleicht gehörte der ja auch zu ihm, aber was gab ihm das Recht, einfach mein Mädchen zu begrabschen?

Schon fast unsanft wurde ich von Hannes in die Rippen gestoßen. Er räusperte sich und ich blickte ihn fragend an. Hatte ich geknurrt oder so? Aber scheinbar war jetzt der Zeitpunkt gekommen. Die ehrenvolle Aufgabe der Trauzeugenrede. Anstelle einer Brautvaterrede hatte Sina darauf bestanden, dass ich einige Worte sagte. Wir vier erhoben uns, die beiden stellten sich auf die Tanzfläche und ich griff nach dem Mikro, was mir vom DJ grinsend entgegen gereicht wurde. Der musste sich ja auch nicht zum Affen machen. Er brauchte im Anschluss ja einfach nur den Eröffnungstanz einläuten. Meine Finger wurden feucht und ich glaubte, meine Prothese machte sich selbstständig. Irgendwie wurde es hier gerade wackelig unter meinen Knien. Ich hasste es, wenn mich alle anstarrten. Und plötzlich ergriff jemand meine Hand. Es war diese Berührung, die ich brauchte, um zu wissen, dass ich es schaffte. Wie von selbst trafen sich unsere Blicke. Seite an Seite standen wir nun am Rande der Tanzfläche. Mit dem Rücken zur Bühne. Claralina schenkte mir erst ihr strahlendes Lächeln und dann einen Kuss auf die Wange.

»Ich liebe dich, Ole. Gemeinsam schaffen wir das.« Ihre Worte machten mich einen Moment stutzig, schließlich brauchte sie hier nicht vor versammelter Mannschaft herum stammeln. Aber ich war froh über ihre Zuversicht und räusperte mich dann ein letztes Mal, ehe ich begann.

»Lieber Hannes, liebe Sina«, krächzte ich und hatte bereits die ersten Lacher auf meiner Seite. Claralina ließ meine Hand noch immer nicht los. Unsere Finger waren fest verwoben, das war alles was zählte. »Nun habt ihr mir die ehrenvolle Aufgabe übertragen, euch etwas auf den Weg zu geben. Also! Wo soll ich anfangen? Hannes? Wenn du nicht mein Bruder wärst, würde ich dich meinen besten Kumpel nennen. Aber das wäre wohl zu viel des Guten«, lachte ich auf. »Ich danke dir, dass du mich zu deinem Trauzeugen gewählt hast und ich dir etwas zurückgeben kann. Du warst immer für mich da. Immer.« Verlegen kratzte ich mich am Hinterkopf, denn scheiße verdammt, ich fing hier mit Sicherheit nicht an zu flennen. »Aber deiner Frau muss ich genauso danken. Und mich zugleich entschuldigen. Sina? Es tut mir leid, dass ich zu Anfang so ein Arsch zu dir war. Du weißt ja aber mittlerweile, wie ich das meine. Ich will doch nur, dass du mir Schokomuffins backst.« Sina kicherte, auch wenn sie sich gleich daraufhin ihre Augenwinkel abtupfte. »Wenn ich dich ärgern wollte, dann habe ich immer gesagt, dass du meinen Bruder nur wegen mir derart verhexen konntest. Und glaub mir, das hast du wirklich. Ich bin unendlich dankbar dafür, dass du in unsere Familie geplatzt bist, uns alle verzaubert hast und es bedeutet mir wirklich viel, dass ich den heutigen Tag mit euch feiern darf. Und nun hört auf zu flennen und fangt endlich an zu tanzen!« Ich beendete meine Rede, bevor ich selbst noch in Tränen ausbrach. Wie dankbar ich ihr *wirklich* war, würde ich ihr wahrscheinlich niemals sagen.

Ich wollte gerade das Mikro zurückreichen, doch da hielt mich Claralina zurück. Plötzlich lächelte sie nicht mehr, sondern sah unsicher aus. Fragend hob ich meine Augenbraue. Ihre Mundwinkel zuckten, während sie mir das Ding aus der Hand nahm. Sina und Hannes hatten sich bereits in Tanzhaltung aufgestellt, da räusperte sich Claralina plötzlich, was durch den gesamten Saal hallte. Das Brautpaar und die Partygesellschaft schauten Sinas Schwester neugierig an.

»Meine liebe Sina. Lieber Hannes. Eigentlich sollte nur Ole etwas sagen, aber auch ich wollte euch gerne noch etwas mit auf den Weg geben«, begann sie mit zitternder Stimme. Plötzlich legte sie das Mikro auf den Tisch neben uns und begann, ihre Stöckelschuhe auszuziehen. Was hatte sie vor? Wollte sie etwa ...?

»Sina, du und ich hatten eine ganz besondere Kindheit. Und ähnlich wie Ole ergeht es mir ebenfalls mit dir. Du hast mir beigestanden, in einer Zeit, in der alles zerbrach. Und dafür bin ich dir unendlich dankbar. Und doch muss auch ich mich bei dir entschuldigen.« Ihre Stimme war kaum mehr als ein Hauchen. Und da durchquerte plötzlich der kleine Kerl die Tanzfläche, kam zu meiner Claralina und überreichte ihr ihre Violine. Sie hatte es tatsächlich vor. Ihre Aufregung sprang zu mir über. Sina schlug sich die Hände vor den Mund, ihre Augen waren weit geöffnet, während mein Bruder mich fragend musterte. Doch mehr als mit den Schultern zucken konnte ich nicht. »Liebe Sina, ich habe dich angelogen. Ich hatte behauptet, ich hätte es nie wieder getan. Und doch mache ich in den letzten Wochen fast nichts anderes mehr. Als ich hierherkam, war ich wenig begeistert davon, und heute danke ich dir, dass wir endlich wieder zusammen sind. Mein Aufenthalt ist wie ein neues Leben. Und ihr beide seid für mich der Inbegriff für die Liebe. Wie die Liebe zum Spiel.« Sie drehte sich zu mir, lächelte mich an, legte das Mikro aus ihrer Hand und stellte sich dicht vor die Bühne. Doch was sie nun tat, hatte ich bis jetzt noch nie gesehen, wenn ich sie im Café beim Spielen beobachtete. Sie zog ihr eines Bein an, setzte es an das Knie ihres anderen und hob ihre Violine in Position. Ich beobachtete, wie sie noch einmal tief einatmete, ihre Augen schloss und nickte. Mit einem Mal wurden die Vorhänge der Bühne beiseite gezogen und es ging ein allgemeines Raunen durch die Gäste. Sinas Augen fielen ihr fast heraus und doch füllten sie sich mit Tränen. Mein Bruder zog sie an sich, küsste ihre Stirn und lenkte sie zurück in die Tanzhaltung.

Und dann begann Claralina zu spielen. Wie ein Schnellzug überrollte mich eine Gänsehaut. Ihr Körper stand fest auf ihrem einen Bein, während sie den Bogen über ihr Instrument zog. Die Töne hallten durch die Boxen und schon setzte eine zweite Violine ein. Dieser Christov begleitete sie, dann dieser kleine Kerl mit einer Gitarre und ein Freak von Spargeltarzan trommelte auf ein Schlagzeug. Die Frau, die in der Kirche die Orgel gespielt hatte, fand ich am Keyboard wieder. Claralina begab sich in Richtung Höhepunkt des Liedes. Ihr Körper schwang im

Takt mit, ich konnte nicht glauben, dass sie nicht umfiel. Mein Bruder dirigierte seine Frau über die Tanzfläche, beide strahlend, wenn auch mittlerweile mit feuchten Augen. Er drehte sie, drehte sich selbst und die gesamten Gäste klatschten im Takt, wobei Claralinas Klänge die kräftigsten im gesamten Saal waren. Wie gelähmt stand ich da, meine Augen konnten nicht mehr von dieser Frau weichen, die gerade bewies, wozu sie in der Lage war. Die Menge applaudierte wie wild, johlte und verlangte nach Zugabe, als Claralina ihr Spiel beendete. Sina riss sie förmlich in ihre Arme und bedankte sich unter Tränen bei ihr, und auch Hannes nahm sie kräftig in die Arme.

Eine männliche Stimme räusperte sich im Mikro. Es musste einer der Musiker auf der Bühne gewesen sein.

»Und nun bitte die Trauzeugen.«

Kapitel 32
» Claralina

Mein Blut kochte. Es wusste nicht mehr, wie es abkühlen konnte. Dass ich nicht umkippte, verdankte ich alleine meinen Gedanken. Ich dachte nur daran, dass Ole sein Leben lang nur noch auf diesem einen Bein stehen würde. Es war überwältigend zu erfahren, welche Konzentration ich dazu aufbringen musste, um nicht zu fallen. Und doch war es so berauschend in diesem Moment, dass ich alles andere um mich herum vergaß. Erst als ich spürte, dass der letzte Ton verklungen war, und Sina mich in ihre Arme zog, setzte ich mein zweites Bein wieder auf den Grund des Lebens.

»Du machst mich zum glücklichsten Menschen der Welt, kleine Clara«, hauchte sie mir in ihrer Umarmung zu. Hannes tat es ihr gleich, drückte mich fest und dankte mir, dass ich für ihn und seine Frau spielte. Doch Colins Stimme zog mir im nächsten Moment dann doch noch die Euphorie aus meinem Körper. Nun breitete sich eine ganz andere Aufregung in mir aus. Würde Ole tatsächlich mit mir tanzen? Ich hoffte es zu sehr.

Also ging ich auf ihn zu, denn er stand noch immer am Rand der Tanzfläche und strich sich nervös mit der Hand durch sein kurzes Haar. Als sich unsere Blicke trafen, entdeckte ich seine Angst, aber auch seine Entschlossenheit.

Mein Herz hüpfte einen dreifachen Salto, sobald er mir entgegen schritt. In Windeseile zog ich meine High Heels wieder an, ehe ich mich aufrichtete und vor ihm stand.

»Du bist die einzige Frau, mit der ich das hier machen werde«, raunte er, griff nach meiner Hand und zog mich an sich heran. Oh du liebes Herz! Ich betete, dass es nicht vergaß, wie es weiter schlagen sollte. Oles dunkle Augen blitzen auf, seine Grübchen bohrten sich in seine Wangen und dann begannen Colin und die anderen den neuen Tanz einzuläuten. Sein Griff war fest und doch an meinem Rücken so leicht wie eine Feder. Ich war mir sicher, dass er früher richtig gut tanzen konnte und es beflügelte mich, dass ich diejenige war, die es geschafft hatte, ihn wieder dazu zu bringen.

»Aber ich führe«, zwinkerte er mir dann zu, entlockte mir ein Kichern und schon wurde ich von ihm gedrückt und gedreht. Ich war einfach nur dankbar, dass Ole und ich zusammen waren. Und so kam es mir dann auch nur wie wenige Sekunden anstatt wie wenige Minuten vor, als das Lied zu Ende ging. Ole ließ mich ein letztes Mal drehen, zog mich an seine Brust und unsere Lippen berührten sich, wie mein Bogen am Ende jedes Liedes meine Saiten streifte. Besiegelnd, bestimmend und erfüllend.

»Ich liebe dich.« Seine Worte durchzogen meinen Körper, der einfach bis zum Anschlag mit puren Glücksgefühlen gefüllt war.

»Ich liebe dich auch, Ole. Mit dir bin ich glücklich«, hauchte ich an seine Lippen, ehe wir uns voneinander lösten. Hand in Hand gingen wir zu dem Brautpaar, das mit uns anstoßen wollte. Die Tanzfläche wurde für alle Gäste eröffnet und die ersten Paare stiegen in eine lange Nacht ein. Ich spürte selbst in meiner Hand wie Ole humpelte. Es war stärker als normal und sofort überkamen mich Gewissensbisse, dass ich vielleicht zu viel von ihm verlangte.

»Tut es sehr weh?«, fragte ich ihn, als wir an der Bar ankamen. Doch er schüttelte energisch den Kopf.

»Halb so wild. Aber ich glaube, ich werde das Teil nicht die ganze Nacht tragen können. Dann muss ich wohl mit dir Arm in Arm durch die Nacht humpeln.« Er unterstrich seine flapsige Bemerkung mit dem Zucken seiner Schultern. Trotz alledem konnte ich mir einfach nicht sicher sein. Also blieb mir nichts anderes übrig, als darauf einzusteigen.

»Du und ich? Auf drei Beinen durch die Nacht?«, scherzte ich daher mutig und schlang meine Arme um ihn.

»Nein Babe. Mit dir ist es für mich wie auf drei Beinen bis ins Glück.« Seine dunkle Stimme jagte mir eine neue Gänsehaut über meinen Körper. Er flüsterte die Worte dicht an mein Ohr, ehe seine vollen Lippen an meiner Halsbeuge entlang streiften.

»Ich kann es kaum erwarten.«, hauchte ich erstickt. Und so war es tatsächlich. Ich konnte es kaum erwarten, dass in wenigen Tagen mein offizielles Leben hier in Nordfriesland beginnen sollte. Doch jetzt wollten wir eine richtig geile Landhochzeit feiern. Wenn ich vor Wochen noch mit gerümpfter Nase an diesen Tag dachte, war ich jetzt schon fast traurig, dass die Nacht irgendwann zu Ende sein sollte.

»So, ihr Turteltauben! Jetzt wollen wir endlich anstoßen!«, riss uns Hannes aus unserer kleinen Zweisamkeit. Er überreichte uns zwei Sektgläser, wir prosteten einander zu und schon prickelte die säuerliche Flüssigkeit in meinem Hals.

»Claralina?« Die Stimme meiner Mutter ertönte hinter mir und mit einem Mal war mir bewusst, dass ich es bisher sehr gut schaffte, sie auszublenden. Sina schenkte mir noch ein aufmunterndes Lächeln, ehe ich mich zu ihr umdrehte.

»Ja, Mutter?« Meine Zunge zitterte die Worte förmlich heraus. Eine Kralle der Angst schloss sich um meine Kehle. Da war sie wieder. Die Angst, niemals gut genug gewesen zu sein. Egal wie sehr ich in meinem Leben übte, ich lief immer Gefahr, dass es niemals ausreichte.

»Ich bin so unendlich stolz auf dich«, flüsterte sie und legte verhalten ihre Arme um mich. Es war eine so ungewohnte Geste, dass ich wenige Sekunden einfach nur dastand, ehe auch ich meine Arme um sie legte. »Es war das Schönste, was du je gespielt hast. Es tut mir so unendlich leid, dass ich dir nie gesagt habe, wie stolz ich in Wirklichkeit auf dich war. Ich dachte immer, es würde dich noch weiter ermutigen zu üben. Aber heute? Heute wurde mir bewusst, dass du schon damals so unfassbar gut warst. Wie eine erste Geige es sein sollte.« Mir war klar, dass ich den Schritt nicht wegen ihr gewagt hatte und doch wurde mir bewusst, wie sehr ihre Worte auch eine Befreiung für mich waren. Der damalige Druck war scheinbar ihre persönliche Art, mir zu zeigen, wie viel sie von mir hielt. Nur offensichtlich hatten wir beide einfach eine andere Sprache gesprochen. Ich zog mich aus ihrer Umarmung zurück, sie legte ihre Hände an meine Wangen und gab mir einen Kuss auf die Stirn. Hinter ihr räusperte sich mein Vater und ich blickte in seine glasigen Augen.

»Ach, mein Mädchen!«, seufzte er auf und zog mich ebenfalls in seine Arme. Er küsste mich am Scheitel, dann wurde ich wieder freigelassen. Die beiden bestellten sich ebenfalls etwas zum Anstoßen und irgendwie war es eine extrem befreiende Situation, gemeinsam mit ihnen in einer Runde zu stehen und uns angeregt über den Abend zu unterhalten. Doch das Brautpaar wäre kein Brautpaar gewesen, wenn es nicht mit gutem Beispiel vorangegangen wäre und wieder auf die Tanzfläche verschwand.

»Na ihr Süßen!«, lachte eine bekannte Stimme direkt hinter uns auf. Ich war mir sicher zu spüren, wie Ole und ich synchron die Augen verdrehten, als wir Matze erkannten.

»Na Bauer, was ist los?«, entgegnete Ole seinem besten Kumpel und bestellte uns allen etwas Neues zu trinken. »Hattest du nicht zu Anfang noch eine Begleitung? Ich könnte schwören, gesehen zu haben, wie du einer kleinen Blondine die Jacke abgenommen hast.« Matze lachte auf, blickte sich um und winkte jemanden herbei. Mein Blick fiel dabei tatsächlich auf eine kleine zierliche Blondine in einem nachtblauen Cocktailkleid. Sie begutachtete gerade die aufgestellte Leinwand mit einer Fotocollage der Junggesellenabschiede. Ole und ich hatten Tränen gelacht, als wir diese zusammengestellt hatten. Die Frau wendete sich zu uns und kam auf uns zu – schüchtern und eine Spur verlegen. Gott, so habe ich mich vor Wochen ebenfalls gefühlt, als ich das erste Mal mit Ole auf der Löschfete war.

»Ole, Claralina, darf ich vorstellen? Das ist Anna. Anna ist meine neue persönliche Tierärztin.« Der freche Witzbold zog besagte Anna dicht an sich heran und man konnte dabei zusehen, wie ihr eine Röte im Gesicht emporstieg. Sie reichte uns die Hand und begrüßte uns.

»Hi. Freut mich, euch kennenzulernen. Glaubt dem Quatschkopf nicht alles, was er da behauptet«, erklärte sie entschieden, auch wenn sie ihn dabei breit angrinste. Matze machte ein empörtes Gesicht, verteilte aber im nächsten Moment schon die bestellten Getränke.

»Anna ist nur für die Hochzeit angereist und fährt morgen schon wieder«, berichtete Matze, während er seine Augen kaum von der Frau lassen konnte. Hach, es freute mich richtig, dass er endlich jemanden gefunden hatte, der sein ständiges Gerede ertrug. Anna erzählte uns, wie die beiden sich im letzten Sommer kennengelernt hatten und dass sie ab und an mit ihrer Freundin hier oben im Norden wäre. Die beiden verabschiedeten sich dann irgendwann in Richtung Tanzfläche.

Die Band begann gerade wieder zu spielen, nachdem sie einige Minuten Pause machten. Ole umschloss mich von hinten mit seinen Armen, legte sein Kinn an meine Halsbeuge und wir sahen zu, wie alle freudig und ausgelassen dieses Fest feierten. Ich fragte mich, wie ich es in meiner Ausbildung geschafft hatte, mich diesem Charme zu entziehen und mich darum kümmern wollte, dass Zimmermädchen ordentlich ihre Aufgaben erledigten. Der Bankettbereich war doch so viel lebendiger. Aber nun sollte ich meine Aufgabe als Teamleiterin am Empfang antreten. Dies bedeutete schon jetzt wesentlich mehr Abwechslung. Ich hatte den Entschluss gefasst, dem zuzustimmen. Mit Ole an meiner Seite fühlte ich mich stark und meine Gedanken glitten zurück zu seinen Worten. *Auf drei Beinen bis ins Glück.* Verdammt, was freute ich mich bereits darauf.

Kapitel 33
2 Jahre später
» Ole

»Babe, bist du gleich soweit?« Claralina, die Perfektionistin in Person, brauchte natürlich wieder eine Ewigkeit. Aber das war okay. Ich war es mittlerweile gewohnt, dass unser Leben anders verlief, als ich es jemals für möglich hielt. Heute war unser letzter Urlaubstag. Ab morgen hatte uns der Alltag wieder, auch wenn ich in Gedanken noch immer mit einem Cocktail am Pool des Luxusliners lag. Claralina hatte vor drei Wochen ihren letzten Arbeitstag. Die Ferienanlage lief hervorragend und sie war der Meinung, dass es Zeit wurde, sich weiterzuentwickeln.

»Wenn es am schönsten ist, sollte man aufhören«, erklärte sie mir damals unter lachen ihren Entschluss. Ab morgen fing sie in der kulturellen Förderung an und organisierte von nun an Veranstaltungen in Kooperation mit der örtlichen Touristikzentrale und dem Charlottenhof. Die drei Wochen auf dem Kreuzfahrtschiff hatten wir natürlich nicht nur mit Urlaub verbracht. Zumindest sie nicht. Ich hingegen hatte jedes Mal einen Platz in der ersten Reihe, wenn meine Traumfrau auf der Bühne des Orchesters stand und unter der Anleitung ihres Vaters die erste Geige spielte. Oder Violine, wie ich ständig von Elisabeth verbessert wurde. Diese hatte sich eine Karpaltunnelentzündung zugezogen und war frisch operiert. Somit hatte sich für Claralina die Chance ergeben, ihren Platz einzunehmen. Wenn auch nur vertretungsweise. Dass sie es liebte, brauchte ich nicht zu erwähnen. Sie strahlte es mit jedem Ton, den ihre Violine hergab, aus, und ließ mich jedes Mal aufs Neue mit einer Gänsehaut zurück. Der Witz an der ganzen Geschichte? Sie hatte sich einen Namen gemacht. Claralina spielte seit der Hochzeit unserer Geschwister fortan nur auf einem Bein. Es wurde wie eine Einstellung von ihr. Und im tiefsten Inneren wusste ich, es war ihre Liebeserklärung an mich. Durch diese Frau schaffte ich in den letzten zwei Jahren mehr, als ich je für möglich hielt. Vor einem Jahr hatten wir ein Haus gekauft und wir teilten uns jede Nacht ein Bett. Ich hatte eine neue Prothese bekommen, die nun noch leichter sein sollte und die mich noch flexibler im Alltag begleiten sollte. Doch was mich immer weiter antrieb, war sie. Die Frau, die gerade in engen Jeans, Lederstiefeln und einer verdammt engen Lederjacke aus unserer Haustür stolzierte. Im Gehen zog sie ihren Helm auf, schloss die Tür ab und streifte sich ihre Lederhandschuhe über. Ihre dunklen Augen blitzten durch das geöffnete Visier hindurch, was sofort ein erneutes Zucken in meinen Lenden verursachte. Sie wusste ganz genau, wie sie auf mich wirkte. In einer geschmeidigen Bewegung glitt sie hinter mich, rutschte dichter an mich heran und strich genüsslich langsam mit ihren Händen um meine Taille. Ich warf einen Blick nach hinten.

»Bereit?«, grinste ich sie an.

»Mit dir bin ich es immer!«, feixte sie mir entgegen, schloss ihr Visier und ich tat es ihr gleich. Dann startete ich mein Quad, dessen Motor aufschrie. Das Adrenalin war augenblicklich in meinem gesamten Körper parat. Claralina hatte mir die Maschine zu meinem fünfundzwanzigsten Geburtstag letztes Jahr geschenkt. Ich wusste damals nicht, wie viel sie mir damit half, weiter zu meinem alten Ich zurückzukehren. Wahrscheinlich genauso wenig, wie sie wusste, dass wir jetzt nach Rømø fuhren, den Tag an einem endlosen Strand verbrachten und ich ihr einen Heiratsantrag machen würde.

Und dann fuhren wir los. Und wie wir es immer wieder zu sagen pflegten, wenn wir nicht wussten, was uns die Zukunft brachte: *Hauptsache du und ich. Auf drei Beinen bis ins Glück!*

ENDE

Danksagung

Ich möchte mich bei all meinen LeserInnen bedanken, die mir durch diese Geschichte gefolgt sind. Claralina und Ole sind mir sehr ans Herz gewachsen. Aber wie so oft im Leben, war auch diese Geschichte eine Teamarbeit.

Danke an das gesamte #TeamAlex, das mich unterstützt hat, egal in welcher Form.

Meiner Lektorin Julia danke ich für diese gute erste Zusammenarbeit.

Nadine danke ich für dieses wunderschöne Cover, in das ich mich jedes Mal neu verliebe.

Vielen Dank an Sabine für das schöne Innere.

Besonderer Dank geht an die Unterstützung »vor Ort«. Sei es das Tortenessen im *Café am Zollhaus*, oder die Aufklärung der regionalen Hochzeitsbräuche bei den Feuerwehrleuten der Gemeinde Wiedingharde.

Und wenn auch Sie dankbar für diese Geschichte sind, dann würde ich mich freuen, wenn Sie Ihrer besten Freundin davon erzählen, denn schöne Momente teilt man gerne.

Um keine Neuigkeiten zu verpassen, gibt es die Möglichkeit, sich für meinen kostenlosen Newsletter einzutragen: www.alexandraschwarting.de/Newsletter

Man erhält in regelmäßigen Abständen die Möglichkeit an exklusiven Gewinnspielen teilzunehmen und einen Blick hinter die Kulissen meiner Werke zu werfen.

Ich freue mich auf das nächste Mal und verbleibe wie immer mit meinem Rat für alle Tage:

Kopf aus, Seele an!

Ihre Alexandra Schwarting

Über die Autorin

Alexandra Schwarting lebt mit ihrem Mann und zwei Kindern auf einem landwirtschaftlichen Betrieb in der Wesermarsch. Im September 2016 begann sie aus einer Laune heraus, ihr Debüt *Umhüllt - Im Mantel von Rosmarin und Lavendel* zu schreiben. Wie in einer Sucht schrieb sie ihr Erstlingswerk und entschied, dass damit noch kein Ende sein wird. Ihre Leidenschaft für die Gastronomie, die Landwirtschaft und dem Landleben wird auch in ihren weiteren Projekten eine wichtige Rolle spielen.

Sie kam als Urlauberin nach Nordfriesland und ging mit neuen Geschichten im Kopf nach Hause und lebt unter dem Motto *Kopf aus, Seele an!*

Wenn Sie die Autorin unterstützen wollen, schreiben Sie ihr gerne eine Rezension und besuchen Sie die Autorin auch hier:

Homepage: www.alexandraschwarting.de
Facebook: AlexandraSchwartingAutorin
Instagram: alexandraschwarting
Twitter: alex_schwarting

Umhüllt
Im Mantel von Rosmarin und Lavendel

Alisa begibt sich auf eine Reise – in ein neues Leben. Zumindest für den Moment. Für die nächsten Monate arbeitet sie auf der nordfriesischen Insel Sylt und wohnt in dem einsamen Ort Klanxbüll – die letzte Station auf dem Festland vor der Insel. Auf der Flucht vor ihrer Vergangenheit und der Suche nach dem Vergessen hofft sie auf Zuflucht bei ihrem inneren Frieden: der See. Dort angekommen, kommt jedoch alles anders, als zunächst gedacht. Bereits am ersten Tag wird sie von einem ungewöhnlichen Mann verfolgt, der sie einfach nicht zur Ruhe kommen lässt. Als wäre das nicht genug, trifft sie kurz darauf unerwartet einen Freund aus vergangenen Tagen wieder. Und die Vergangenheit holt sie ein. Alisa wird mehr und mehr bewusst, dass sie ihrer düsteren Vergangenheit nicht aus dem Weg gehen kann. Somit auch nicht den Erinnerungen an das, was sie am liebsten vergessen würde. Aber kann man der Vergangenheit einfach so entfliehen? Oder wird aus ihrem Frieden nur ein weiterer Ort des Unglücks? Tauch ein in Alisas Geschichte.

Dies ist der erste Teil der *Im Mantel von Rosmarin und Lavendel*-Trilogie.

Gefangen
Im Mantel von Rosmarin und Lavendel

»Erlaube deinem Herzen, sich heilen zu lassen.«
Alisa und Darek geben ihren Gefühlen füreinander endlich eine Chance. Der Rest des Sommers soll ihnen gehören. Zwischen bebenden Emotionen, einer anstrengenden Saison auf Sylt und dem Leben in Klanxbüll brennen sie darauf, die Schatten der Vergangenheit und die des nahenden Herbstes zu verdrängen. Ein für alle Mal.

Doch plötzlich offenbart sich die schreckliche Wahrheit über Dareks Vergangenheit und all die verworrenen Gedanken der vergangenen Wochen ergeben endlich einen Sinn. Was bedeutet dies für das Glück der zwei Liebenden? Alisas Heimat ruft immer mehr nach ihr. In Moorriem wartet ihr Erbe auf sie. Das Erbe ihrer Familie.

Doch wird sie es wie geplant im Herbst antreten?

Oder wagt sie den Sprung in eine Zukunft an der Seite ihres lockigen Riesen? Eine Zukunft an der Küste Nordfrieslands?

Begleite Alisa und Darek durch den Sommer, der ganz anders geplant war und nun so verdammt kurz erscheint.

Dies ist der zweite Teil der *Im Mantel von Rosmarin und Lavendel*-Trilogie.